致青春 046

偷偷藏不住

（下）

竹已　著

高寶書版集團

目錄
CONTENTS

第十二章　叫嫂子

桑稚突然有點後悔。

她今天要是不去找段嘉許，下班後乖乖地回宿舍，此時桑延大概也不會撞見這一幕。如果事先知道桑延要來，他們還能從長計議，還能再想想要怎麼坦白，才不會讓他覺得太過難以接受。

此時的狀況，三個人像陌生人一樣，沉默又尷尬地往桑稚宿舍大樓的方向走。

桑稚走在中間，也不敢靠段嘉許太近，而是更偏向桑延。她總是往桑延臉上瞄，心臟仍怦通怦通地跳，心頭還莫名浮現一點愧疚感。

她垂下腦袋，暗自代入桑延此時應該有的想法——跟妹妹冷戰接近兩週，終於空出時間過來宜荷打斷她的腿。他千辛萬苦地趕到妹妹的學校，卻意外看到她跟自己的兄弟手牽著手的場景。

妹妹跟兄弟在一起。

在一起就算了，兩個人卻同時瞞著他，他毫無察覺，還總是找這個兄弟去照顧妹妹，像個傻子被人玩弄於股掌之上。

好像是有點……

桑稚舔舔唇角，忍不住道：「哥哥，我之前就想告訴你的，我有傳訊息給你，但是你先把我封鎖了。所以你就沒看到。」

桑延像是沒聽到似的，吭也不吭一聲。

「給你看，」怕他不信，桑稚翻出手機，從封鎖名單裡把他拉出來，「我這裡還有紀錄。」

桑延舊事重提：「研究生？」

桑稚的眼睛緩慢地眨了一下，她硬著頭皮說：「我想先給你一個心理準備啊，先跟你說我找了一個跟你差不多大的男朋友，然後再慢慢告訴你……」

桑延懶得聽她廢話：「到妳的宿舍還要走多久？」

「快了，再走幾分鐘。」桑稚抓抓頭，遲疑地問：「你要幹嘛？」

桑延沒回答。

桑稚只好看向段嘉許求救。段嘉許對上她的視線，笑了一下，安撫她：「沒事，我等一下跟妳哥解釋。」

桑稚總感覺這氛圍有點嚇人，也出乎她的意料之外。她本以為桑延頂多會覺得詫異，也不至於生氣。她又看向桑延，想強行挽回一下局面：「哥哥，你今晚住哪裡？」

桑延輕蔑地嗤了聲：「關妳什麼事？」

桑稚覺得腦袋都要炸了：「你不會是要打人吧……」

桑延：「呵呵。」

「到底有什麼關係啊？你要是看上我朋友，」桑稚努力地說著，「我也可以介紹給你啊，我一點都不介意的。」

桑延極為冷漠：「不用，我有對象了。」

「……」

「不是，男未婚女未嫁的，你的反應怎麼跟我找了一個已婚的一樣啊！」桑稚說，「我們年紀也沒差很多啊，又不是十七歲。」

他們恰好走到桑稚的宿舍樓下。

「這棟？」桑延無視她的任何話，下巴抬了抬，「不用我教妳怎麼進去吧？」

「……」

段嘉許也開了口，溫和地提醒：「回去吧，不是還要跟媽媽視訊嗎？」

這氛圍極其古怪，他們像是在等她走之後要開始做什麼事。

桑稚覺得格外不安，一步都不敢離開，繼續說著：「而且你跟嘉許哥認識那麼多年，也知道他人品很好吧……」

桑延的聲音毫無情緒：「我知道什麼？」

「……」

說了半天他就是聽不進去，桑稚費盡口舌都沒半點用處。她覺得既氣惱又理虧，只能耐著性子說：「我都跟你說了，我已經準備要告訴你了，但是你把我封鎖了。而且這也不是什麼大事啊，只是談戀愛。」

「嗯，不是大事。」桑延敷衍，「回妳的宿舍去。」

桑稚快瘋了，只能丟出一個提議：「我今天不回宿舍睡可不可以？」

桑延：「呵呵。」

「……」

她覺得自己該說的都說了，也覺得這兩人再怎麼說也都接受過九年義務教育，應該會講道理的。況且，桑稚從小到大惹桑延生氣的次數沒有千次也有百回了，他也沒試過跟她動手，頂多是教訓她幾句，沒有更惡劣的行為。

抱著這樣的想法，桑稚又替段嘉許美言了幾句，但最後還是讓了步，乖乖地回宿舍去。她小跑著上樓，進到房間之後立刻走到陽臺，扶著欄杆往下看。

她看到兩個男人已經在往校門口的方向走，中間隔著一公尺左右的距離。

她這樣看也不知道他們有沒有在交談，但看上去好像還滿和平的，好像確實是在講道理吧。

桑稚鬆了口氣，直到看不到他們的身影時才收回視線。

◇

此時此刻，在樓下安靜走著的段嘉許和桑延沒有一刻對上目光，兩人之間也毫無交流。

暑假夜間的校園安靜得過頭，一路上幾乎沒看到別人。兩人保持著這樣的狀態走出校門，然後又多走了一段路。

從這裡走到車站要穿過一條小道，平常還頗熱鬧，但一到暑假人就少了不少。空蕩蕩的街道，明亮的白色路燈，刺眼又冷清。

像是走到了一個極其合適的位置，桑延突然停下腳步，舌尖用力抵了一下唇角。然後他側過身，毫無徵兆、用盡全力地往段嘉許臉上揍了一拳。

他毫不客氣，沒有一點顧慮。

順著這力道，段嘉許往後退了幾步，覺得半張臉都失去了知覺，像是被火燒般一片刺痛麻辣。他活動著臉上的肌肉，用指腹抹了抹稍微裂開的唇角，笑了：「這麼狠啊？」

「我雞皮疙瘩都起來了。」桑延完全沒有開玩笑的意思，眼睛閉了閉又睜開，「你就不能把別人嗎？」

段嘉許糾正：「不是把，是認真的。」

桑延嘲諷般地笑了一聲，火氣仍然沸騰。他轉轉脖子，伸手拽住段嘉許的衣領，用力往下扯，抬起膝蓋往他的下腹部頂：「我看你是瘋了。」

他的力道極重，段嘉許覺得全身都在痛，卻也沒反抗。他的額間冒出細汗，唇角一直上揚，艱難地冒出一句：「你是不是沒有用力？」

「……」桑延氣到胃痛，又往他臉上揍了一拳，「你覺得呢？」

段嘉許往後退，這次背撞到牆上，悶哼了一聲。

桑延把他扯過來，接著直接抬起腳。

兩人認識那麼久，從來沒打過架。這次是頭一遭，桑延就像是想要了段嘉許的命。打到最後，他自己也沒力了，靠在牆上喘著氣：「休息一會兒。」

段嘉許直接坐在地上。他的嘴裡全是血腥味，他往旁邊吐了口血水。聽到這句話，他眉梢揚起，也沒多說：「好。」

這場架讓桑延冷靜了下來。兩人沉默了好一陣子，火藥味漸漸散去。桑延淡淡地問：「在一起多久了？」

「一個半月，」段嘉許站起身，低笑道：「上一次說打算去南蕪找你，就是為了這件事。是我不對，所以想當面跟你道個歉。」

桑延：「你是畜生？」

段嘉許：「大概是吧。」

「你要找個跟她一樣大的，或者，你就算找個比她小的，我都舉雙手雙腳贊成。」桑延說，「但我妹，桑稚，她國中你就認識了吧？把你當成親哥哥一樣，你怎麼下得了手？」

「兄弟——」

「滾，誰是你兄弟？」

段嘉許忍不住笑出聲，扯到唇角處的傷口，痛得聲音都啞了幾分：「好，哥，知道你無法接受，你要打我幾次都可以。」

桑延氣極了：「誰是你哥？」

段嘉許：「遲早得這樣叫，你適應一下吧。」

「……」

兩人直接攔了輛計程車。上了車，桑延仍覺得荒謬，想想都覺得不可思議：「你到底在想什麼？」

「先不說別的，」恰好收到桑稚的訊息，段嘉許低下眼，邊回覆著邊吊兒郎當地說，「小女孩長大之後還滿漂亮的。」

「……」桑延忍著想在車上打人的衝動，「你沒見過漂亮的？」

「真的，」段嘉許的目光未動，他在對話框裡輸入「沒事，不用擔心」，笑得溫柔，「還真的沒見過我家只只這麼漂亮的。」

桑延把車窗降下，吹著夜風，把心頭頭的火氣也降下：「你家，只只？」

「好吧，暫時還是你家的。」段嘉許挑眉，「但遲早也是我家的。」

沉默半晌，桑延又問：「你認真的？」

段嘉許關掉手機螢幕，聽到這句話，他唇角的笑意收斂了一點，語氣也難得正經了起來：「不認真我才真他媽是個畜生。」

「好。」桑延不問清楚不罷休似的，「到哪一步了？」

「……」段嘉許側頭看他，這次沒回答，「不是，兄弟，這就涉及隱私問題了吧？」

空氣凝滯幾秒，桑延不敢相信，直直地盯著段嘉許：「這件事我問出來也尷尬，但我還是得問清楚，你做了什麼會涉及到隱私？」

見他誤會了，段嘉許差點被自己嗆到：「不是，兄弟，你想到哪裡去了？」

「……」

段嘉許：「我在你心裡的形象就是這樣？」

桑延的目光沒有移開，平靜地道：「說真的，是這樣。」

「……」

「還有，你一個接近三十的老男人，把我妹一個剛上大學的小女生的這件事——讓我發現，」桑延冷笑了聲，「你的無恥原來是沒有上限的。」

段嘉許悠悠地道：「也只差了六歲零十一個月。」

「……」事情都這樣了，桑延也不可能叫他們分手，他收回視線，鬆了口，「你們想在一起就在一起，但是，你得注意點分寸。這小鬼在家是被供著養的。」

段嘉許笑了：「我知道。」馬上他又補了一句：「謝謝哥哥。」

場面定格住。

沒多久，車窗又升了上去，桑延猛地伸手，用力扣住段嘉許的脖子，額頭青筋都要浮出來了。

他們動作太大，駕駛座的司機忍不住問：「怎麼回事啊？」

怕司機恐慌，桑延抬起眼，按捺著火氣，非常體貼地補了一句：「大哥你別擔心。」

「……」

「我儘量不在你的車上殺人。」

車子沒開到社區門口，在一旁的馬路邊停下。

兩人下了車，段嘉許舒展了一下筋骨，輕輕轉著脖子，伸手揉著肩膀。他走進附近的一家藥店，隨意地從架子上拿了些處理瘀傷的藥。

桑延慢吞吞地跟在後面，靠在門邊等。他平常臉上就沒有什麼表情，此時因為心情不爽，眼神更冷了點，加上穿了一身黑色的衣服，看上去有點嚇人。

櫃臺的店員忍不住往他的方向多看了兩眼。

很快地，段嘉許拿著藥去櫃臺付錢。

店員掃著條碼，抬眸看著段嘉許破了的唇角以及臉上的青紫色痕跡。她皺皺眉，壓低聲音問：

「要幫您報警嗎？」

桑延明顯聽到了，視線立刻掃了過來，還有幾分陰森森的。

聽到這句話，段嘉許愣了一下，有點想笑，又怕牽動傷口。他付了錢，溫和地說：「不用了，謝謝。」

桑延先一步走出店外，回頭往他的臉上掃了一眼，嘲諷地道：「這一點傷，還沒到派出所就癒合了吧。」

「……」段嘉許沒跟他計較，指指不遠處的社區，「那邊。」

兩人回到段嘉許的住所。

他獨居，除了桑稚，房子裡基本上也沒有其他人進來過。鞋架上的鞋子很單一，只有他的幾雙鞋子和一雙室內拖鞋，顏色大多偏深，所以桑稚的那雙粉色拖鞋在其中格外顯眼。

桑延瞥了一眼，冷笑幾聲。

段嘉許沒有要照顧他的意思，懶洋洋地道：「你就光腳吧。」

把這裡當自己家似的，桑延一進門就往冰箱的方向走，從裡面拿出一瓶可樂。目光在冰箱裡的零食上轉了幾圈，他很快關上冰箱門。

桑延回到客廳。

段嘉許已經從房間走出來，手上拿著換洗的衣服。注意到桑延手上的東西，他的眉毛微抬，淡聲提醒道：「是這樣的。」

「冰箱裡的零食和飲料，還有這個櫃子裡的東西，」段嘉許的語氣斯文又禮貌，他緩緩地道，「我希望，你都儘量不要碰。」

桑延連眼皮都沒抬一下，冷冷地說：「你的可樂裡摻了金子？」

「倒也沒有，」段嘉許笑，「不過是我女朋友的。」

「……」

這個身分的轉變，讓桑延覺得格外不適應和彆扭，他冷冷地看了段嘉許一眼，懶得搭理他。

段嘉許走進浴室。他脫掉衣服，在鏡子前看了一下自己此刻的模樣——嘴角破皮、左眼角有一點腫、臉頰的瘀傷還帶了幾條血絲。身上有幾塊地方泛紫，全身上下都痛。他也不知道明天會不會比較消一點。

他想到之前他不過是被江穎潑了一杯水，桑稚都能氣哭，這次他看上去比上次狼狽多了，不知道她明天會有什麼反應。段嘉許嘆了一聲，打開蓮蓬頭，把水的溫度調高了些，稍微舒緩了身上的痠痛。

他洗澡的速度向來很快，但這次因為身上有傷，他沖洗的時間也長了點。等段嘉許走出浴室時，桑延已經打完一局遊戲了，此時正拿著遙控器亂轉電視頻道。

茶几上放著幾包被拆開的零食，桑延傾身拿了一包，丟了一片洋芋片進嘴裡。

段嘉許瞄他一眼，沒多說什麼。他從袋子裡把藥拿出來，往傷口處塗著，隨口道：「你什麼時候回南蕪？」

桑延：「沒那麼快。」

注意到段嘉許的舉動，他又道：「這點傷有必要擦藥？」

「……」段嘉許說，「真的痛。」

「除了第一下，」桑延靠在沙發上，語氣很欠揍，「我之後哪下有用力？就跟抓癢一樣，只是幫你鬆鬆筋骨而已。」

段嘉許沒搭腔，掀開衣服，往腹部噴著藥。

「明天那小鬼看到了，大概又要嚷嚷說我欺負你了。」桑延打了個呵欠，語氣困倦，「來，我這個人很公平，給你揍一拳。」

段嘉許挑眉，淡淡地說：「算了，我沒打過人，不會。」

桑延：「叫你打就打，拖拉什麼？」

沉默三秒，段嘉許把手裡的藥放下，側著腦袋，很配合地說：「那你站起來吧，坐著不好打。」

「……」

他們原本已經休戰了。

事端再度莫名其妙地被挑起，這次卻是桑延主動求揍。但他似乎並不把這一下看在眼裡，聲音透著極其看不起的意思：「速戰速決。」

段嘉許笑：「我真的不會。」

他剛剛脾氣一上來，確實下手沒拿捏分寸。這麼一想確實有點過分，桑延不耐煩地指指自己的臉：「握拳，往這裡打——」

沒等他說完，段嘉許就已經動手，往他所說的位置揍了一拳。

「……」

桑延的腦袋一偏，他往後退了一步，撞到鞋櫃上。他感覺半張臉都麻了，牙齒咬傷嘴唇，刺刺地痛。他扯扯嘴角，一聲不吭，只朝段嘉許豎了一下大拇指。

事情又莫名其妙地演變成兩人一起坐在沙發上擦藥。

「還有點後悔，」段嘉許連手背上也噴了藥，慢條斯理地說，「打完後我手也痛了。」

桑延拿熱毛巾敷著臉，面無表情地說：「你打得很大力啊。」

段嘉許低低笑著：「我真的不會打人。」

「滾。」

段嘉許的手機鈴聲一直在響。可以想見是桑稚傳訊息給他，他加快速度擦完藥，抽了張衛生紙擦手，拿起手機回覆。

桑延聽到覺得煩：「你可以把聲音關掉嗎？」

段嘉許抬眼，悠悠地說：「不可以。」

「……」

「這麼一看，」段嘉許眼尾微彎，若有所思地說：「你的手機倒是很安靜。」

「……」

「好了，」注意到時間，段嘉許沒再跟他鬧，站起身，「我明天還要上班，你自己看著辦吧，我準備睡覺了。」

「等一下，」桑延說，「借條內褲來穿。」

「……」

「怎樣啦？穿幾天就還你。還有，」桑延的腳搭在沙發上，毫無坐姿可言，「我今晚睡哪裡？總不能讓我這個客人睡沙發吧？」

兩人沉默片刻。

沒多久，段嘉許彎下腰，用指尖輕點著他的胸膛。桃花眼多情帶笑，尾音拉長，聽起來曖昧得過分：「抱歉，我不跟男人睡覺。」

「……」桑延說，「可以不要講那麼噁心的話嗎？」

段嘉許打開櫃子拿了一套新的洗漱用品出來，順道回房間拿了一套衣服，丟到桑延面前：「我要睡了，客廳是你的。」

「……」

他往房間走了兩步，又退回來：「也不是不尊重你，兄弟，我今天被你打慘了，得休息一下。」

桑延：「滾吧。」

想了想，段嘉許又漫不經心地補了一句：「我會鎖門。」

「……」

◇

跟黎萍視訊完，桑稚洗了個澡便爬上床，一直在跟段嘉許傳訊息。她嘗試著傳了封訊息給桑延，發現他還沒解除封鎖，很快就作罷。

段嘉許回訊息回得很慢，心想他和桑延大概是有話要說，桑稚也就沒一直煩他。她又玩了好一會兒手機，想了想，又撥了視訊給段嘉許。

他沒接，很快就回傳訊息：沒穿衣服。

桑稚：「……」

段嘉許：不行嗎？

還沒等桑稚回覆，段嘉許就先打了視訊通話過來。

桑稚的呼吸一頓，她下意識地掛斷，又馬上打電話過去。接通之後，她皺著眉道：「你不能穿上衣服嗎？你不怕感冒？」

段嘉許總是帶著笑意的聲音傳了過來：「懶得穿。」

「……」

「真的不想看？」段嘉許壓低聲音，像是在跟她耳語，又像是在蠱惑她，「還滿性感的喔。」

「……」桑稚無奈地說：「你跟我哥喝酒了？」

「沒喝。」

桑稚說著正事，不跟他鬧：「那沒事吧？」

段嘉許笑道：「就被罵了幾句而已，沒事。」

桑稚放下心來，嘟囔道：「你就先讓他罵吧，我找機會幫你罵回去。」

段嘉許輕輕地嗯了聲。

「我哥怎麼突然過來了？」

「看他的意思，好像是想過來看看，」段嘉許說，「看妳現在是住宿舍，還是跟妳那個研究生男朋友一起住。」

「我哪有那麼隨便。」桑稚揉揉眼睛，嘀咕著，「沒事就好，我要睡覺了。」

「嗯，晚安。」

「那我哥明天要幹嘛？」桑稚突然想起來，「他有沒有說什麼時候回去？」

「說要在這裡待一段時間。睡吧，不用管他。」

隔天一早，桑稚準時到公司。

因為沒有整理報表的事情，桑稚被施曉雨訓了一頓。可能是因為睡眠不足的關係，她今天的脾氣比平時還暴躁：「妳是不是不想做了？叫妳做的事情沒有一件做得好。」

桑稚想了想：「我覺得我都做得滿好的。」

「桑稚！」施曉雨氣得臉都紅了，大聲罵，「妳以為這是妳家？妳以為公司出錢是找妳來玩的？沒本事就給我滾蛋！」

桑稚不懂她為什麼情緒起伏能那麼激烈，認真地說：「我什麼時候在玩？而且我就是沒本事才過來這裡實習，想學點東西。」

施曉雨冷笑：「沒本事就給我好好聽話，我叫妳做什麼妳就做什麼，別成天跟我作對。」

「喔。」桑稚說，「合理的我會聽的。」

「一開始不是很聽話嗎？怎麼？忍不住了？」施曉雨說，「說真的，我看妳長得也不錯，學歷也不低，為什麼非得搶別人的男朋友？不覺得噁心？」

兩人這麼一鬧，旁邊的同事都開始注意她們。

桑稚問：「我搶誰的男朋友？江穎啊？」

「妳自己心裡明白。」

「抱歉，我男朋友在我之前，連別的女人的手都沒碰過。」桑稚盯著她，語氣也漸漸變得冷硬起來，「還有，妳最好叫妳那個朋友去看看醫生，妳之前沒見過她發瘋的樣子嗎？天天自己在那邊妄想，腦子有問題嗎？」

施曉雨一愣：「但她跟我說——」

兩人的爭吵聲不小，把會議室裡的張輝也引了出來，他冷靜地質問：「妳們兩個在幹什麼？都給我進來。」

兩人都被張輝訓了一頓。

這段時間，施曉雨針對桑稚的做法也傳進他的耳中。張輝為人憨厚，看不太慣這種行為，因此警告了她幾句，施曉雨也收斂了不少。

這場爭吵讓兩人的關係降到冰點，卻讓桑稚覺得更自在。

她們相安無事到下班時間。

桑稚把手頭上的工作做完，連表面功夫都懶得再做。她直接把施曉雨當成空氣，只跟附近的同事道了聲再見便離開了。

桑稚和段嘉許今天都要上班，所以也沒人有時間搭理桑延。兩人本來約好晚上去她公司附近的海鮮餐廳吃飯，現在就順便帶桑延一起去。

一出公司，桑稚就在熟悉的位置看到段嘉許的身影。她小跑著過去，正想問問桑延在哪裡時，突然注意到他臉上的傷。

「……」桑稚瞬間把嘴裡的話吞了回去。

段嘉許牽起她的手說：「妳哥先去占位了，我們現在過去。」

桑稚抿抿唇，瞬間猜到了什麼。她忍著火氣，還是問了：「你的臉是怎麼回事？」

段嘉許的嘴角已經結了痂，臉上的瘀血也淡了一點，看起來比昨天好了不少。他抓抓眼下的皮膚說：「不小心撞到了。」

桑稚喔了聲：「撞到桑延拳頭上了。」

「……」

她定定地盯著他的臉，很快便轉身往那家海鮮餐廳走，沒多久又回頭看他：「你不要告訴我你昨天就站著給他打。」

段嘉許輕咳了一聲：「也沒有。」

桑稚問：「還有哪裡被打？」

「沒了，」段嘉許不動聲色地道，「就臉上這點。」

像是在思索他話裡的真實性，桑稚停在原地，沒什麼動靜。半晌後，她猛地抬起手，毫無預兆地碰了一下他的肚子。

這突如其來的觸碰而導致的痠痛，讓段嘉許反射地往後退了一步，表情也有了輕微的變化，反應非常明顯。

桑稚火大了：「我要去殺了他。」

這家餐廳的生意不錯，大多數位子都有人坐了。

桑延坐在窗邊的位子，百無聊賴地翻著菜單。餘光注意到旁邊有人過來，他正想抬起眼時，脖子就被人從身後勒住。他差點喘不過氣來，用力咳了一下。

伴隨而來的是桑稚壓抑著怒火的聲音：「你完了。」

看到旁邊站著的段嘉許，桑延瞬間明白，一字一句地說：「在我發火之前，給我鬆開妳的手。」

「我這次回家——不，我從現在開始，」桑稚只當作沒聽見他的話，用力掐著他的臉，還伸手拉他頭髮，「我要天天跟媽媽講電話，天天說你女朋友壞話，你別想讓她進門，你作夢吧！我昨天跟你說什麼——」

桑延把她的手扯掉：「妳敢。」

「你自己不講道理！誰說你可以打人的？打就算了！你還——」桑稚越說越氣，眼睛都紅了，手又纏了上去，力道也隨著語氣加重起來，「打那麼重！要是我昨天在場，我一定報警抓你！我告訴你！我從今天開始就跟你槓上了！」

桑延深吸了一口氣：「好好說話。」

桑稚也把手放開，聲音漸漸帶了哭腔：「桑延！你欺負我男朋友！我要跟你絕交！」

「……」

發洩完火氣，桑稚又死死地盯著他好一陣子，然後轉頭去了廁所。

段嘉許清清嗓子，伸手拍拍桑延的肩膀，接著跟了上去。沒隔多久，他就獨自一人回到位子上坐下。

注意到桑延的視線，段嘉許解釋：「她去上廁所。」

桑延伸手揉揉臉說：「好，我等著。你等一下不要攔我，我一定要打死這小鬼。」

段嘉許：「那我當然得攔著。」

「……」

「跟小女生計較什麼，」段嘉許替桑稚說話，「她那點力道也不會弄痛你。」

桑延一肚子火：「都給我滾。」

「兄弟，你看看，」段嘉許輕笑著說，似乎很享受這種滋味，「你什麼時候有空再揍我一頓？」

女廁外的人很多，隊伍已經排到門外。桑稚沒打算上廁所，只是想洗把臉。她直接從人和門的空隙中穿了進去，走到洗手台前，打開水龍頭。她突然注意到鏡子裡的自己眼睛還紅著，看上去她不像是剛罵了人，倒像是被人罵了一頓。

桑稚後知後覺地對自己說著說著就被氣哭了的事情感到有點丟臉。她吐出一口氣，抽了張面紙擦臉。

想到她昨天絞盡腦汁、說得嘴都乾了，還有段嘉許若無其事的態度，以及自己最後也覺得桑延應該還頗講道理的智障想法，剛降下去一絲絲的火氣再度升了起來。桑稚把面紙扔進垃圾桶裡，走出廁所，板著臉回到位子上。

這是一張四人桌。此時段嘉許和桑延分別坐在兩側，一個坐靠外，另一個坐靠窗的一側。

桑稚看著座位分布，不想跟桑延坐在一起，只能推推段嘉許，硬邦邦地說：「你坐到裡面去。」

「真有意思，」這時桑延開口說，「都幾歲的人了，絕交這種詞都說得出來。」

等段嘉許往裡面挪了個位子後，桑稚坐下，當作沒聽見他的話。但想想又覺得委屈，她很快就開口說：「那斷絕關係。」

「哪裡來的關係？」桑延嗤了聲，「提醒您一下，桑家十八代單傳。」

「……」桑稚看向他，「我等一下就告訴姑姑。」

「噢。」桑延改口，「一代，單傳。」

見慣了兩人吵架，段嘉許也不覺得這是件大事，饒有興致地在旁邊看著。過了一會兒，他把菜單放到桑稚面前，打斷他們的爭吵：「先點菜。」

桑稚抿抿唇，忍著怒火開始翻菜單。

桑延卻沒完沒了，繼續火上澆油：「才在一起多久？胳膊再往外彎就要骨折了吧？」

「你可不可以講點道理？」桑稚一點即燃，火冒三丈，用力地把菜單闔上，「我下次回家衝到你那裡把你女朋友揍一頓，你怎麼想？」

「這兩個是同一件事嗎？」桑延說，「沒良心。」

「我哪裡沒良心？還有，哪裡不一樣？」桑稚跟他吵，「反正打人就是不對，你講道理不行嗎？又不是什麼嚴重的事情。」

「講道理？」桑延盯著她看了好幾秒，反倒笑了，「抱歉，我呢，不喜歡這麼娘炮的解決方式。」

「……」

「而且，這位同學，」桑延的指節在桌面輕敲，他緩緩地說，「我跟我兄弟打架關妳什麼事？」

「……」桑稚立刻看向段嘉許。

段嘉許斜坐在椅子上，單手撐著側臉與桑稚對視。他伸手揉揉她的腦袋，好笑地說：「別跟妳哥吵了。」

聞言，桑稚往桑延看了一眼，沒在他的臉上看到什麼傷口。兩人對比起來，怎麼看都是段嘉許的傷勢更慘烈一些。

桑稚生硬地說：「是他要跟我吵。」

段嘉許：「我也有打他，扯平了。」

但也可能是段嘉許打人比較給面子，不打臉，只打身上。

桑延也沒說話，正低著頭看手機，看上去莫名顯得可憐。

桑稚的火氣瞬間散了一大半。想到他過來的主要原因，她沉默幾秒，又看向段嘉許，冒出一句：「你幹嘛打我哥？」

「……」

細想一下，如果她的對象不是段嘉許，而是一個跟桑延年紀一樣大的男人，桑延肯定不會一來就找他打架。所以桑延打段嘉許的最大原因，大概就是他們的關係。

這麼一想，桑稚覺得自己好像一點存在感都沒有。

看來兩人都不覺得這是什麼大事，心無芥蒂似的，桑稚的情緒也很快就過了。點完菜之後，她隨口問：「你們去醫院了嗎？」
段嘉許：「嗯。」
桑延瞥了他一眼，沒說話。
「喔。」桑稚看向桑延，主動地問，「哥哥，你哪裡被打了？」
桑延語氣很冷淡：「關妳什麼事？」
這一場冷戰持續了幾乎兩週的時間，桑稚皺眉，很不爽地說：「剛剛我說的話沒道理嗎？我又不是沒事找事，還有，你有必要生那麼久的氣嗎？」
桑延抬眼，神色慵懶地說：「段嘉許，你的對象有病啊？」
「……」
「跟她說一聲，我有女朋友了。」桑延明顯沒有要就此休兵的意思，認真地道：「所以沒事少跟我說話。」
「……」桑稚又生氣了，「那你把我的三千塊還給我。」
桑延懶得理她。
段嘉許笑出聲來：「你們兩個要吵一整晚啊？」
「誰要跟他吵，」桑稚低頭喝了口水，忍氣吞聲地說，「不理人就算了，誰稀罕。」
恰好上了幾道菜。跟桑延吵了半天，桑稚早就餓了。僅剩的一點火氣瞬間散去，她夾了個扇貝到碗裡，像是忘了自己剛才的話一樣，又開始扯話題：「哥，你女朋友是誰啊？」
桑延沒回答。

桑稚看向段嘉許：「你知道嗎？」

段嘉許戴上手套，笑著搖頭。

桑稚狐疑：「你這個女朋友，怎麼說了好幾個月了也沒看見個影子？我連照片都沒看到過。昨天我跟媽媽視訊，也沒聽她提起。」

桑延不想弄髒手，只夾不用剝殼的食物：「想說什麼直說。」

桑稚：「你是不是不想相親，就編出這麼一個人？」

桑延抬眼，語氣輕飄飄地說：「我有必要編？」

這個話題他明顯不太想談，桑稚看他一眼，改口道：「那你打算什麼時候回南蕪？我這兩天還要上班，但我週末可以陪你去逛。」

桑延：「我來找我兄弟，妳陪我逛什麼？」

「……」

段嘉許剝了一碗蝦放到桑稚面前。聞言，他眉梢一挑，對著桑延說：「要我陪你？那我能帶眷屬去嗎？」

桑稚也不想搭理桑延了，低頭啃蝦。

突然間，桑延毫無預兆地伸手，把桑稚面前裝滿蝦的碗拿了過去：「隨便。」

桑稚猛地抬頭，就見到他把蝦全倒入自己碗裡，然後把空碗放回段嘉許面前，悠悠地說一句：

「辛苦了。」

「……」

桑稚真的不知道桑延為什麼能這麼惹人厭。

為了方便跟他搶食，桑稚乾脆把位子換到桑延旁邊。他夾什麼，她就立刻動筷子，先一步把他想吃的東西夾到碗裡。

後來，桑延開始自食其力，戴上手套剝蝦蛄。他剛剝完一條丟進碗裡，下一秒桑稚就從他的碗裡把蝦肉夾出來，一口吞進嘴裡。

桑延面無表情地盯著她：「妳是強盜？」

桑稚咬著東西，臉頰鼓鼓的，像是在示威。她吞下嘴裡的東西，誠懇地說：「幫你試試味道。」

「……」

「但我沒吃到什麼味道，」桑稚說，「你再幫我剝二十隻，我再試試。」

桑延：「滾回去。」

段嘉許已經吃飽了，坐在位子上。見狀，他朝桑稚勾勾手指頭，彎著唇說：「坐回來。」

桑稚：「幹嘛？」

段嘉許輕笑道：「我來伺候妳。」

桑稚眨眨眼，乖乖地應了聲，起身坐回原來的位子。

「……」聽到「伺候」兩個字，桑延的嘴角抽動了一下，他把手套扯下來，「你們兩個談個戀愛可真是噁心。」

晚餐結束後，段嘉許去付帳。

三人走出餐廳，桑延從口袋裡掏出段嘉許的車鑰匙，打了個呵欠：「我回去了，你們兩個想幹嘛就幹嘛。」

總有種桑延大老遠來到一個陌生城市，想必會很孤單、很可憐、很無助的感覺，所以桑稚不想丟下他一個人：「哥哥，不然我們去看個電影吧？」

「我，和妳們？」桑延睏倦地說，「我腦子有問題？」

桑稚低頭滑著手機：「你幹嘛要來都不提前說一下，你昨天晚上來，但我昨天下午就訂好電影票了，現在也沒辦法退票。」

她看了一下場次：「不過也沒什麼人訂票耶，不然我把隔壁位子也訂下來？」

桑延：「我不去。」

「那我訂了喔。」桑稚自顧自地說著，「這個是情侶座，一訂只能訂兩張票，不過一個廳也沒幾個情侶座。」

桑延：「妳聾了？」

桑稚付完錢：「訂好了。」

「……」

電影院離這裡還有一段距離，三人上了車。

既然都這樣了，桑延也懶得開車，把車鑰匙丟給段嘉許，之後便坐到後座。他沒有要讓桑稚上來的意思，上車後就關了車門。

桑稚識相地坐到副駕駛座。算起來，她也好幾個月沒見到桑延了，又回過頭跟他說話：「哥，所以你幾號回家？」

桑延懶懶地說：「下週吧。」

桑稚算算時間：「那不就八月了。」

桑延：「差不多。」

「八月？」段嘉許繫好安全帶，聽到這句話，他也看了桑延一眼，然後發動車子，「好耶，我月底要搬家，你順便幫個忙吧。」

桑延嘴角抽了一下，抬眼看他。

桑稚也是第一次聽說：「啊？你要搬家嗎？」

「嗯，租屋合約到期了，」段嘉許說，「不打算續約。仲介推薦了幾個妳學校附近的房子，我打算週末去看看。」

「我幫你搬家？」桑延語氣帶了幾分涼意，「你沒問題吧？」

「沒什麼問題，」段嘉許溫和地說，「你願意幫忙就好。」

「……」

到了電影院，桑稚取了票，還買了桶爆米花。她盯著手裡的票，猶豫著位子該怎麼分配。

如果她跟段嘉許一起坐，那她讓桑延一起來看電影就一點意義都沒有了，反倒像是在孤立他。但如果是她跟桑延一起坐情侶座好像也滿奇怪的。

最後桑稚定下一個方案。她把其中一張票遞給桑延，電影票上的「情侶座」三個字用黑體加粗，特別明顯：「你們等一下坐一起。」

段嘉許和桑延看向她，神情意味不明。

桑稚想了個恰當的理由：「我想躺著。」

沒多久，三人進了場。桑稚霸占其中一個位子後，抬抬下巴，示意兩人去坐旁邊的位子。

桑延極為無奈：「妳腦子有洞？」

「我幹嘛？」桑稚被罵得莫名，「你們兩個一起坐啊，有什麼不對？我們三個來看電影，總不能讓你一個人坐吧。」

這個場次的人很少，除了他們三人，只有另外一對情侶，就坐在他們前面的位子。聽到聲音，女人回頭看了一眼。

桑延沒再理她，抬腳往旁邊的位子走。不過桑延這個態度就像是默許了，桑稚的目光跟段嘉許對上，示意他趕緊跟過去。

段嘉許挑眉，按照她的話做。

桑稚戴上3D眼鏡，把手機扔在一旁，開始咬爆米花。然後，她聽到前座的情侶在聊天。

「老公，你看我們斜對角——」女人壓著聲音，但她嗓門不小，桑稚也能聽到一二，「那兩個男的好像是同性戀。」

桑稚的動作一頓：「……」

「還帶了個女生過來，」女人嬉笑道，「大概是不想被發現。」

下一刻，段嘉許也回來了，坐到桑稚旁邊。

桑稚看向他。

段嘉許：「你哥叫我滾。」

「……」桑稚其實不太在意情侶座，因為她跟室友也經常買情侶票。她沉默三秒：「算了，不管了。」

這個電影院的座椅很軟，有點像是雙人沙發，旁邊沒有隔著空隙，直接連著另一張椅子，但中間有擋板遮住，所以桑稚只能看到桑延的腿，看不到他此刻的模樣。

桑稚遞了顆爆米花到段嘉許唇邊：「你吃不吃？」

段嘉許張嘴，探出舌尖，把爆米花捲入口中。恰好電影開場，他盯著她看了一會兒，也戴上3D眼鏡往前看。

吃多了就覺得膩，桑稚把爆米花放在一旁，抱著可樂開始喝。她盯著大螢幕，漸漸地就把注意力都放在上面。不知過了多久，螢幕上震撼的視覺特效結束，男女主角在絕處相擁，熱烈地親吻。

桑稚還覺得有點感動，又開始抱著爆米花吃。下一秒，她忽地注意到前座那對親密地摟在一起的情侶似乎也在接吻。

「……」

她一愣，下意識地看了段嘉許一眼，這才發現他靠得極近，沒在看電影，而是盯著她。因為他戴著黑色的眼鏡，桑稚看不太清楚他的眼神，只能看到他小幅度彎著的唇，正漸漸地往她的方向靠近。

桑稚的呼吸一滯，她瞬間明白他的意圖，用氣音道：「會被看到的。」

像是沒聽見一樣，下一刻，段嘉許的嘴唇就貼了上來。他力道很輕，咬了一下她的下唇，又舔了一下，很快就退開。

濕潤又溫熱的觸感停留在唇上。

桑稚的表情僵住，然後往旁邊指了指，極為震驚，又不敢發出很大的聲響，提醒道：「我哥，我哥在旁邊。」

段嘉許低低笑了聲。怕她手裡的爆米花被打翻，他伸手扯過放到一旁。

他壓低聲音，話裡帶著淺淺的氣息聲：「這樣不是滿刺激的嗎？」

他的嘴唇像是貼到她的耳垂邊，帶來似有若無的觸感。呼吸略顯滾燙，噴在她的耳際，一陣又一陣，讓桑稚下意識地往後靠，卻已經沒了後退的餘地。

總有種在做壞事的感覺，桑稚緊張地注意著桑延那邊的動靜，想把段嘉許推開一些。下一刻，段嘉許抓住她的手腕，將她往自己懷裡拉。同時，他腦袋稍側，輕輕地吻上她的唇。另一隻手的動作卻不溫柔，捏住她的下巴，向下扣。

順著力道，桑稚的嘴唇張開。他的舌尖探了進來，勾住她退怯的舌頭，一吋吋地往內，吞噬她的所有。

欲念橫生，帶著鋪天蓋地的侵占性，像要把她吃進肚子裡。

電影廳內，背景音樂震耳欲聾，蓋住他們的所有聲響。桑稚的心臟用力撞著身體，她再無心思去考慮別的事情。

兩人的距離極近，桑稚似乎也能感受到他跟她頻率極為相似的心跳聲。

良久，段嘉許放開她，用指腹輕抹她的唇角。盯著她發愣的模樣，他笑了一聲，再度貼近她的耳朵，啞聲道：「別怕。」

桑稚仍呆坐在原地，像失了魂一樣。

段嘉許又親了一下她的下巴，聲音多了幾分繾綣。

「我們小聲一點。」

這段小插曲加起來也不過幾分鐘的時間。但接下來電影講了什麼內容，桑稚完全沒看進去，注意力全在自己發燙的嘴唇，以及身邊時不時就往她嘴裡餵爆米花的段嘉許身上。

不知過了多久，螢幕上出現電影的片尾，廳內的燈光隨之亮起。前座的情侶未動，似乎還在等著看彩蛋。桑稚不太有興趣，站了起來：「我們走吧。」

段嘉許嗯了一聲。

注意到一直沒動靜的桑延，桑稚湊過去看了一眼。他的3D眼鏡直接扔在相鄰的椅子上，像是一直都沒戴，此時正靠著椅背睡覺，也不知道睡了多久。

不知道他有沒有發現剛剛的事情，桑稚抓抓頭，裝作很平靜的樣子，用鞋尖踢了一下他的鞋，把他叫醒：「哥，走了。」

桑延似乎沒察覺到什麼，睜開眼，往旁邊的手機上看了一眼，模樣有些疲倦。接著他緩緩地伸了個懶腰，漫不經心地應了聲：「嗯。」

三人走出電影院，到停車場上了車。

時間也不早了，段嘉許把車子開到桑稚學校，在門口找了個位置停車。桑稚解開安全帶正打算下車時，後座的桑延忽地喃喃自語：「我還是回去吧。」

桑稚回頭：「什麼？」

桑延沒多說，下了車。

桑稚眼神古怪地看了他一眼，然後又看向段嘉許，很彆扭地說：「他是不是發現了？」

段嘉許笑：「應該沒有。」

桑稚吐了一口氣，硬著頭皮下車。她走到桑延旁邊，惴惴不安地嘀咕道：「你幹嘛現在回去，你等一下跟嘉許哥一起回去不行嗎？」

「你們兩個約會去吧，」桑延低頭看著手機，「我回南蕪了。」

桑稚愣住，一下子沒反應過來：「啊？現在？都九點了。」

桑延不太在意地說：「我去機場問問還有沒有票。」

段嘉許也從車上下來，聽到這句話，他的眉梢一挑：「要回去了？」

「嗯。」桑延看向段嘉許，像是想囑咐點什麼，說出來又覺得彆扭。他抬手用力掐了一下桑稚的臉說：「自己在學校注意點，哥哥走了。」

「……」桑稚小聲道，「你剛剛不是說八月才回去嗎？」

桑延：「有點事。」

「那你怎麼不早點說？」桑稚抿抿唇，語氣悶悶的，「那我今天就請假了嘛，我都想好週末要帶你去哪裡玩了，你突然就要走。」

桑延笑了：「我還要等妳這小鬼帶我去玩？」

桑稚莫名有點想哭。她吸著鼻子，眼裡浮起一層水氣，開始發脾氣：「你又沒工作，你那麼急著回去幹嘛？如果只打算過來兩天，那你幹嘛過來？」

「說點人話。」桑延說，「什麼叫沒工作？」

算起來，桑稚也將近半年沒回家了。所以桑延這次過來，就算沒給她什麼好臉色，還十句話有九句是在針對她，桑稚還是有種踏實又開心的感覺。她有點哽咽，聲音也低了不少：「你就不能在這裡多留幾天？」

「不是，」桑延笑出聲來，不明所以地說：「妳哭什麼？」

「……」

「我留在這裡幹嘛？天天在段嘉許家閒得發慌，當他的看門狗啊？」說著，桑延指指段嘉許，「這老男人對妳不好？」

桑稚抹著眼淚：「不是。」

桑延又問：「實習不開心？」

「嗯。」像小時候被人欺負了一樣，桑稚抽抽噎噎地跟他告狀，「有人欺負我……」

「那就別做了，」桑延說，「我們差這點錢嗎？」

「那我不就白白被她欺負了……」桑稚邊哭邊抱怨，「你還封鎖我，還搶我紅包，過來還一直罵我……」

「那才多少錢？我飛過來都不止三千塊，妳要記多久？」桑延說，「好了好了，跟妳鬧著玩的，等一下就還給妳。」

「……」

「還有，說幾句就是罵妳了啊？弄得好像我跟妳說過什麼難聽的話一樣。自己在這裡待得開心就好，妳也不是以後都不回去了，為了這點小事哭不覺得丟臉啊？」桑延被她哭得頭痛，看了一眼段嘉許，示意他自己來哄，「找妳的老男人去吧。」

段嘉許開口：「你再等一下，我開車送你去。」

「你不嫌麻煩，我還怕趕不上最後一班飛機呢，」桑延的語氣仍然欠揍，「我滾了，你照顧這小鬼吧。真佩服，十九歲了還跟九歲一樣。」

宜荷大學附近的計程車不少，桑延很快就攔到一輛，坐上離開了。

「小孩，妳當我不存在啊？」段嘉許走到桑稚面前，半開玩笑地說，「在我面前為別的男人哭成這樣。」

桑稚默不作聲地扯著他的衣襬，開始擦眼淚。

「噯——」段嘉許沒生氣，開玩笑地說，「別掀那麼高，哥哥的肉都露出來了。」

桑稚的聲音帶著很重的鼻音，她咕噥道：「又沒人看到。」

「在這間公司實習很不開心？」段嘉許的語速緩慢，他輕聲哄著，「不是說妳那個師父不欺負妳了嗎？」

「不想每天都跟你說這個，」桑稚低聲說，「而且因為被罵就哭，很丟臉。」

「嗯？」段嘉許笑道，「妳在我面前哭多少次了，還有什麼丟臉的？」

「那都是小時候了，現在哪有？」桑稚眼睛還紅通通的，一本正經地說：「我不喜歡哭。小孩子遇到事情才哭，我這個年紀，都應該要想怎麼解決問題。」

段嘉許盯著她看了好一會兒，眼角彎起：「明明就是小哭包。」

「……」

「如果妳覺得哭是小孩的權利。」段嘉許的語氣難得認真，揉著她的腦袋，「那妳就當一輩子的小孩，好不好？」

桑稚抬起眼。

他的瞳孔色澤偏淺，天生帶著溫柔，像是要化成水：「我養妳。」

這個詞在她年少時像是個難纏的詛咒，所以她多次提出不希望他再這樣叫她，希望自己能早日擺脫這個稱呼，又在日子一天一天的流逝中，覺得這成了不可能做到的事情。

可在此刻，這個詞再次出現，帶給她的卻是完全不同的感受。很神奇的是，這些感受都是同一個人帶給她的。

桑稚安靜幾秒，一聲不吭地往他懷裡鑽。

段嘉許摸著她的頭髮，想了想，問道：「是不是想回家？」

桑稚老實地說：「嗯。」

「想回去就回去，我請假陪妳一起回去。還有，如果真的不喜歡這份工作，就別做了。」段嘉許嘆了一口氣，「這公司怎麼回事，搞得我家小孩哭成這樣。」

「……」

「我可不可以去找妳老闆說幾句？」

這語氣像家長看到孩子在學校被欺負，說要去找校長一樣。桑稚莫名其妙地笑了，壞心情也隨他的安慰散去大半。

段嘉許也垂下眼睫跟著她笑。他低頭吻了一下她的額頭，低聲說道：「我不想只是成為妳的男朋友。」

聞言，桑稚的心跳似乎停住了，她愣住。

下一秒，段嘉許認真地把話說完：「我也想成為妳依賴的人。」

桑稚回到宿舍，拿出手機看了微信一眼，注意到把她封鎖兩週的桑延終於傳來訊息，轉了兩萬塊給她，還附帶一句話。

桑延：加上生活費。

桑稚收了錢，問了幾句他現在的情況後放下手機。想著段嘉許剛剛的話，她莫名失了神，感覺心臟原本有點空空的位置，似乎被人填補了些東西。

沒多久，桑稚回過神，眨眨眼，自顧自地傻笑起來。

◇

第二天，桑稚照常去上班。

因為昨天張輝的訓話，施曉雨沒再怎麼針對她，但桑稚不太確定會不會過了一天，她就恢復原來的姿態。

桑稚也不想再跟她較勁。她暗暗想著，如果施曉雨還像之前那樣，自己似乎也沒有必要一直待在這裡。雖然說是來學東西的，她卻什麼東西都沒學到，每天花費最多時間思考的事情，就是該怎麼跟施曉雨作對。

這根本是在浪費時間。

但值得慶幸的是，施曉雨的狀態跟昨天差不多。

接下來的幾天，她們也一直是這樣的相處方式。施曉雨不再刻意刁難桑稚，只吩咐她做該做的事情，偶爾覺得她有些事情沒做好，也只是淡淡提醒幾句。

桑稚這才漸漸鬆了口氣。

轉眼間就到了週末。

桑稚陪段嘉許到宜荷大學旁邊的社區看房子，本以為他會找跟之前差不多條件的，但這次他找的房子明顯比之前的大了不少，兩房兩廳兩衛，主臥也有一個廁所，總共二十幾坪，租金也比之前的高了不少。

趁仲介去打電話，桑稚把他拉到一邊：「你一個人住，租這麼大的幹什麼？」

段嘉許沒回答，反問：「這間好不好？」

桑稚下意識地答：「還不錯。」

「那就這間吧。」

「……」桑稚愣了，「不是，你一個人住要兩個廁所？」

段嘉許挑眉，若有所思地道：「也不算是一個人住吧。」

桑稚瞬間懂了，沉默幾秒，強調：「我不會跟你一起住的。」

「嗯。」段嘉許說，「但也不妨礙我想留個房間給妳。」

桑稚小聲地說：「你這樣不是浪費嗎？」

「還可以吧。」段嘉許吊兒郎當地說：「妳能來住一晚，我就算賺到了。」

「……」

桑稚沒太把他的話放在心上。

決定好之後沒多久，段嘉許就搬了過去。他的行李沒多少，收拾完也就幾箱的東西而已，連搬家公司都不用找。

這個社區就在宜荷大學旁邊，走過去不過五分鐘路程。

兩人見面也方便了不少。

每天早上，段嘉許還能順路送桑稚到公司去。下班之後，兩人回到學校這裡，在附近的小吃街解決晚餐，一天的時間就過去了。

不知不覺，八月就過了一半。

這天恰巧是週五，最近公司的事情少，桑稚準時下了班。她傳了封訊息給段嘉許，得知他要加班的事情，便自己買了個便當回到學校。

桑稚打開電腦，湯匙還咬在嘴裡，便抓起遙控器打開空調。

耳邊傳來熟悉的運作聲，接著，空調莫名其妙地響起喀喀的聲音。桑稚停下動作，抬起頭看了一眼，也不覺得有風出來。她覺得有點奇怪，鬱悶地關掉又打開，卻還是一樣的狀況。

這棟宿舍大樓老舊，空調的款式也比較老。桑稚不懂怎麼弄，只能下樓找舍監阿姨。阿姨沒跟她上去看，叫她自己去申請報修，但放假期間，學校的維修人員也放假，報修了也得等到開學才有人來修，不然她就得自己去找校外的維修工。

桑稚不知道該去哪裡找，她回到房間，又自己摸索了好一會兒。想著要不然忍一忍就算了，但又覺得這天氣完全無法忍受。她把風扇打開，先把飯吃完，然後跟段嘉許說了這件事，思考著今天要不要去外面找個飯店住，明天再看看能不能找人來修理。

沒等她想好，段嘉許就回覆了。

段嘉許：去我家。

段嘉許：不是給了妳一把鑰匙嗎？

桑稚想想，覺得自己確實也沒什麼堅持的必要。她拿了一套換洗衣服，又帶上自己的保養品，連電腦也一起收好，出發去段嘉許家。她來的次數並不少，完全不會不自在，進去之後便打開空調，躺在沙發上玩手機。

桑稚經常一個人待在家，此時也不覺得無聊，時間消磨得也快。

段嘉許接近晚上九點才回來。桑稚抱著一包洋芋片，邊看電視劇邊咬著，隨口問一句：「你吃飯了嗎？」

段嘉許應了聲：「嗯。」

桑稚沒再繼續問。

段嘉許脫了鞋子，過來坐在她旁邊，這才開始問：「妳宿舍的空調怎麼了？」

「就響得很大聲，」桑稚說，「而且也沒風。」

段嘉許：「嗯，我明天幫妳找人去修。」

桑稚點頭，把洋芋片給他：「你吃不吃？」

「不吃，」段嘉許揉揉她的腦袋，囑咐道，「我先去洗澡。妳睡主臥，我等一下過去幫妳鋪床，洗澡也去那間洗。」

「喔。」

雖然不是頭一次來，但桑稚是第一次住在這裡，時間晚了也漸漸覺得不自在。等段嘉許走進浴室裡，她把剩下的洋芋片解決完，也走進主臥的浴室，準備洗澡。

這個浴室比外面那個大一點，還有浴缸。洗臉臺上放了沐浴露和洗髮精，還有一系列洗漱用品，都是適合女生用的。

桑稚沒進來過，看到這些還有點傻住。她眨眨眼，一個一個地拿起來看了一遍後才進淋浴間。

桑稚出來時已經接近十點。她把頭髮吹乾，擦完身體乳液之後猶豫了一下，打算去廚房拿個果凍吃。

桑稚打開房門，就見到段嘉許已經洗完澡出來了，此時正躺在沙發上。他穿著睡衣——深藍色的格子襯衫，配套的短褲，肩膀上搭著條毛巾，頭髮還濕漉漉的，垂在耳際和額前。

段嘉許低著眼，拿著手機，像是在看影片，神態漫不經心。

桑稚沒打擾他，直接走去廚房，之後回到客廳，思考著要直接回房間，還是跟他打聲招呼再回去時，段嘉許就出聲喊她：「只只，幫我個忙。」

桑稚乖乖地過去：「怎麼了？」她坐到段嘉許旁邊，一邊撕著果凍的包裝說：「你也要吃？」

段嘉許把手機放下，搖搖頭。他的嘴角彎了起來，其中一隻手的指尖往上滑，停在衣服上的某顆釦子上，然後，緩慢地開了口：「有點熱。」

「……」

「幫哥哥解一下釦子。」

「……」

這句話像是一陣響雷，突然在桑稚的耳邊炸開，導致她手上一滑，力道沒控制好，手裡的果凍飛了出去，掉到地上。

桑稚慢吞吞地撿起來，抽了張衛生紙擦擦包裝。她的視線挪到他放在釦子上的手指上，停頓了好幾秒後才表情微妙地問：「你自己沒手嗎？」

段嘉許低低笑了幾聲，吊兒郎當地道：「小朋友，知不知道什麼叫情趣？」

「……」桑稚當作沒聽見，拿起遙控器把空調調低幾度，「我調到二十三度？」

「會著涼的。」

桑稚沉默幾秒，注意到他的頭髮還沒乾，只能又把溫度調高。她繼續低頭撕著包裝紙，但包裝卻怎麼都撕不開。到最後，開口處還被她扯爛了。

段嘉許伸手拿過，從另一邊替她撕開，遞還給她。

桑稚默默地拿了回來，用塑膠湯匙挖著吃。她總覺得這個走向變得有點奇怪，思考著自己現在突然說想回房間會不會顯得突兀。

孤男寡女共處一室，電視沒開，兩人都不說話，屋裡沒別的聲響。她能感覺到段嘉許似乎正毫不掩飾地，明目張膽地看著她。

客廳的光線略顯昏暗，大燈沒開，只開了沙發旁的立式檯燈。偏太陽光的顏色暈染出溫暖又旖旎的氛圍，帶了幾絲曖昧。

這盞燈像是帶了溫度，桑稚也莫名地覺得有點熱。但段嘉許一直沒再開口，她的精神也慢慢放鬆下來。她吃完果凍，站起身，把包裝扔進垃圾桶裡：「那我回——」

段嘉許突然直起身，伸手握住她的手往懷裡扯。

他力道不算大，但桑稚沒預料到，也因此沒站穩。呼吸停了一下，她下意識地順著這力道往他身上倒。

夏天的衣服薄，兩人也都只穿著短袖、短褲，桑稚可以很清晰地感受到他的皮膚比她身上更滾燙幾分，他那突然就近在咫尺的氣息，熟悉又冷冽。她僵著身子，不敢亂動，細聲道：「你幹嘛……」

段嘉許的指腹摩娑著她的手腕，帶著她的手挪到自己的衣服上。他的眼眸微斂，染上幾分水汽，聲音低沉沙啞：「吃完了？」

「……」

「那該幫忙了。」

對上他那雙能蠱惑人的眼，桑稚的大腦一片空白，彷彿被催了眠。定格了幾秒後，她的手指動了動，莫名其妙地聽著他的話，緩慢地解開他最上方的鈕釦。衣服隨之打開，露出深陷又分明的鎖骨，性感到極致。

她目光往上挪，注意到他的喉結滾動，線條極為好看。在這一刻，桑稚猛地回過神。因為自己的舉動，她的臉頰整片燒了起來，她結結巴巴地道：「可、可以了吧？我回房間了。」

段嘉許抓著她的手：「這麼敷衍啊？」

桑稚緊張得說不出話來，覺得太快，又不知道該怎麼拒絕，只知道看著他，眼裡多了幾分不知所措。

察覺到她的不安，段嘉許仰頭親親她的下巴：「別怕。」

「……」

「不碰妳，不會讓我家只只吃虧的。」段嘉許的語速很慢，他自己單手解著釦子，「但妳要不要先驗個貨？」

桑稚覺得自己的心臟都要從喉嚨跳出來了。

半晌後，段嘉許的動作停住。他只解了一半的釦子，指尖又向上滑，停在鎖骨上，舉動帶了幾分色氣，桃花眼微彎，像個來攝人心魂的狐狸精。

世界安靜下來。

不知過了多久，桑稚聽到他說：

「想不想親一下？」

桑稚回到浴室裡刷牙。她擠著牙膏，在這裡還能隱隱約約聽到段嘉許鋪床的聲音。她摸了半天，刷完牙也沒開門出去。

沒多久，外頭響起段嘉許的聲音：「早點睡。」

桑稚含糊地應了一聲。

段嘉許：「缺什麼跟我說。」

桑稚又回應。

然後傳來房門打開又關上的聲音。

桑稚鬆了口氣，這才走出浴室。她湊到房間的門邊，掙扎了半天，還是猶豫著，小心翼翼地按下門鎖。彈簧發出叮的一聲，格外響亮。

她的動作僵住。

下一秒，外面響起段嘉許懶洋洋的聲音：「這麼防著我？」

「……」隔著一扇門，桑稚乾脆當作沒聽見，把房間的燈關上，回到床邊。

床頭櫃上有盞小檯燈，此時已經打開，發出昏黃色的光。小小的單人床鋪好淡粉色的床單，旁邊放著五十公分左右的熊娃娃。傢俱是房子附的，有個小書桌，上面都是桑稚放在這裡的小東西。

桑稚瞥了一眼，注意到床頭櫃上還放著一個相框，是她跟段嘉許近期的合照。她趴在床上，捲起被子打了個滾，然後把整張臉埋進去。她能清晰地聞到新被子的味道，還帶著陽光的氣息。

想起剛剛的事情，桑稚覺得有點喘不過氣，又把腦袋抬了起來，半點睡意都沒有。她盯著白色的天花板，把一旁的熊熊抱在懷裡蹂躪，發洩著情緒。

她想嚎叫一聲，又怕被隔壁的老男人聽到。

這房子的隔音效果一般，桑稚還能聽到段嘉許在外面走動的聲音。她勉強平復著心情，拿起手機翻了個漫畫出來看，卻一個字都看不進去。

說來是不是有點丟臉，桑稚從來沒有過這種經歷，也沒聽身邊的人說過這種事。

她居然被一個男人色誘了。

重點是，她居然把持不住！

太丟臉了。

真的太丟臉了！

桑稚閉起眼睛，把手機扔到一旁，又鑽進被子裡。她摸著嘴唇，在這狹小的空間裡，呼吸和心跳的聲音都被放大。

腦海裡浮現的卻是她剛剛落到段嘉許喉結上的吻，以及他那放在自己後腰處摩挲，又鬆開了的手。

還有，他微喘著氣，調情般地說：「我管不住我的手，妳要不要幫我綁起來？」

◇

因為翻來覆去半天都睡不著，第二天桑稚很晚起床，迷迷糊糊地點開手機時，發現已經十點了。

她賴了一會兒床，爬起來洗漱，然後走到客廳，卻沒看見段嘉許。

桑稚疑惑地打開微信看了一眼。

早上七點左右，段嘉許就傳來訊息：我有事出去一趟。

段嘉許：微波爐裡有粥，熱一下就能吃。

段嘉許：起來跟我說一聲。

桑稚回覆：起來了，你去哪裡？

然後桑稚走進廚房，把粥熱好之後端了出來。她拿個小碗盛了一些，坐到餐桌前，再看手機時段嘉許已經回覆了：回來了。

段嘉許：有沒有什麼想吃的？我帶回去。

桑稚想了想：雞排。

段嘉許：好。

桑稚的粥還沒吃完段嘉許就回來了。他換了鞋，把手裡的塑膠袋放到她面前，隨口問：「今天怎麼這麼晚起床？」

「週末，就睡久一點。」桑稚隨口扯了一個理由，吞下嘴裡的粥，又問：「你去哪裡？那麼早就出門。」

段嘉許坐到她對面，誠實地答：「我媽忌日，去掃墓。」

「……」桑稚的動作一頓，她抬頭看他，訥訥地啊了一聲。

見狀，段嘉許挑眉：「怎麼是這種反應？」

桑稚鬆開湯匙，小聲說：「你怎麼沒告訴我？我陪你去啊。」

段嘉許似是不太把這件事情放在心上，淡淡笑著說：「去那裡會影響心情，怕妳回來了不開心。

而且難得週末，讓妳多睡一會兒。」

「……」桑稚沉默幾秒，「嗯。」

段嘉許把袋子打開，翻出裡面的紙袋，插上竹籤。唇角上彎，他提醒道：「別吃太多，等一下要吃午餐了。」

桑稚繼續吃著粥，又嗯了聲。

段嘉許往她臉上看了幾眼，問道：「昨天熬夜了？黑眼圈都冒出來了。」

桑稚點點頭，扯了個謊：「看劇。」

段嘉許：「那等一下再去睡一會兒？」

「不用。」桑稚吃完剩下的粥，忽地抬眼看他，「段嘉許。」

「嗯？」

「就是，」桑稚抿抿唇，停頓了半晌，她莫名有一點挫敗感，半天後才低聲道，「我可以陪你一起不開心的。」

「……」

兩人對視幾秒，桑稚收回視線，站了起來，自言自語般地說：「我去洗碗。」

與此同時，段嘉許也開了口：「過來。」

聞言，桑稚抬起眼。她也沒問什麼原因，乖乖地繞過餐桌走到他面前。

下一刻就見到段嘉許嘴角的弧度往內收，變得平直，負能量在頃刻間爆發出來。然後，他把腦袋靠在她的小腹前，雙手抬起抱住她。

他沒有說話，一聲也沒吭。

桑稚頓了一下，抬起手，摸摸他的頭。想了想，她放緩聲音，手忙腳亂又認真地哄著：「你要是想哭也沒關係。」

「……」

段嘉許笑出聲來。

「我也可以把你當小孩，」桑稚強調，「而且不說你是愛哭包。」

桑稚沒怎麼安慰過人，鬱悶地抓抓頭：「我是說真的。」

「嗯。」段嘉許的心情似乎好了一點，他低聲道，「那妳多抱一下妳家小孩。」

因為這件事，桑稚整個下午都陪著段嘉許。她沒主動問起他家裡的事情，也害怕多說多錯，只是待在他旁邊。

他走到哪她就跟到哪，像他身上突然長出來的一條小尾巴。

段嘉許再差的心情，也因為她這個模樣而煙消雲散。沒一會兒，他又像平時那樣，毫不正經地逗著她玩。

桑稚默默地記下這個日子。她想，以後到了這一天，她一定不會睡懶覺。

兩人在家待了一整天，也忘了去弄桑稚宿舍空調的事情。她回宿舍拿了一套衣服，又在段嘉許家住了一晚。

連住兩晚，桑稚也沒有想像中的那麼不適應。從這裡去上班也方便，不像在學校時，從宿舍大樓走到校門口還有好長一段距離，而且一個人待在宿舍，她有時候確實覺得滿孤單的。

隔天中午，段嘉許幫桑稚聯繫了一個空調維修工。登記完後，三個人一起走進宿舍裡，維修工拿著梯子，爬上去修理。

段嘉許站在桑稚的位子旁，瞥了一眼另外三張空蕩蕩的床：「要不然就住我那裡？」

桑稚收拾著桌子。聞言，她抬頭看他。

段嘉許：「開學了再回來這裡住。」

她沒出聲，繼續收拾著東西。

段嘉許沒強求，靠在桌邊，把玩著她桌上的一個小玩意兒。

良久後，維修工修好空調，叫桑稚打開試一下。等工人離開後，段嘉許看了眼時間，提議道：「先出去吃個飯，然後送妳回來？」

桑稚沉默了一下，然後遲疑地說：「你去陽臺站一會兒好嗎？」

「嗯？」

「我要拿點衣服……」桑稚嘀咕道，「半個月，就兩套衣服，不夠穿。」

◇

桑稚就這樣開啟了和段嘉許的「同居」生活。

不過比起這個詞，她覺得用合租來形容比較適合。因為大多數時間她都待在房間裡，只有要吃東西時才會出來。

但這件事她也不敢告訴家人。黎萍打視訊電話給她時，桑稚還得跑去外面，裝作一副剛下班的樣子重新打回去。偶爾懶得跑出去，她便強扯了個在同學家的理由。

假期就這樣不知不覺地結束了。

桑稚這個實習持續了一個半月。

離職那天，桑稚買了小禮物給幾個照顧過她的同事。想到最近對她態度改善不少的施曉雨，桑稚也沒有計較之前的事情，也同樣送她一個。

拿到小禮物，施曉雨看了她一眼，不自然地說了一句：「謝謝。」

桑稚點頭。還沒等她回到座位上，施曉雨又開口，語氣有點遲疑：「桑稚，我可不可以問問妳跟江穎的關係？」

桑稚傻住：「我跟她沒關係啊。」

施曉雨吐了口氣，言辭中帶著歉意：「我之前確實是聽了她的話，對妳有點偏見，對不起。但最近我跟她見面，也覺得她有點不對勁，她也不跟我說實話，所以我想說來問問妳。」

桑稚斟酌了一下用語，慢慢地說：「出於某些原因，她一直纏著我男朋友，還覺得我男朋友得一直補償她，為她做牛做馬，妳之前應該也看到了。」

「嗯。」

「如果再遇到這種事，我一定會報警。所以，如果妳是為了她好，」桑稚也沒有針對的意思，如實地說：「妳可以帶她去看一下心理醫生。」

桑稚收拾好東西，提前一天從段嘉許那裡搬回宿舍。隔天，宿舍的另外兩人也從家裡過來，甯薇也趕在假期的最後一天回來。

桑稚又開始過著每天在教室、學生餐廳、宿舍跑的生活。

因為之前的比賽，桑稚跟當時的指導老師的關係變得不錯。在老師的建議下，她報名參加了市裡舉辦的遊戲設計大賽。

這個比賽的規模較大，頒獎時還會有很多大企業的人來。跟上次的比賽也不太一樣，這次是個人獨立完成作品，不再是組隊參賽。

大二開始，桑稚退出之前所在的學生會部門。

她參賽的類別是遊戲美術設計，她每天除了上課就是窩在宿舍裡畫圖。偶爾課少或者到週末時，桑稚會帶著電腦到段嘉許那裡住一晚。

轉眼間就到了年底的假期。

段嘉許提前幫她訂了連假前一晚的飛機。這假期加起來也有一週，他沒什麼事，乾脆跟她一起回去南蕪。

兩人到南蕪機場時已經半夜了。

一下飛機，桑稚就拿出手機幫他找飯店：「就找我家附近的？我本來想讓你直接住我哥那裡，但我突然想起他是跟別人合租的，是一個姊姊，雖然我也不知道他為什麼要合租……然後錢飛哥又結婚了，那你就只能住飯店了。」

段嘉許嗯了聲。

兩人都沒帶什麼行李，所以也不用等行李，順著指示牌出去。出乎桑稚的意料，來接他們的不是桑延，而是錢飛。

桑稚眨眨眼，不好意思在他眼前跟段嘉許牽手。她猛地把手抽回來，乖乖地跟他打了聲招呼：「錢飛哥。」

明顯已經看到了先前的那一幕，錢飛沉默了幾秒，也跟她打了聲招呼，然後看向段嘉許，無聲地朝他倒豎了一下大姆指。

段嘉許重新牽住桑稚的手，眉梢揚起：「有話就說。」

錢飛沒再忍，怒罵：「禽獸！」

桑稚：「……」

段嘉許轉頭看桑稚，語氣像在告狀：「他罵我是禽獸。」

桑稚猶豫地說：「也沒這麼嚴重。」

錢飛明顯還因為之前被段嘉許陰了的事情很惱火，他指指桑稚，吐出兩個字：「鮮花。」然後又指指段嘉許，刻意咬重其中的某個字：「插進『老』牛糞裡。」

「……」

桑稚不知道他們之間發生了什麼事，也不知道錢飛哪裡來那麼大的怨氣，只能一頭霧水地扯開話題：「錢飛哥，怎麼是你過來？我哥呢？」

對著桑稚，錢飛的火氣才消了大半：「妳哥說有事。」

桑稚點頭，沒再多問。

三人走出機場，坐上錢飛停在外面的車。

桑稚自覺地坐到後座，段嘉許坐在副駕駛座。她翻出手機，繼續幫段嘉許找飯店，看到合適的就傳給他。

此時已經接近深夜一點，但桑稚剛在飛機上睡了一覺，也不太睏。

車內放著輕音樂，段嘉許和錢飛有一搭沒一搭地說著話。也許是怕桑稚會覺得尷尬，錢飛也沒調侃他們在一起的事情。

四十分鐘後，車子開到桑稚家樓下。

段嘉許跟著下了車，習慣性地囑咐了幾句，看著她走進大樓裡才回到車上。他重新繫上安全帶，聽到錢飛問：「噯，你住哪裡？」

聞言，段嘉許看了一眼手機，報了個飯店的名字。

錢飛：「訂什麼飯店啊，住我那裡不就好了？」

「算了吧。」段嘉許笑，「不合適。」

「怎麼不合適？不過也是，」錢飛嘿嘿地笑了起來，「一個星期，要是讓你聽到什麼就不好了。對了，聽桑延說你又搬家了？」

段嘉許：「嗯。」

錢飛皺眉，像個老媽子一樣嘮叨：「不是，你這幾年搬多少次了？買個房定下來吧，不然你賺的那些錢要帶進棺材裡？」

「我不想在一個地方久住，而且也不打算一直待在宜荷。」說到這裡，段嘉許沉吟片刻，又道，

「不然，你順便幫我看看南蕪有沒有新開賣的房子吧，就這附近的。」

錢飛一愣：「南蕪的？」

「嗯。」

「你打算回來這裡啊？」錢飛明白過來，「因為桑稚？」

段嘉許笑了，又嗯了聲：「小女孩滿戀家的。」

「我晚點幫你問問，」錢飛說，「不過，你確定啊？那你工作怎麼辦，這間公司你不是技術入股了嗎？而且發展得還滿好的吧？當時怎麼協議的？」

段嘉許沒回答他的一大串問題，突然冒出一句：「最近在考慮一件事。」

錢飛：「什麼？」

恰好到了飯店樓下，段嘉許沒再多說。他解開安全帶，邊打開車門，邊漫不經心地說：「沒事，我再想想。」

◇

怕吵到桑榮和黎萍，桑稚的所有舉動都小心翼翼。脫了鞋之後，她連拖鞋都不敢穿，也沒開燈，就著手機的光回到房間裡。她剛把房門關上，還沒來得及鬆一口氣，門就從外面被推開。

黎萍的臉上還帶著剛醒來的倦意。看到桑稚，她的睏意瞬間散了大半：「嚇我一跳，妳這丫頭，不是說明天早上回來嗎？」

「……」桑稚覺得自己根本沒發出什麼聲音，沒想到還是把黎萍吵醒了，她抓了抓頭，「飛機太晚了，怕你們會等我。」

「吃飯沒有？妳哥送妳回來的？」

「吃了，不是哥哥送我的。」桑稚沒撒謊，老實地說，「他好像有事，請錢飛哥送我回來的。我洗個澡就睡了，妳也快去睡吧。」

好一段時間沒見了，黎萍盯著她看，伸手摸摸她的臉，嘆了一聲：「我怎麼感覺妳又瘦了啊？大半年沒回家了……」

桑稚搖頭：「沒瘦，胖了兩公斤。」

「整天怕妳在那邊過得不好，又怕妳不告訴媽媽，」黎萍忍不住多說了幾句，「妳還是在我眼前待著，我心裡才踏實一點。以後想找實習，還是在家這邊找吧，好嗎？」

怕把桑榮也吵醒了，桑稚順著應下，壓著聲音哄黎萍，花了半天的時間才把她哄去睡了。

桑稚快速地洗了個澡，回到房間裡。她在微信上問了一下段嘉許的情況，跟他說了一會兒話之後把手機扔到一旁，閉著眼睛醞釀睡意。

沒多久，桑稚又睜開眼。她莫名其妙地想起一件事，迅速爬下床，從床底下再次拖出之前的那個紙箱。

紙箱上面用膠帶纏了一圈，桑稚拿美工刀割開。

在暗淡的光線下，桑稚慢吞吞地把裡面的東西都拿了出來。裡面最占據空間的就是玩偶，加起來有好幾個，她將它們放到書桌上，打算明天丟進洗衣機裡洗。

桑稚拿出那個裝著星星的牛奶瓶，放回窗臺上。

再往下，桑稚看到她用手機偷拍段嘉許的那張照片。照片邊緣已經泛黃，畫素不高，但還是能看清男人的模樣。

那時候的段嘉許少年感十足，穿著白色的毛衣。他低著眼，手上拿著黑色的遊戲手把，襯得他膚色更白，臉上的笑容跟現在沒有多大的差別。

其實桑稚不太記得拍下這張照片時的心情了，卻還是有一種很神奇的感覺。

她一見鍾情喜歡上的男人，從年少到現在，一直喜歡著的人。

她從找理由靠近，偷偷摸摸地隱藏心思，想在他的人生裡留下痕跡；再到疏遠了斷，用盡全力地遺忘；再到因為再次見面，所有一切再度點燃。說起來，一切似乎還滿美好的。她跟她的初戀、跟她暗戀了很久的人在一起了，可桑稚覺得她大概一輩子都不會告訴段嘉許這件事。

她不會讓他知道，自己也曾努力又無所畏懼地想要把一顆心送上，卻因為怯懦和無力，最後還是把它藏到最深處，藏到最後，就像是消失了一樣，就連她自己都再也找不到。

她也不會讓他知道，他只要勾一下手指頭，她的整顆心就會亂撞。

那些隱藏起來的喜歡，在他面前，就成了想藏都藏不住的東西。

隔天，桑稚吃完早餐回到房間。注意到桌上的玩偶，她將玩偶全部抱起來，重新走出房間喊道：「媽媽，我想洗一下這些。」

黎萍跟桑榮正坐在沙發前看電視。聽到桑稚的聲音，黎萍抬起頭，往她懷裡掃了一眼：「啊？妳不是收起來了嗎？怎麼又突然拿出來了？」

「突然翻到的，」桑稚也不知道怎麼解釋，含糊地說：「反正放著也不占位置。」

「妳放著吧，我等一下幫妳丟洗衣機裡。」黎萍也沒多問，拍拍旁邊的位子，「過來，陪爸爸媽媽看一會兒電視。」

桑稚點頭，走過去坐下。

說是看電視，但更多的是他們在問她假期的事以及她近期發生的事情。桑稚大部分老實地說了，一些覺得不能回答的都蒙混了過去。

趁著桑榮和黎萍聊天的空隙，桑稚從口袋中翻出手機，恰好看到段嘉許的訊息：醒了？

桑稚：醒了。

段嘉許：一五三二。

桑稚：？

段嘉許：房間號碼。

桑稚：……

段嘉許：有空可以來寵幸我。

桑稚覺得有點無奈，又忍不住笑起來，回道：過兩天吧。

她還想再回覆點什麼，突然聽到黎萍叫她。桑稚下意識地關掉手機螢幕，抬起頭，呆呆地啊了聲：「怎麼了？」

黎萍笑著問：「在跟誰聊天？這麼開心。」

桑稚隨口答：「同學。」

黎萍半開玩笑：「談戀愛了？」

聞言，桑榮也看了過來：「只只談戀愛了啊？」

「……」桑稚舔舔嘴角，表情不太自在，「嗯。」

覺得她的年紀也到了，所以黎萍沒太驚訝，只是道：「什麼時候談的？跟妳講電話時怎麼都沒聽妳提起過？」

桑榮皺眉：「真的？」

桑稚小聲說：「沒多久。」

見她不太好意思，黎萍安撫道：「談戀愛也沒事，但自己要注意點，保護好自己。」

桑稚點頭。

黎萍又問：「妳的對象叫什麼名字？哪裡人啊？你們學校的吧？讀什麼系？個性……」

桑榮朝桑稚招招手，表情不太贊同：「只只，等畢業了再找。妳現在談戀愛，到時候不是就得留在那邊了嗎？妳的對象願意跟妳回南蕪嗎？」

桑稚有點招架不住，猛地站起來就往房間跑：「不說了，我去補個眠！」

身後還聽到桑榮在說：「對象是誰？」

「我哪知道？」黎萍好笑地道，「大概是在那邊認識的同學吧。」

這件事情，桑稚還是想慢慢地循序漸進地跟他們提。畢竟桑延的反應讓她現在還心有餘悸。

但桑稚想了想，還是覺得桑榮和黎萍那邊肯定會比桑延好說話一些。而且在她看來，段嘉許是真的沒有什麼好挑剔的地方。

桑稚在家陪了父母幾天，不是被黎萍拉出去逛街，就是跟他們去親戚家坐坐，也沒抽出時間去找段嘉許。但他這幾天似乎也被以前的幾個大學同學約出去敘舊，倒也不清閒。

連假期間，桑稚沒見桑延回家過，時不時就聽到黎萍在碎念，說這小子本就不像樣，現在連良心都沒有了，自己生了個沒良心的孩子。她跟朋友見面，別人都以為她只生了個女兒，聽到有個大兒子還嚇了一跳，還問是不是最近領養的。

桑稚聽一句，就非常貼心地在微信上轉達一句給桑延，逼得他總算找了個晚上回來。也因此桑稚在這晚的飯桌上終於不再是話題中心，也不用絞盡腦汁地應付黎萍和桑榮拋出來的問題。

她沉默地在一旁吃著飯，興致勃勃地聽桑延被桑榮和黎萍輪番教訓。

就這麼持續了十多分鐘，桑延總算忍不住了，他毫無情緒地說：「還要不要讓人吃飯？」

黎萍順著他這句話，又開始罵：「現在我跟你說幾句都不行了是吧？」

「……」桑延深深吸了一口氣，用手肘撞了一下旁邊的桑稚，示意她幫忙說幾句。

桑稚側頭看他一眼，嘆了一聲：「哥哥，你這樣不行，很傷媽媽的心的。」

「……」

桑榮：「那麼大的人了，還沒你妹懂事。」

桑延挑眉，涼涼地說：「她懂事，那應該長假短假都會回來陪你們了。」說到這裡，他停頓了一下，看向桑稚：「是吧？」

桑稚噎住。

提起這個，桑榮和黎萍同時看向桑稚。所有人的注意力再次彙聚到她身上。

「……」桑稚有點後悔剛剛的火上澆油，硬著頭皮說，「吃飯吧。」

飯後，桑延沒坐多久，接了個電話又要出門。

黎萍坐在沙發上，看到他這架勢，又開始說：「不在家住幾天？吃個飯就走了？」

「媽。」桑延被罵到也沒了脾氣，「我都多大的人了，要是還整天待在家裡像話嗎？」

黎萍不悅：「你不是才剛回來？哪有整天待在家裡？」

「……」

黎萍繼續問：「去哪裡？」

桑延走到玄關邊換鞋子邊說：「錢飛找我，出去吃宵夜。」

「又喝酒？」

「不喝。」

桑稚坐在沙發上吃水果。聽到這句話，她抬眼，狀似隨意地說：「吃燒烤？我也想吃。」

看出她的意圖，桑延嘴角一歪，親切地提醒：「妳可以叫外送。」

桑稚當沒聽見，跳起來往房間跑：「你等我一下，我換個衣服。」

如她所料，桑延果然沒等她，等桑稚從房間裡出來時，玄關處已經沒了人影。她連忙跑到玄關，邊穿鞋邊說：「爸媽，我出門了。」

黎萍愣了，納悶地看她：「只只，妳真的要去？」

「對啊。」

「妳叫外送就行了，再不然我跟妳爸陪妳去吃，」黎萍覺得奇怪，「妳以前不是不愛跟妳哥出門嗎？說覺得都不認識。」

桑稚不知道怎麼解釋，只能裝作趕時間的樣子，著急地說：「我很快回來，你們早點睡，不用等我！」

說完，桑稚也不等黎萍再說什麼，立刻開門走出去。

桑延還在等電梯。見到她出來了，他冷笑一聲：「吃燒烤？」

「……」

「我怎麼覺得這情景似曾相識？」

桑稚也不覺得心虛，理直氣壯地道：「我又不是第一次跟你出去吃燒烤。」

「我剛想起一件事，覺得有點奇怪。」

「什麼？」

「我大三時，妳說要幫我搬宿舍，」桑延側過頭，意味深長地問，「也是為了『吃燒烤』？」

這麼久遠的事情，桑稚一時間也想不太起來。恰好電梯到了，她走了進去，莫名其妙地道：「什麼搬宿舍？」

這句話一脫口，沒等桑延再說話，桑稚的回憶在一瞬間湧上。

桑延大三時搬到她學校附近的校區，為了跟段嘉許再次見面，年紀尚小的她突發奇想地想借此創造見面的機會。桑稚又想起從段嘉許宿舍帶回來的那個玩偶，也想起了因為這玩偶而忘記帶的作業，從而得來的再一次見面。

桑延跟了進來，沒搭腔。

桑稚的表情變得有點僵硬，她沉默地按了關門鍵，忍不住看了桑延一眼，嘀咕著：「你大三的時候我才幾歲？我不記得了。」

似乎也只是隨口一提，桑延不太在意地喔了聲。見狀，桑稚的精神鬆懈下來。她低下頭，傳訊息給段嘉許：我哥和錢飛哥要去吃宵夜，你去嗎？

段嘉許：不去。

「……」

桑稚瞬間有了想回去的衝動。

段嘉許：妳去？

桑稚覺得自己真是白費力氣了，似乎還讓桑延察覺到了不該被察覺的事。她鬱悶至極，重重地敲了句話回去：那我現在回家。

說完，桑稚正準備跟桑延開口，段嘉許已經打電話過來。她低頭瞥了一眼，接了起來。

段嘉許的聲音順著電話傳了過來，帶著慣有的笑意：『幹嘛回家？』

走出電梯，桑稚跟在桑延後面低聲說著：「你不去我去幹嘛？」

那頭響起一些窸窸窣窣的小動靜，像是他在換衣服。段嘉許的語調揚起，好脾氣地說：『我以為妳出不來啊。』

桑稚：「那你本來打算做什麼？」

『待在飯店。』段嘉許說，『跟妳聊一下天就睡覺。』

「聽起來還滿可憐的。」桑稚眨眨眼，笑出來，「那你還是出來吧。」

上了桑延的車，桑稚坐到後座，邊繫安全帶邊說：「我們去哪裡吃燒烤？」

桑延發動車子：「附近。」

沉默兩秒，桑稚輕咳了一聲，禮貌性地提了句：「那先去接嘉許哥吧。」

桑延沒多說什麼，把車往飯店的方向開。快到飯店門口時，他忽地開口：「我直接在飯店門口把妳放下？」

桑稚正玩著手機，聽到這句話有點愣住：「不是說去吃燒烤嗎？」

說著，她在心中權衡之後，突然覺得桑延提的這個建議似乎比她原本想的好一些。桑稚抿抿唇，故作鎮定地說：「也可以。」

「也可以？」桑延冷笑，「妳想得美。」

「……」

桑延說：「妳可以矜持一點嗎？」

意識到自己被他耍了，桑稚吐出一口氣，很不爽地說：「我見一下我男朋友，哪裡不矜持了？」

桑延莫名其妙地轉了個話題：「真的是段嘉許追妳？」

桑稚瞪大眼：「你什麼意思？」

「問問而已，」桑延把車開到飯店附近，恰好看到段嘉許的身影，他停下車，搖下車窗說，「叫段嘉許上來。」

「不是，你先說你什麼意思。」桑稚氣炸了，非常在意面子，「你以為我騙你？就是他追我的，而且我怎麼就不矜持了！這幾天是我沒時間好嗎！他找我出去幾百次了，不是沒找我！」

注意到他們，段嘉許走了過來，開了後座的門。聽到桑稚的話，他輕笑道：「在吵什麼？」

「……」桑稚瞬間閉上嘴。

桑延懶得搭理他們兩個，又開了車。

桑稚不動聲色地看向段嘉許。他大概是剛洗完澡，身上帶著飯店沐浴乳的味道，頭髮還有點蓬。身上穿的衣服也隨意，像是隨便套了一件就出來了，看上去清俊又溫和。

段嘉許挪了個位子，貼著桑稚坐，然後側過頭，也盯著她看。

車內沒開燈，光線暗。本來桑稚還有點看不清他的五官，但距離這麼一拉近，一切都變得清晰了起來。他的睫毛很長，眼瞳在暗光下變得漆黑，看上去深情而不自知。

他只是在看她，沒有多餘的動作。

桑稚正想說點什麼，前面的桑延已經開口：「麻煩別在我車上做一些不該做的事情。」

「……」

這句話打破兩人之間的曖昧，段嘉許看了桑延一眼，他沒說什麼，把手伸出來，放到桑稚面前。

桑稚頓了一下，把手放上去。

段嘉許的嘴角彎了起來，他握住她的手，習慣性地捏著她的指尖。他往窗外看了一眼，眉眼挑起，這才開口：「哥，在前面找個地方讓我們下車，可不可以？」

桑延只當作沒聽見。直到開到燒烤店附近，他才在路邊把車停下，熄了火。他扭頭看向段嘉許，似笑非笑地道：「我是你們的司機？」

段嘉許笑：「我不是叫你哥了嗎？」

桑稚用手指抓抓他的掌心：「還是吃燒烤吧。」

段嘉許看向她：「好。」

其實沒別的什麼原因，這麼晚了，也沒什麼地方好去的，再加上，桑稚覺得自己真的跟桑延去吃燒烤的話，她在黎萍面前說的話就是真實的，並沒有撒謊。回去之後，如果他們問起來，她也就不用心虛了。

這家店在錢飛家附近，是一家熱炒店。

三人下了車就往那家店走。

桑稚其實不太好意思在親哥哥面前跟他的好朋友做出過於親密的行為，包括牽手。但好幾天沒見了，她不太想放手，乾脆當桑延不存在。

桑延也沒太注意他們，低頭看著手機。

沒多久，桑延抬頭，注意到兩人的舉動。

他的眉梢一抬，又想起剛剛的話題，懶洋洋地冒出一句：「段嘉許，我問你一件事。」

段嘉許：「嗯？」

桑延繼續說：「你記得我們大三搬宿舍的時候，我妹——」

「……」

這句話明顯是要再提起剛剛的事情。

桑稚的呼吸一頓，立刻掙脫段嘉許的手。

她明顯急了，伸手去拍桑延的手臂，聲音帶了幾絲惱火：「哥！你能不能閉嘴！」

桑延把話收回，似是有些納悶：「妳幹嘛這麼激動？」

桑稚真的覺得厭煩：「你說就說，別扯到我身上。」

段嘉許沒有兄弟姊妹，不太懂他們之間的情緒，也不太清楚他們在說什麼，只是覺得好笑：「你們怎麼又吵起來了？」

桑延瞥了桑稚一眼，沒再提。

「沒事。」

錢飛提前來占了位。除了他，桌邊已經坐了幾個男人。桑稚先前在錢飛的婚禮上見過他們，但都不知道名字，只知道都是段嘉許和桑延的大學同學。

在場只有她一個女生。

桑稚坐在桑延和段嘉許中間，自顧自地撕著餐具的包裝紙。

注意到桑稚，有個男人隨口問了句：「桑延，這是你妹？」

桑延：「嗯。」

「喔，上次錢飛辦婚禮的時候見過，還有點印象。」桑稚有張娃娃臉，男人朝她揮揮手，隨口問了句好，「小妹妹妳好啊。」

桑稚點頭：「你好。」

其餘幾個人也跟她打了招呼。

桑稚又點點頭。怕段嘉許會覺得不好意思，她猶豫地把還在桌下跟他交握著的手抽回來，下一秒又被他抓了回去。然後，她聽到段嘉許悠悠地補了句：「叫什麼小妹妹？叫嫂子。」

「……」

桑稚差點被嗆到，側頭看向他。

錢飛默默地對這個情況進行講解：「桑延的妹妹，也是段嘉許的，嗯……那個，對象。」

其他人並不覺得這是什麼大事。桌上安靜幾秒，而後響起了一片起鬨聲，幾個男人只是詫異了一下，很八卦地問了幾句。

倒是另一個男人有些驚訝：「段嘉許，這女生我有印象啊，我記得……我們拍畢業照的時候她是不是也來了？我們三個人還拍了一張，你那時候不是還說這是你妹嗎？」

段嘉許低低笑著，厚著臉皮說：「我不記得了。」

桑稚不參與他們的話題，低頭喝水。

段嘉許側頭看她，桃花眼低垂著，盯著她略微抿著的唇，然後慢條斯理地說：「我只記得現在，這女孩是我女朋友。」

飯桌上多了幾個不認識的人，還是讓桑稚覺得不太自在。況且不是同一個年齡層的，一群男人都已經工作多年，話題也不一樣。

桑稚默默地咬著雞柳，一直沒怎麼說話。她與他們不是同一個世界的，看著他們用亂七八糟的理由敬酒，逼著對方喝，也動不動就一杯酒灌下肚，連開車過來的桑延也無法倖免。

只有段嘉許例外，其他人沒怎麼灌他，有的話他也都拒絕。很神奇，他連一口都沒有喝。

桑稚也拿了一罐酒，自娛自樂地喝著。

也許是注意到桑稚的無聊，沒多久，段嘉許湊過來問她：「吃飽了沒？」

桑稚點頭。

下一刻，段嘉許站了起來，隨意地扯了個理由。有個女生在這裡，其他人也放不太開，所以沒留他們，只跟桑稚道別。

桑稚鬆了口氣，拿起背包，提醒桑延一句：「哥，你別喝太多。」

桑延漫不經心地嗯了聲。

兩人到附近等公車。

桑稚沒喝多少，但臉還是紅了。她空出另一隻手捂著臉，忽地想起剛剛段嘉許一直沒喝酒的事，也想起了這麼多年，似乎也真的沒見過他喝酒。之前她問他時，他說是酒精過敏。

桑稚莫名其妙地又想起他說過他爸酒駕撞死人的事。想到這裡，她仰頭看他，遲疑地問了一句：「你真的酒精過敏嗎？」

「嗯？」段嘉許笑道，「我也不清楚。」

「……」

桑稚瞬間懂了，輕輕喔了聲。

段嘉許又道：「要不要試試？」

「啊？」桑稚說，「你想喝酒嗎？」

「嗯，等等喝。」

「……」

桑稚完全猜不透這個人在想什麼，瞬間又有種自己猜錯了的感覺。

這裡離桑稚家不遠，搭車坐兩站就到了。下了車之後，兩人有一搭沒一搭地說著話，走進桑稚住的社區。

快走到桑稚家樓下時，段嘉許停下腳步，桑稚也隨之停了下來。然後他扯住她，往懷裡帶。

這裡的光線昏暗，旁邊停了幾輛車，路上沒什麼人。微風吹過，樹葉發出沙沙的聲響，地面上的剪影也跟著晃動。

段嘉許彎下腰，捏著桑稚的下巴往上抬，聲音低沉又沙啞：「試試會不會過敏。」

不等桑稚反應過來他的話是什麼意思，段嘉許的吻就已經落了下來。

她的嘴裡還帶著淡淡的酒味，卻像是濃度極高的酒，讓兩人都有點酒醉的感覺。比先前的任何一次都要熱烈，他的舌尖撬開她的牙齒，捲著她的舌頭吸吮，舔舐著每一個角落，動作細膩綿長，力道卻粗野。

桑稚覺得嘴巴都有點痛了，輕輕咬了一下他的舌尖。

段嘉許的動作停下來，他也咬了一下她的嘴唇，很快就放開她。在路燈的照耀下，他的眼裡像是帶著光，拖長尾音說：「好像不會過敏。」

說完，他笑了一聲，又道：「我覺得還可以再親幾下。」

桑稚咕噥道：「這樣哪會。」

兩人沉默片刻。

「感覺不太行。」段嘉許盯著她，用指腹抹著她的唇角，力道不輕不重，像是想弄痛她，又怕弄痛她，「感覺每天都得見妳。」

「……」

「一天不見，」把她的嘴唇抹得通紅後，段嘉許又吻了上去，「就好想妳。」

在家附近做這種事情，桑稚總有種怕被發現的心虛感。雖然她覺得這個地方黎萍和桑榮大概不會來，但她還是沒讓段嘉許繼續送她，想就此告別。

她的這個模樣讓段嘉許覺得好笑，但也配合地停在原地。

桑稚小跑著到家樓下，轉過頭，注意到段嘉許還站在原來的地方，她又朝他揮揮手，示意他快點回去。

段嘉許也朝她揮揮手，似乎是笑了一下，很快就轉身離開。

桑稚用鑰匙開了門走進去。她站在樓梯間等電梯，低著頭看手機。隨後，她聽到大門又被打開，傳來一陣腳步聲。桑稚下意識地循著聲音看去，撞上黎萍的眼睛。她一愣：「媽，這麼晚妳怎麼出來了？」

黎萍看著她，笑了一下，淡淡地說：「下來丟個垃圾。」

不知道她有沒有看到段嘉許，桑稚此時心裡也沒個底，沒再多問，心虛地點點頭。果然下一刻，黎萍又開口：「我剛剛看到妳哥的朋友送妳回來？」

桑稚抓抓頭：「嗯。」

「段嘉許？」黎萍說，「他不是在宜荷嗎？連假跟妳一起回來的？」

「也不是跟我一起回來的。」桑稚手心冒汗，結結巴巴地解釋，「嘉許哥剛好也要來南蕪，就順便一起了。然後哥哥喝酒了嘛，他沒喝，就幫忙把我送回來。」

黎萍隨口道：「妳也喝了？」

桑稚用手指比畫了一下：「一點點。」

「以後別喝了。」黎萍皺著眉說，「這次就算了，妳哥哥在，但妳自己在外面的時候，能不喝就不喝，自己得注意點。」

桑稚乖乖地點頭。

兩人進了電梯。電梯門關上之後，黎萍又提起：「只只，媽媽之前有一次打電話給妳，那時候不是聽妳說段嘉許生病，做了個手術嗎？」

桑稚呆呆地啊了聲：「是啊，怎麼了？那都是去年的事情了。」

「沒。」黎萍的聲音很輕，「媽媽就問一下。」

黎萍的這個反應弄得桑稚有點不安。她也不知道該說什麼，只能又點點頭，裝作很平靜的樣子：「喔。」

狹小的電梯中，氣氛顯得有點沉重。黎萍很平常地跟她聊著天，情緒上也沒什麼不妥：「你們在宜荷經常見面？」

「就偶爾。」桑稚的語氣也很平常，「會出去吃個飯什麼的。」

「以前怎麼沒見過他來南蕪？」黎萍說，「這次怎麼突然過來了？」

桑稚不太會撒謊，只想蒙混過去：「我也不知道，沒問。」

「妳也是，妳哥喝了酒沒辦法送妳，妳怎麼不打電話給爸媽？」黎萍語速溫緩，輕聲訓著，「還得麻煩別人送妳回來，他們難得聚一次。」

恰好電梯到了，桑稚邊跟著黎萍走出去，邊說：「他住的飯店在附近，順路。」

黎萍：「嗯。」

不知道為什麼，桑稚總覺得她有點奇怪。這種怪異的氛圍，莫名其妙地像在施壓，讓桑稚甚至有了坦白的衝動。她心跳如雷，小心翼翼地道：「媽，妳怎麼了？」

「沒事。」黎萍笑了笑，拿鑰匙打開門，「快去洗個澡吧，一股酒味。」

進家門後，黎萍走進廚房，繼續收拾著東西。

桑稚想去幫忙，但一進廚房就被趕了出去，叫她趕快去洗澡然後睡覺。她覺得自己也幫不上什麼忙，只好回房間拿衣服，進了浴室。

想著跟黎萍的對話，桑稚有點心神不寧，總覺得是被她發現了什麼，但又好像不是，而且她的這個反應和桑稚想像中的有點不太一樣。

是因為她瞞著？

桑稚吐了口氣，胸口處像是被壓了塊石頭，有點悶。她猶豫著要不要趁這兩天，委婉地跟黎萍提一下這件事，感覺也不是很難開口。

因為心事重重，桑稚也不知道自己洗了多久的澡。等她洗完澡出來，客廳的燈已經關了，只有浴室外的燈還開著。

就著這個光，桑稚到客廳倒了杯水。路過主臥時，她聽到黎萍和桑榮似乎在說些什麼，但隔著一道門也聽不太清楚。

桑稚回到房間裡。她坐在床邊的地毯上，拿起桌上的手機。看到段嘉許傳來的訊息，桑稚打開看了一眼，回覆道：到家了，剛剛洗了個澡。

想了想，桑稚遲疑地輸入：我媽好像發現我們談戀愛了。

還沒等她發送出去，房門就被敲響了。桑稚關掉手機螢幕後抬起頭，順便站起來坐到床上：「怎麼了？妳直接進來啊。」

下一刻，黎萍打開門走了進來，坐在床沿，似乎是考慮了一番，表情有點嚴肅：「只只，媽媽問妳。」

桑稚把手機放下：「嗯？」

黎萍問：「妳跟媽媽說實話，妳跟段嘉許談戀愛了？」

桑稚舔舔嘴角，神情有點心虛。

兩人對視著，僵持了片刻，桑稚垂死掙扎似的做出反應：「啊？」

「啊什麼啊。」黎萍說，「媽媽還會不知道妳在想什麼？突然把那些放了幾年的東西都拿出來，整天對著手機笑，還莫名其妙地要跟妳哥出去吃燒烤。」

「……」

黎萍問：「在一起多久了？」

桑稚不知不覺就端坐起來，小聲說：「沒多久。」

「所以暑假才沒回家？」

「不是，」桑稚硬著頭皮說，「就是聽我室友說了之後，我也想找個實習，給自己找點事做嘛。我回家一定就天天待在家裡，什麼都不做。」

黎萍臉上的笑意漸收，她又問：「妳暑假的時候是住他那裡，還是住宿舍？」

「……」桑稚覺得緊張，結結巴巴地說：「宿舍！哥哥也知道的……我沒住他那裡。上次哥哥來宜荷的時候也有看到。」

「媽媽不是要干涉妳。」黎萍嘆了一聲，「我只希望妳能保護好自己。畢竟確實是女生比較容易受到傷害，而且妳年紀也比他小那麼多。」

桑稚的聲音細細的：「我知道。」

「你們到哪一步了？」

「沒有。」桑稚有點尷尬，說不太出口，「就沒那樣……」

黎萍抬眼盯著她，欲言又止。

「媽媽，妳不是也見過嘉許哥很多次嗎？」桑稚幫段嘉許說話，「妳也知道的，他不是壞人，對我很好的，你不要擔心。」

「只只。」黎萍伸手摸摸她的頭髮，認真地說，「我剛剛跟妳爸提起這件事。說實話，我們兩個都不太贊同你們在一起。」

這番話出乎桑稚的意料之外，她抬起頭，有點不知所措：「為什麼？」

黎萍：「他跟妳說過他家的事情嗎？」

桑稚點點頭：「怎麼了？」

「我先前也跟妳提過，妳哥大一時，他找妳哥借了不少錢，但妳哥沒有，只能找妳爸。但因為數目不小，我們還是問了一下原因。」

「……」

「所以也大概清楚他家裡的情況。」黎萍說，「媽媽沒有注重家境的意思，那孩子我見過，知道是個好孩子。因為那筆錢的事，他也一直對我們家很好。來當妳家教那次，我給他的錢，他最後一天來的時候都放在茶几上了。」

桑稚愣住，一時不知道該說什麼。

「妳小的時候他也很照顧妳，我都知道。妳哥哥跟他玩在一起，或者妳把他當成哥哥，我都沒有任何意見。」黎萍又嘆了口氣，緩慢地說著，「但如果是要成為你的另一半，媽媽真的——」

桑稚有些急了，打斷她的話：「媽媽，妳不能這樣想。」

「我不太清楚他現在的情況。但我之前聽說他爸爸是植物人，是嗎？」黎萍說，「還有，受害者的親戚一直來找麻煩？」

桑稚誠實地說：「沒有一直來。」

「妳遇到過？」

桑稚沉默幾秒：「沒有。」

她這個反應，黎萍瞬間明白了。她深吸一口氣，平靜地道：「只只，媽媽知道他家裡發生這種事跟他沒有關係，他也確實可憐。可能我這麼說是有點自私，但是我真的不希望是我女兒陪他一起過這樣的日子。」

桑稚喉間一哽，很認真地說：「我不覺得辛苦，他也一直對我很好，我跟他在一起很開心。」

「妳現在還小，妳們在一起也沒多久。」黎萍說，「而且妳現在還在讀大學，他已經出來工作好幾年了。妳們接觸的人和事都不一樣，平時也沒有什麼共同話題，很容易會有分歧。」

「但是……」

「只只，媽媽也不想說這些話讓妳不開心。」黎萍站了起來，「媽媽只是不贊同，但不會阻止。妳自己要考慮好，可能現在說這些對妳來說還太早了，畢竟現在也只是談個戀愛。」

桑稚低聲道：「我有考慮的。」

「我也不是要妳找個多有錢的人。」黎萍說，「我只希望妳能找一個對妳好的、妳喜歡的，並且合適的人。」

第十三章　為什麼摸哥哥這裡

桑稚是真的沒想到桑榮和黎萍會不同意。

他們向來寵著她，不管她提什麼要求，只要不是太過分，他們基本上不會有什麼意見，包括去宜荷念大學，以及暑假不回家的事情。況且，他們也認識段嘉許，清楚他的家庭情況，也知道他是個怎樣的人。

桑稚不太明白黎萍的顧慮，難道就是因為他家裡的事情，以及目前的經濟條件嗎？但她真的不覺得這是什麼大問題，又不是沒房子就過不了日子。她覺得有點煩躁，爬起來把燈關上，之後鑽回被子裡，拿起被她冷落好半天的手機，發現段嘉許已經回傳好幾封訊息。

段嘉許：明天有空出來嗎？

過了幾分鐘：睡了啊？

再過幾分鐘：小朋友就是能睡。

訊息末尾還加了個「難過」的表情。

看到他傳的那個土土的表情，桑稚的壞心情莫名消散了一點。她把輸入到一半的字刪掉，思考了一下，把腦袋也蒙進被子裡，戴上耳機打了通電話給他。

段嘉許立刻接了起來：『還沒睡？』

桑稚嗯了聲，糾結著要不要跟他說剛剛的事情。

段嘉許低笑著說：『剛剛在幹嘛？都不理人。』

「跟我媽講事情。」桑稚的聲音很小，像在跟他說悄悄話，「沒看手機。」

『那妳是不是要準備睡覺了？』段嘉許說，『我以為現在的年輕人都很能熬夜，怎麼妳就活得像個小老頭似的。』

桑稚皺眉：「早睡早起身體好。」

段嘉許順從地應：『嗯，知道了。』

回想著黎萍剛剛的話，桑稚有些心神不寧，所以他後來說的話，她也沒什麼聽進去，心不在焉地附和著。

察覺到她的不對勁，段嘉許很快便道：『是不是睏了？』

桑稚回過神：「啊？」

『睏了就掛了吧。』段嘉許溫和地道，『哥哥明天再找妳。』

桑稚的生理時鐘很準，她確實有點睏，下意識地就順著他的話說：「哥哥，我問你一件事。」

段嘉許愣住，笑出聲：『嗯？』

「我小時候，」在被子裡待久了，桑稚有點喘不過氣，把腦袋冒出來，「就我們剛認識的時候，你就對我很好，是為什麼？」

段嘉許似乎是想不太起來了：『我那時候對妳好嗎？』

「滿好的啊。」桑稚很認真地想，嘀咕道，「就錢飛哥和駿文哥加起來，喔，再加上我哥吧，都沒有你對我好。」

『那大概是因為妳小時候也對我很好？』順著電流過來，他的聲音多了幾分磁性，他半開玩笑，『也可能是我人本來就很好。』

想到他沒拿家教費的事情，桑稚沉默幾秒，嗯了一聲。

『還有就是，』段嘉許停頓了一下，把話說完，『這件事我好像沒跟妳說過，之前我媽生病，妳家裡借了我三萬塊。』

「……」

『我覺得妳爸媽都是好人。』段嘉許似乎也不覺得難以啟齒，話裡帶著笑意，『所以也得對妳好一點。』

結果桑稚還是沒能說出口。

她沒能跟段嘉許說她父母不太贊同他們在一起的事情。

但想了一整個晚上，桑稚覺得這其實並不是什麼大問題，只要她在黎萍面前多說一點段嘉許的好話、在桑榮面前多撒幾次嬌，這件事情大概也就解決了。

隔天早上，桑榮又跟桑稚說了一些話，之後也沒再提起。黎萍確實沒太阻止，桑稚提出要出門，雖然沒有明確地說是去找段嘉許，但黎萍也沒攔著，只是像平時一樣囑咐她早點回家。

桑稚也一直沒在段嘉許面前提這件事。

段嘉許提過一次要不要上門跟桑榮和黎萍問好。但黎萍剛說了那樣的話，桑稚覺得現在還不是最佳的時機，又怕他知道了會不開心，還是拒絕了。

這個假期就這樣過去了。

七號中午，兩人到附近坐機場巴士，直達機場，過了安檢，到候機大廳等待。

桑稚百無聊賴地打開之前下載的密室逃脫遊戲來玩。她不太擅長玩遊戲，有時會在一個地方卡很久。

段嘉許在一旁看著她玩，時不時說幾句提醒她一下。

一個關卡他得提醒好幾次，桑稚才能過關。玩了幾關之後，她忽地放下手機，莫名其妙地發起脾氣：「不玩了。」

段嘉許覺得好笑：「怎麼了？」

「你是不是玩過？」桑稚把手機丟到他腿上，不悅地道，「你這也太奇怪了，我都還沒點下一個場景，你就知道線索在哪裡了。」

段嘉許拿起她的手機，吊兒郎當地說：「這遊戲是我們公司開發的。」

「……」桑稚沒注意過這方面的事情，但連他做過什麼遊戲都不知道也有點心虛。她看他一眼，默默地把手機拿回來：「那你不要說話。」

段嘉許眉梢一抬，沒再多言。

過了幾分鐘，段嘉許開了口，但這次卻不是說遊戲的事情，他漫不經心地說：「對了，妳哥昨天打電話給我。」

桑稚抬眼：「他又幹嘛？」

「他只說了八個字。」段嘉許的手搭在桑稚座椅的椅背上，一字一字地說：「我毀了我妹的一生。」

「……」

「然後他就掛了。」

桑稚覺得莫名其妙：「不用理他。」

段嘉許輕笑了一聲，低下頭，繼續看她的遊戲進度：「妳以前玩不玩遊戲？」

「不怎麼玩。」桑稚老實地道，「沒什麼興趣。」

「那妳之前那個網友，」段嘉許若有所思地道，「怎麼認識的？」

「……」

「妳那個年紀，大概都是，」說到這裡，段嘉許扭頭看了她一眼，似笑非笑地道，「遊戲裡的結婚對象？」

桑稚也想不到能透過什麼途徑認識人，只能含糊地應了聲：「嗯。」

段嘉許：「哪個遊戲？」

「……」

他這鍥而不捨、什麼事情都要刨根究底的毛病什麼時候能改改？

桑稚勉強說出一個自己玩過的遊戲：「冒險島。」

段嘉許散漫地道：「噢。」

桑稚繼續玩著手裡的遊戲，沒過多久就聽到登機的廣播聲。

與此同時，旁邊的段嘉許又冒出兩個字：「哪天——」

桑稚站了起來，看向他：「啊？」

段嘉許抬頭，一雙桃花眼與她對上。他唇角向上扯，一改平時不正經的模樣，把話說完：「上去把婚離一下。」

「……」桑稚安靜三秒，「我連帳號都不記得了。」

段嘉許也站起身，把放在旁邊的行李拿了起來。聽到這句話，他的眉尾稍提，沉吟片刻後，溫和又緩慢地冒出一句：「那妳想一想。」

「……」

說完，段嘉許牽著她，往隊伍的末尾走去。

其實桑稚也沒怎麼玩過這個遊戲。國中時被殷真如慫恿著註冊了帳號，玩了幾次之後，覺得確實不感興趣，就把遊戲刪了，連玩法和規則都不是很清楚。

桑稚抬頭看他一眼，很快又低下頭，裝作沒聽見。

段嘉許從口袋裡把兩人的登機證拿出來，提醒道：「聽見沒有？」

桑稚的語氣有點敷衍：「喔。」

段嘉許把登機證遞給她，像個極其難纏的狗皮膏藥一樣繼續說：「離完之後截個圖給男朋友，證明一下。」

「……」桑稚的頭皮發麻，她瞬間改口，「我真的想不起帳號了。」

聞言，段嘉許盯著她看了好一會兒，不輕不重地嗯了聲。

「你幹嘛？」桑稚不確定他是不是不高興了，小聲說：「我連帳號都不記得了，說明我一點都不在意這個人。你不提的話我都不記得了。」

「小朋友，」段嘉許喊住她，語氣平靜無波，「重婚犯法。」

兩人走進空橋。

桑稚眨眨眼，覺得他這個言論有點傻，又莫名覺得他這個樣子很可愛。她抬起手，輕戳了一下他平直的唇角，笑咪咪地道：「哪有重婚？」

段嘉許瞥她一眼：「妳那時候才幾歲？」

「什麼？」

「網戀的時候。」

「……」桑稚嘟囔道，「不記得了。」

段嘉許倒是自己開始排起時間軸，像是在思考一件極為重大的事：「第一次聽說是幫妳上家教時聽妳哥提起的，那就是大三的寒假，也就是妳國二上學期結束——」

桑稚改掐住他的臉，打斷他的話：「別說了。」

「高一下學期飛來宜荷，」段嘉許沒受到影響，慢條斯理地說，「那算起來，這網戀還持續了兩年的時間。」

「……」

「兩年。」抓著其中的兩個字，段嘉許又重複一次，嘴角勾起，笑得溫柔又平靜，「很好。」

「……」

兩人找到座位，桑稚坐到靠窗那一側，邊繫著安全帶，邊看著段嘉許把包包放到行李架上。她想著段嘉許剛剛在候機大廳說的話，傳了一封訊息給桑延：哥，你昨天幹嘛打電話給嘉許哥？

發送成功後，桑稚也沒等他回覆，直接關了機。

同時，段嘉許把行李放好，在她旁邊坐下。他沒主動說話，湊過來檢查她的安全帶，然後才收回視線，安分地坐在位置上。他不像平時那樣，動不動就湊過來逗她幾句，跟她鬧著玩。

桑稚覺得這種感覺很神奇。

他此時湧上心頭的不痛快，都是因為一個根本不存在的人，又或者，其實也可以說就是他本人，但他自己毫不知情。

桑稚沒怎麼見過他吃醋，所以他的這個反應還是讓她感到很新奇和愉悅。她眼睛彎成月牙，伸手去勾他的手指，像是在哄他。

段嘉許靠在椅背上，眼皮緩慢抬起。沒多久，他掌心收攏，捏住她的兩根手指，漫不經心地把玩著。

「雖然是兩年，」桑稚眨眨眼，順著這個時間開始編，「但我都沒怎麼跟他說過話，就偶爾玩電腦的時候在遊戲上說一下話。」

段嘉許沒出聲。

桑稚強調：「所以我也沒投入什麼感情。」

「沒關係，」段嘉許明顯不信，淡淡地笑著說：「小女生多談幾次戀愛也沒什麼不對。」

「……」

桑稚瞬間想起自己第一次來宜荷，在機場哭了半天的模樣，看上去確實不像是沒投入感情。她沉默下來，在腦海裡搜刮著理由，很快又開了口：「就是……我之前哭其實也不是因為那個網戀對象嫌棄我什麼的。」

段嘉許：「嗯？」

「見光死，」說到這裡，桑稚看向他，「你有沒有聽過這個詞？」

「嗯，怎麼了？」

「我哭的理由其實是，」桑稚神情嚴肅，誠懇地道，「我那個網戀對象真的長得太醜了。」

「……」

在這個不知情的當事人面前，桑稚繼續補刀：「又老又醜。」

段嘉許其實也沒生氣，雖然是真的有些吃醋，但基本上也只是在跟她鬧著玩。

見到她為了哄他，能毫無下限地貶低年少時曾喜歡過的人，而且眼睛都不眨一下，雖然這樣的心理不太好，但段嘉許的心情還是因此瞬間變得非常愉悅。

段嘉許眉眼含笑，湊到她耳邊問：「真的那麼醜？」

桑稚點頭。

「還能醜到讓我們只只哭啊？」

「嗯。」

「那多看看哥哥，」段嘉許揉揉她的腦袋，拉長語尾地說：「肯定只笑不哭。」

此刻，桑稚第一次有種碾壓他智商的感覺。她抿抿唇，收斂嘴角的弧度，裝作聽不懂他的意思，一本正經地問：「為什麼？」

段嘉許又說一遍：「看我。」

桑稚乖乖抬眼，盯著他的臉。

下一秒，段嘉許笑起來，捏了一下她的梨窩。

「妳看，這不就笑了。」

◇

幾小時後，飛機到達宜荷機場。

桑稚打開手機看了一眼，發現桑延還沒回覆她。她也沒怎麼把這件事放在心上，跟段嘉許坐上機場巴士，然後又轉了一次地鐵，坐到宜荷大學附近的地鐵站。

跟段嘉許在外面解決了晚餐，桑稚沒再閒逛，直接回去宿舍。

這個假期，宿舍有三人回了家，只有虞心沒回去。桑稚回來得早，此時宿舍裡只有虞心一人，另外兩個人都還沒回來。

桑稚跟她打了聲招呼，然後打開背包，把裡面的東西都拿出來。

虞心邊看劇邊跟她聊天：「早知道我也回去了，這一週一個人在宿舍真的太無聊了。妳暑假都怎麼熬過來的啊？」

「就是累。」桑稚用手背擦著額間的汗，隨口道，「每天下班回來，除了躺在床上之外什麼都不想做，連覺得無聊的時間都沒有。」

虞心：「妳的實習讓我對實習有了恐懼。」

桑稚坐在位子上，拿出手機看了一眼：「其實也還好，就一開始不太習慣，之後好很多了。」

段嘉許沒找她，倒是桑延回覆了，還是一如既往的語音訊息。

桑稚隨手點開。

桑延：『沒說，懶得說，沒那閒工夫。』

桑稚有點傻：沒說什麼？

過了一會兒，桑延又傳來語音訊息：『知道，是段嘉許追妳的。』

「……」

他們是不是牛頭不對馬嘴？

既然桑延沒明說是什麼事情，那想必也不會太嚴重。桑稚沒再理他，直接把這件事情拋諸腦後。

放了個長假之後，段嘉許回到公司，開始處理累積了一段時間的工作，一連加了好一陣子的班。

除了上課，桑稚也繼續準備著比賽的事情。

因為各有各的事情，兩人見面的頻率減少了些，偶爾會一起出去吃頓飯，但也只有週末才能長時間待在一起。

等段嘉許閒下來了，他會來陪她上課，也會陪她參加一些聚會。他會假裝自己是其他學校的大學生跟她的同學們打招呼。

課少的時候，桑稚會到段嘉許公司樓下的咖啡廳等他下班。不知是碰巧還是對方刻意為之，桑稚還在附近見過幾次江穎。但她似乎也只是路過，沒過來跟桑稚說話，之後遇見的次數也就少了。

時間久了，來這家咖啡廳等段嘉許的次數漸多，桑稚算的時間也越來越準，能在喝完咖啡的同時一抬眼就看見他出現在門口。

他們通常是回到宜荷大學那邊隨意找一家店解決晚餐，偶爾也會在路邊的小攤子上買點吃的，段嘉許會趁她不注意，突然咬住她夾起來的食物，然後又笑著哄她開心。

有幾個瞬間，段嘉許覺得自己像是回到了幾年前還在校園裡的時候。

他卻不再像當初那樣，生活裡只剩下賺錢和念書，以及鋪天蓋地的壓力；不再每天都想著該如何解決自己的學費和生活費，想著兩千公里外，在醫院躺著的父親每個月的療養費。

他不再像那樣活得快喘不過氣。

畢業那麼久了，段嘉許也早已忘了當學生是怎樣的感受；可他又會莫名地覺得，現在好像才是正常的、令人期待的大學生活。

時間一天一天過去。

季節也從夏轉到秋，又入了冬。

十二月底，在指導老師的建議下，桑稚把最終版的稿子寄過去了。她伸伸懶腰，鬆了口氣，然後跟三個室友一起到校外吃飯。

段嘉許今天要加班，桑稚也沒去騷擾他，只告訴他自己在哪裡。

其他幾個人都沒帶男朋友，算是室友聚餐。談論的話題要不是男朋友，就是班上或是社團裡的八卦，再不然就是最近的人氣男星。

桑稚覺得她們講的都很有意思，饒富興致地聽著。

過了一陣子，桑稚快吃完飯時，放在桌上的手機亮了起來。她看了一眼，是黎萍傳來的訊息，問她寒假什麼時候回家。

桑稚拿起手機，說了個大致的時間。

那頭回了個「好」。

桑稚想了想，像平時一樣，隨意地跟她提起幾件今天發生的事情。

旁邊的虞心注意到她的舉動，笑嘻嘻地湊過來：「又在跟妳家段哥哥聊天啊？」

桑稚搖頭：「跟我媽。」

汪若蘭也問：「妳爸媽還是不同意妳跟段嘉許在一起啊？」

因為桑稚每晚都會跟黎萍講電話，也經常跟黎萍說學校的情況及她和段嘉許的事情，所以室友問起來時，桑稚在宿舍裡提過一次這件事，但沒有說具體原因。只是隨意地扯了個年齡差太多，父母不太同意的理由。

「不是，」桑稚說，「她問我什麼時候回家。」

「我覺得妳不用太在意這個吧。」汪若蘭繼續說著之前的話題，「畢竟妳現在也才大二，說那麼多也沒用，又不是現在就要結婚。而且妳在宜荷這邊，如果他們真的不喜歡，離那麼遠，妳瞞著就行了啊。」

桑稚啊了聲，認真地說：「隔那麼遠，我也得跟他們說我在這邊的事情，不然他們會不放心。而且瞞著也沒用吧——」她頓了一下，舔舔唇：「我以後一定是要跟他結婚的啊。」

虞心笑道：「還久得很呢。」

汪若蘭撐著下巴，嘆了一聲：「對啊，我覺得還有好久，不確定性因素太多了。」

「……」桑稚愣了，嘀咕道，「那談戀愛不就是為了要結婚嗎？」

「也可以就只是談個戀愛。」虞心說，「我覺得我肯定不會跟現在這個男友一直在一起。我之前無聊時跟我男友提過，畢業之後想回老家那邊，問他願不願意跟我一起過去，他就不說話了。」

甯薇：「這個商量一下就好了啊。」

「就是覺得不確定性太多了，所以不需要考慮那麼多，過好現在就好了。」汪若蘭抽了張面紙擦嘴，邊說：「不然不是太累了嗎？」

四個人又聊了一會兒，正準備離開餐廳一起回宿舍時，段嘉許已經到了，此時正站在店門口等她。桑稚眨眨眼，跟室友道別，走到他面前。

聞到她身上的味道，段嘉許挑眉：「又喝酒了？」

桑稚老實地說：「就一點點。」

「小酒鬼。」段嘉許幫她把脖子上的圍巾戴好，輕聲說著，「怎麼老是喝酒？」

「因為點了一大堆，我不喝的話喝不完。」桑稚揪住他的大衣，小心翼翼地說，「那就會浪費。而且室友都喝，我不喝不好，我只喝了一點點。」

猜出她的想法，段嘉許好笑地道：「不是要念妳。」

桑稚被他牽著往前走。她在心裡琢磨著剛剛飯桌上的話題，突然冒出一句：「段嘉許，還有三個月我就二十歲了。」

段嘉許撇頭看她：「嗯？」

桑稚沒繼續說：「沒什麼。」

段嘉許的腳步一停，彎下腰去與她對視。盯著她因喝了酒變得紅撲撲的臉，他眼角下彎，輕笑了聲：「怎麼就沒什麼了？把話說完。」

桑稚：「真的沒什麼。」

「說完。」

「我不要。」

段嘉許安靜了好一會兒，擺出一副自己在傾聽的模樣，最後他低頭親親她的鼻尖：「好，我同意了。」

「……」桑稚說，「我說什麼了你就同意了？」

「嗯？我誤會了？」

桑稚點點頭，掰著手指算：「我就是想告訴你，我還有三個月，才剛剛二十，我是二十歲裡最年輕的。」

看著她傻乎乎的模樣，段嘉許忍不住笑了：「然後呢？」

「然後，你還有四個月就二十七了——」桑稚打了個酒嗝，很有優越感，「你好老喔。」

「年紀確實不小了，」段嘉許也不介意她的話，氣定神閒地道，「那妳可憐可憐我？」

桑稚抬頭看他，神情正經，溫吞地答：「我考慮一下。」

本就是玩笑話，段嘉許沒太把這件事情放在心上。他捏捏桑稚的臉，看了眼時間，問道：「還想去哪裡？想看電影嗎？」

思考了幾秒，桑稚搖搖頭。

段嘉許耐心地道：「那送妳回宿舍？」

桑稚還站在原地沒動，嘴唇被圍巾遮住，一雙眼顯得圓而大，直直地盯著他。她吸了一下鼻子，突然提出一個要求：「我想讓你揹我。」

「走不動了？」段嘉許邊說邊轉過身蹲下，「上來。」

桑稚趴上去，雙手勾住他的脖子。段嘉許站了起來，他的聲音從前面傳來，近在咫尺，帶了一點懷疑：「真的沒喝多少？」

「半杯都不到。」除了臉有點熱，桑稚什麼感覺都沒有，把下巴擱在他的頸窩處，認真地說，「跟喝可樂一樣。」

段嘉許：「那下次喝可樂。」

走了一段路，順著這個角度，桑稚盯著他的半個側臉，冒出一句：「我是不是很重？」

段嘉許：「沒有。」

桑稚有點不滿：「那你怎麼不說一句『妳怎麼這麼輕』？」

段嘉許頓了一下，笑出聲：「是我考慮不周。」很快，他順從地接了一句：「妳怎麼這麼輕？」

「我今天還算比較重了。」桑稚說，「我身上的羽絨外套有四十公斤。我要是把外套脫掉，我在你背上就跟空氣一樣。」

段嘉許忍著笑道：「現在也差不多。」

又走了一段路，桑稚叫他：「段嘉許。」

「嗯？」

「我今天把我的作品交出去了。」桑稚跟他說著今天的事情，嘀咕著，「就我最近一直在弄的那個比賽，每天都在改畫稿，我都改到要吐了。」

段嘉許問：「過了嗎？」

「嗯。」桑稚說，「不過結果沒那麼快出來，應該要等到下學期。」

「那這段時間休息一下。」

「我想得獎。我聽他們說這個比賽規模很大，頒獎的時候會有很多大企業過來，說不定就會被選中。」桑稚碎碎念，「然後我畢業之後的日子是不是就很明朗了？朝九晚五，年收百萬。」

段嘉許：「不打算讀研究所啊？」

「不讀了吧。」桑稚的語氣有些鬱悶，「但我覺得我一定不會得獎，厲害的人太多了。我覺得我畫得像屎。」

聞言，段嘉許回頭看她：「小女生說話斯文一點。」

桑稚抬眼，跟他對上視線。眼睛眨了一下，她往前湊了些，探頭去親他的側臉。見他一愣，她嘴角彎起，又親了一下。

「還會用美人計了啊？」段嘉許眉眼微斂，低笑著問，「我這樣揹妳，是不是影響妳發揮了？」

「有一點。」桑稚這才注意到自己已經讓他揹了好一段時間了，「你累不累？我還是下來吧，不用你揹了。」

「才走多久？」段嘉許調侃道，「我也沒那麼老吧，還不至於揹妳走兩步就沒力了。」

聽到這番話，桑稚沉默了一下，趕快解釋：「我不覺得你老。」

段嘉許：「是嗎？」

「嗯，我都跟你開玩笑的。」不知道想到了什麼，桑稚把臉埋到他頸窩裡，聲音漸漸變輕，重複說：「我不覺得你老。」

聽出她的語氣有了變化，段嘉許又側頭看向她：「怎麼了？」

桑稚稍稍抬起眼，盯著他的側臉，鼻子莫名一酸。

她忽地想到這段時間，不管她怎麼跟黎萍說，那邊都維持一種不明確的態度，想到了在一起的那一天，段嘉許自嘲般地跟她說：『怕妳介意。』

但那件事明明跟他沒有任何關係，明明一點都沒有，他卻因此把自己放在一個比正常人還低的位子，也要為此遭到不公平的對待。如果他知道黎萍的想法，他一定會很不開心吧。

桑稚的眼眶漸漸泛紅。她用力抿抿唇，再次低下頭，哽咽著說：「我不覺得你老，我是覺得……我太小了。」

段嘉許沒反應過來：「什麼？」

儘管她並不這麼認為，但所有人都覺得她還太小了。

他們覺得她跟段嘉許在一起只是一時衝動，完全沒有考慮過未來；覺得必須提醒她，讓她看清這條路可能不適合她走。

如果她再大一點。

如果她大學畢業了，有了穩定的工作和收入，開始經濟獨立，做任何事都只需要依靠自己，到那個時候，她再跟父母提起這件事，他們是不是就能聽進去，是不是就能相信她其實都考慮過？

她沒有太放在心上，是因為她認為那些因素都只是一些微不足道的小事，無法撼動他們的關係半分。她從以前就盼著長大，到現在依然盼著長大。這七年像是永遠追趕不上的距離。

「我為什麼是十九歲？」桑稚的眼淚掉了出來，啪嗒啪嗒地往下掉，「我可不可以是二十九歲？我不想要那麼小。」

現在的她除了努力念書，為未來鋪一條好一點的路，別的什麼都做不到。

感覺到脖子處的濕潤，段嘉許皺眉：「怎麼了？」

「我二十九歲的時候應該會很有錢吧？」桑稚抽抽噎噎地說，「我也不包養你，我就把錢都給你、你花……」

段嘉許腳步停了一下，很快又繼續往前走：「怎麼總是要給我錢花？」

「那樣你不就可以過得輕鬆一點了嗎？」

段嘉許笑道：「我現在過得也不累。」

「你哪裡不累。」桑稚的眼睛濕漉漉的，她伸手去摸他的頭，「你老是要加班，還老是熬夜，黑眼圈那麼重，掉了好多頭髮。」

段嘉許的尾音上揚：「什麼黑眼圈、掉頭髮，別造謠。」

桑稚自顧自地繼續說著：「如果我現在是二十九歲，我還比你大三歲，那我哥也不會打你了，錢飛哥說不定還要反過來罵我是畜生。」

「那不行。」段嘉許說，「哥哥就喜歡年輕的。」

「……」桑稚用手心抹乾眼淚，說著，「那我老了呢？」

「妳老了也比我年輕。」

桑稚吸著鼻子，沒有反駁。

段嘉許覺得好笑，吊兒郎當地道：「還因為自己年紀小而哭，妳是在我的背上補刀啊？」

看著他唇邊的笑意，桑稚勾著他脖子的力道收緊了些。她把腦袋湊到他耳邊，小聲喊著：「段嘉許。」

「嗯。」

「你現在開心嗎？」

「嗯。」

桑稚很嚴肅地說：「那你要天天都開心。」

下一刻，段嘉許轉過頭，用鼻尖蹭蹭她的臉頰。

「妳天天跟我待在一起就行。」

段嘉許本來想把桑稚送回她的宿舍，但桑稚本來就沒打算回去。剛剛一瞬間湧上來的情緒散去了大半，她沒再讓他揹著，從他背上跳了下來。

兩人有一搭沒一搭地說著話。

段嘉許沉吟片刻，還是問道：「有人跟妳說了什麼嗎？」

桑稚不打算告訴他，聲音還帶著鼻音，她搖搖頭：「就今天聽我室友說，畢業之後應該會跟男朋友分手，因為要遠距離戀愛什麼的。」

「……」

「還有，說有很多不確定的事。」桑稚說，「我也不知道是不確定什麼，所以我想了一下我們，好像就只有年齡。」

「年齡哪裡不確定？」

「就……」桑稚慢吞吞地編著，「你帶我出去時，會不會不好意思說我是你女朋友？因為你說完之後，別人可能會有，『哇……我還以為這是你女兒』的反應。」

習慣了她總是喜歡說得很誇張，段嘉許笑出聲來：「還行吧，我覺得這樣聽起來——」

桑稚：「嗯？」

「還滿有面子的。」

「……」

◇

來段嘉許家住過不少次，桑稚在這邊放了不少衣服，所以也不用回宿舍拿。她最近沒什麼事情，課程已經結束了大半，只剩下即將到來的考試週。

進了臥室，桑稚從衣櫃裡拿了一套換洗衣服。注意到時間，她習慣性地打了通電話給黎萍，聊了幾句之後便掛斷。

桑稚坐在床上發了一會兒呆，然後吐了口氣。她起身，邊想著事情邊進浴室裡洗澡。出來之後，她拿起手機，猶豫著傳了封訊息給桑延：哥哥，你幫我一個忙吧。

桑延沒立刻回覆。她等了一會兒，放下手機，用毛巾擦著頭髮，回浴室裡把頭髮吹乾。

此時時間也不算晚，剛過九點。在房間裡，桑稚還能聽到段嘉許在客廳看電視的聲音。她走到客廳，打算跟他待一會兒，等時間到了再回房間睡覺。

段嘉許也剛洗完澡。他倒是沒看電視，只是開著聲音，手裡拿著手機，像是在玩遊戲。

桑稚爬上沙發，湊到他旁邊看。她也看不太懂他在玩什麼，聞到他身上淡淡的薄荷味，隨口說了一句：「我很喜歡你這個新沐浴露的味道。」

段嘉許嗯了聲。

「什麼牌子的？」桑稚又道，「我也想去買一瓶。」

「為什麼要買？」聽到這句話，段嘉許抬起頭，拉長語尾說：「聞我身上的不行？」

「……」

下一刻，段嘉許握住她的手往懷裡拉。他喉嚨裡含著笑，調整了一下姿勢，抱著她繼續玩遊戲：「妳靠近一點聞。」

桑稚背對著他，坐在他懷裡。動作停下來後，她沒說什麼話，乖乖地盯著他手裡的手機，看他玩遊戲。

他的手很好看，手指修長，骨節分明，指甲修剪得很整齊，看起來很乾淨。他的指甲上還有小月牙，泛著光澤。手上的動作熟稔又快，只看一雙手玩遊戲的樣子也格外賞心悅目。

桑稚沒玩過，有些操作看不懂，時不時會出聲問幾句。段嘉許也沒認真玩，她問起來，他就耐心地解釋。

狹小的客廳內，大多數時間都是安靜的。

漸漸地，段嘉許的動作慢了下來。

新的一局結束後，桑稚正想起身回房間拿手機，也去下載這個遊戲來玩。還沒等她有所動作，段嘉許的手一鬆，手機便滑落，砸到她的大腿上，又順著掉到沙發旁的地毯上。

伴隨而來的是他落到她後頸處，溫熱又細碎的吻。

段嘉許的呼吸聲變得粗重，掌心下滑，從她的睡衣裡探進去，揉捏著她肚子上的軟肉。他的氣息噴在她的皮膚上，又癢又麻，吻漸漸下滑，帶了力道。

桑稚的腦袋一片空白，她下意識地回過頭。

像是如他所料，下一秒，段嘉許扶著她的腦袋，吻住她的唇，舌尖往裡面探，力道漸漸加重，帶了點刺痛感。不知過了多久，他的另一隻手收了回來，不動聲色地把她衣服的下襬整理好，他慢慢地平復著呼吸。

段嘉許與她對視了半晌，眼眸的顏色加深，明顯含著欲念，聲音低沉又沙啞：「要不是怕嚇到妳——」

「……」

像是無從發洩，他的唇向下滑，用力咬住她的鎖骨，舔舐了一下。

「妳現在不知道都哭多少次了。」

也許是因為室內暖氣太熱，段嘉許身上的溫度漸漸升高。他的指尖從她後背向上滑動，滑過的地方像是被他點燃，灼燒起來。

段嘉許的手抵在她的後頸處，力道不輕不重，卻莫名強勢。

不知不覺間，桑稚從背對他坐著，變成跨坐在他的身上。她的手也不自禁地往上，擱在他的肩膀處，捏住他的衣服。

滾燙的唇還停在她的鎖骨處，加重力道啃咬著。

桑稚的所有感知都被他侵占，她只能看到他鴉羽般的眼睫和冷白的皮膚。耳邊也只剩下他的喘氣聲，近得像是貼在她的耳際，性感又撩人，拉著她向下陷，沉淪其中。

段嘉許的吻從鎖骨向上，他一下又一下地親著她裸露在外的皮膚，吮著她的耳垂，繼續往上，咬住她的耳骨，帶來極為陌生又令人難耐的感覺。

可桑稚沒有半點抗拒，只想更靠近一些，要得多一些。她的腦袋裡別無他想，她覺得無所適從，不知道該做出什麼反應，只知道依附著他，抱著他的力道也漸漸加重。

一切在此刻變得真切，令人無法忽視。

距離再度拉近。段嘉許扶著她的後背，往自己的方向壓，像是想要把她塞進自己的身體。然後，桑稚突然感覺到身體被堅硬又滾燙的東西抵住。她吸著鼻子，思緒還有點茫然，下意識地往下看。

下一刻，段嘉許的動作也停了下來。

兩人的視線對上。

他的眉間含著濃郁的情意，眼眸深邃，像是染上了墨。嘴唇的顏色豔麗，唇上還帶著極為曖昧的水色。喉結輪廓分明，上下滑動著，線條極為好看。睡衣的鈕子也在不知不覺間解開了幾個，露出大片的胸膛，像是在明目張膽地勾引她。

段嘉許的嘴角勾了起來，他抓住她的手腕，緩慢地往下帶。他低笑了聲，聲音低沉得發啞，喘著氣極顯浪蕩地嗯了一聲：「為什麼摸哥哥這裡？」

桑稚瞬間意識到自己的手被放到什麼地方，腦袋中轟地一下炸開。

段嘉許的腦袋微仰，又吻了一下她的下巴。眼眸稍稍一斂，他笑起來的時候，散發出極度撩人的妖氣，完全就是一個勾人魂魄的男妖精。

「喜不喜歡？」

第十四章　他叫段嘉許

之後，段嘉許沒有別的動作，他只是將臉埋在她的頸窩處，呼出來的氣極為灼熱。半晌過後，他忽地起身，就著這個姿勢把桑稚抱了起來，回到她的房間。

段嘉許把她放到床上，俯下身與她平視，然後用指腹用力地抹了一下她的唇角：「提醒妳一下，今天記得鎖門睡覺。」

說完他便走出房間。

桑稚還處於摸到他某個部位而失魂落魄的狀態。她抬起眼，盯著輕輕關上的門，一時間沒有任何動作。

沒一會兒，桑稚從床上爬起來，輕手輕腳地走進房間的浴室裡。她對著鏡子照了照，發現左邊鎖骨往上的位置都印上了細細碎碎的紅痕。她想了想，把睡衣下襬掀起來，發現被他捏了幾下的肚子也紅了一塊。

桑稚盯著鏡子裡的自己，在原地發了好一會兒的呆。她抿抿唇，從浴室裡出來，然後貼在房門上聽著外面的動靜，只能聽到淅淅瀝瀝的水聲。

她打開一道門縫，往外看了一眼，發現段嘉許又進了浴室裡，聽起來應該是在洗澡。

因為他出了汗嗎？

把門關上，桑稚回到床上躺著。她習慣性地把自己埋進被子，又回想著剛剛的事情，然後忍不住打了個滾，不小心掉下床，但是裹著被子，所以也不會痛。桑稚站起來，把被子扔回床上，拿起桌上的手機。

桑稚想上網查點東西，突然注意到桑延已經回覆她了：？

桑稚又想起這段時間在煩惱的事情，情緒收斂了不少，帶了點求助的意思：爸媽知道我跟嘉許哥在一起了。

桑延很冷漠：喔。

桑稚：但他們不太同意。

桑延：因為老？

桑稚：你跟他不是一樣大嗎？你好意思說他老。

桑延明顯懶得打字了，又傳語音訊息過來：『妳哥哥我，九年級，謝謝。』

桑稚沒心情跟他開玩笑：你幫我跟他們說說吧。

桑延慢吞吞地說：『說什麼？你們要結婚了？』

桑稚忍不住輸入「你很煩耶」，但馬上又刪掉，改成：不是，你幫我跟他們說說嘉許哥的事情。我覺得你說的應該比較有用，他們都覺得我還是小孩，我說的話都沒什麼效果。

桑延：『妳急什麼？再過二十年，妳嫁不出去，他們自然而然就同意了。』

「……」

桑稚強忍著罵人的衝動：過年的時候，我想帶他回家。

桑延的語氣懶散：『講半天都不講重點，妳總得先跟我說個原因，為什麼不同意。如果是老，我也沒什麼辦法，畢竟妳這對象呢，是有點。』

盯著螢幕，桑稚嘀咕了句：「你才老。」

想到黎萍的話，桑延應該也知道段嘉許家裡的事，桑稚吐了口氣，遲疑地輸入：因為他家裡的事情。

桑延：什麼事？

桑稚一愣。

他的反應怎麼跟什麼都不知道一樣？

桑延沒耐心了：有話可不可以快點講，非要我一句一句地問？

桑稚狐疑地道：他家裡的事情，你不知道嗎？

桑延：啥，我沒事問他家裡的事情幹嘛？

他居然不知道。

桑稚還以為是桑延知道之後跟桑榮和黎萍說的，那這麼看來，之前段嘉許借那三萬塊，是直接跟桑榮聯繫的嗎？

桑稚不太清楚。

但如果桑延不知道的話……她思考了一下：好吧。

桑稚：你不知道的話，那就算了。

桑延：？

桑稚：掰掰。

桑延：？

桑稚還是決定靠自己，等放假回家之後再當面跟父母好好談談。她躺回床上，打開手機網頁，面無表情地搜索——三十歲還是處男有問題嗎？

她沉默了幾秒，把最後四個字改成——對身體有影響嗎？

盯著看了好一會兒，桑稚沒按搜索，默不作聲地關掉網頁。雖然沒有人知道她查了這個，但是她還是覺得很羞恥。

桑稚確實也不太介意這件事，畢竟在一起也半年多了。而且他這個年紀，感覺還滿可憐的……可能真正到那個時候，桑稚會覺得緊張無措，但此刻想到「可憐」兩個字，她還是有點想笑。她翻了個身，不再想這件事，找了個動漫來看。

過了幾分鐘，桑稚突然注意到螢幕上的時間，便又把注意力挪到房間外的浴室。

浴室裡還有水聲。都洗了快半小時，他平時不是都不到十分鐘就洗完澡了嗎？

呆滯好半晌，桑稚忽地坐了起來，瞬間明白了什麼。她好奇地站了起來，又走到門邊，打開一個小縫往外看。恰巧在這個時候，浴室的水聲停下來。

呼吸一頓，她立刻把門關上，順帶關上燈，躺回床上。接著，桑稚聽到浴室的門打開，外面傳來拖鞋拍打地面的聲音。

聽起來，他好像是去了廚房。

桑稚把旁邊的小夜燈打開，沒再繼續看動漫，大部分心思都放在外面的男人身上。她聽到段嘉許坐到沙發上的聲音，沒多久，客廳的電視也關了。

客廳變得安靜下來。

在這靜謐的氛圍中，桑稚漸漸闔起眼，沒等睡意籠罩，外頭又響起段嘉許走路的聲音，這次聲音從客廳延續過來，停在她的房門口。她瞬間睜眼，往門的方向看。

下一秒，門把被轉開。好一段時間後，門才被推開。桑稚開口：「幹嘛？」

段嘉許斜倚在門邊，懶懶地說：「不是叫妳鎖門？」

桑稚小聲說：「我忘了。」

他背著光，模樣看上去隱晦不明。但他的聲音依然帶笑，一如既往地不正經：「那今晚我能跟妳一起睡嗎？」

桑稚一愣。

兩人對視了好一會兒。

桑稚有點不自在地抓抓頭，冒出一句：「那你等一下是不是又要去洗個澡？」

「……」段嘉許也愣住，然後笑出聲來，似乎也不覺得尷尬，「妳知道我在幹什麼啊？」

倒是桑稚覺得尷尬了，沒再出聲。

段嘉許站直，走到床邊，站到桑稚面前。她聞到他身上多了點菸草味，混雜著薄荷的味道，格外好聞。

段嘉許彎腰，親親她的額頭：「嚇到妳了？」

桑稚沉默了幾秒，老實地說：「沒。」

「這樣啊。」段嘉許低笑著，話裡帶了幾絲調侃的意味，「那我下次可以得寸進尺一些了。」

「……」

「睡吧。」

等他出去後，桑稚躺了回去，想著「得寸進尺」的意思。她伸手摸摸自己的肚子，突然把自己的領口往前拉，掃了一眼。

她的表情有點複雜。

唉，那裡似乎有點太平了。但段嘉許的身材還滿好的，他寬肩窄腰大長腿，還有腹肌。那不就顯得她……唉……

「……」桑稚放開手，鬱悶地鑽進被子裡。

週末一結束，桑稚就回到學校。

之前的獎學金名單裡有她，錢在月底匯款。還有她暑假時實習的工資，也早已經入帳。銀行傳來通知訊息，桑稚盯著上面的金額，莫名覺得自己是有錢人了。

接下來的時間，桑稚又開始每天窩在圖書館的生活，直到考試週結束。因為她要念書，兩人這段時間見面的次數也少，所以她也沒立刻回南蕪，訂了晚兩天的機票。

在段嘉許家裡待了兩天，回去前的那個晚上，桑稚想起一件事，主動問道：「你今年新年要怎麼過啊？」

「在家看電視？」段嘉許說，「然後等妳找我聊天。」

桑稚咬著洋芋片，小心翼翼地問道：「你要不要來南蕪，我們一起過年？如果你不想去我家，我就等時間晚一點的時候，偷偷跑出來。」

段嘉許挑眉，捏捏她的臉：「我到時候看看吧。」

距離新年還有半個月的時間，桑稚怕票沒了，嘀咕道：「那你要快點想。如果你懶得動，想待在宜荷也沒關係，反正我會每天找你的。」

「好。」段嘉許笑，「記得每天。」

◇

桑稚訂的是隔天一早的飛機。

她不確定段嘉許新年會不會來南蕪，這樣算起來也要跟他分開將近一個月的時間，桑稚是真的覺得捨不得。到機場之後，她也沒立刻過安檢，纏著他說了好一陣子的話。她像個小大人一樣，囑咐了他好多事情，段嘉許頗有興致地聽著。

見時間差不多了，桑稚又像個黏人精，一直抱著他不動。最後她只能很遺憾地嘆了一聲，踮起腳親了他一下，然後說：「那我走了。」

段嘉許也低頭親她：「嗯。」

「你記得快點考慮，」桑稚說，「不然機票就沒了。」

段嘉許：「我知道。」

桑稚眨眨眼，補充道：「我希望你過來。」

「嗯。」

「不過你也不要因為我的話有壓力。」桑稚說，「你不過來，我也可以跟你視訊。」

段嘉許笑：「是要不要走？」

「要走了啊。」桑稚有點不悅，「說幾句而已就嫌我煩。」

「再不走——」段嘉許停頓了一下，盯著她圓而亮的眼，突然很想把她的梨窩吃掉，他輕嘆一聲，低喃道，「我就真的不讓妳回去了。」

下飛機時剛過十一點，桑稚不知道桑延會不會來接她，在家裡的群組說了一句：我到機場啦。然後她便去拿托運的行李，再看手機時，桑延已經在群組裡回覆，跟她說了自己的位置。

桑稚拖著行李箱出去，四處看著，很快就看到他的身影。她走過去喊道：「哥。」

桑延掃了她一眼，接過她手裡的行李箱，心情不太好地嗯了一聲。桑稚跟著他，隨口問：「你昨天不是說不來接我，叫我自己搭計程車嗎？」

「呵呵。」

「幹嘛？」

「妳自己問問段嘉許，他是不是有毛病？」桑延帶著起床氣，按捺著怒火說，「從八點就開始打電話給我，每隔十分鐘打一次，我調靜音——」

「……」

「他就幫我叫外送。」

桑稚有點想笑，幫段嘉許說話：「他可能只是單純想請你吃早餐。」

「還有備註。」桑延冷笑，非常順暢地把那段話背了下來，「我男朋友發燒，三天都聯繫不上。我在外地無法趕回來，請務必叫他醒來吃飯，謝謝。」

「……」桑稚問，「然後呢？」

「妳嫂子，」桑延看向她，涼涼地道，「去開的門。」

「……」

這樣聽起來好像是有點對不起他。

桑延的神情帶了幾絲睏倦和煩躁，步伐大而快。桑稚只能小跑步跟著他，硬著頭皮說：「他也不知道你跟女朋友住在一起嘛，而且，應該不會誤會吧……」

桑延沒說話。

桑稚又道：「你解釋幾句就好了啊，再不然我幫你解釋也可以。」

桑延邊走邊從口袋裡摸出手機，低頭看了一眼。

「而且爸爸本來就叫你來接我。」桑稚也不覺得自己站不住腳，「你不來接我，這是我沒跟你計較，你還跟我發脾氣。」

「……」桑延瞥她一眼，「妳今年幾歲？」

桑稚答：「二十。」

「我二十的時候，」桑延說，「放假回家不僅沒人接，還得天天接妳這個極其討人厭的小鬼放學，您記得嗎？」

「你幹嘛老是拿你跟我比？」桑稚覺得莫名其妙，「你在家跟我是同一個地位的嗎？」

「……」

桑延懶得理她。他沒有開車過來，出了機場就往計程車的方向走，跟司機報完地址後，轉頭把行李箱放進後車廂裡。

桑稚比他先上車，傳訊息給段嘉許：我到了，我哥也來了。

很快，桑延也上了車，坐到她旁邊。

司機發動車子。

桑稚隨口問：「怎麼是去你那裡？我想直接回家。」

桑延沒回應。似乎是真的睏了，他一上車就閉上眼睛，靠在椅背上睡覺。

「爸媽不在家。」桑稚也有點餓了，主動說：「要不然，你請我吃午餐吧？」

「……」

玩了一會兒手機，桑稚覺得無聊：「你幹嘛不理我，嫂子真的生氣了啊？你解釋一下就行了嘛，就一件小事情。」

桑延依然一點反應都沒有。

桑稚又想起一件事情：「不過，你已經跟嫂子同居了嗎？」

「……」

「那以凡姊怎麼辦？」桑稚好奇地問：「不是說不能帶男女朋友回去嗎？你這樣不好吧，她不就會很尷尬嗎？」

聽到這句話，桑延睜開眼睛，閒閒地看向她。

桑稚反應過來：「你不跟她合租了嗎？」

桑延重新閉上眼，像啞巴一樣一句話也不說。桑稚覺得無趣，也懶得再理他。

車子一路開到桑延所住的社區。

桑稚沒打算跟他一起下車，打算等他走後，直接讓司機繼續開回家。倒是桑延把她抓下車，抬抬下巴說：「上去把妳嫂子叫下來，出去吃飯。」

「……」桑稚傻眼，「你怎麼不自己去？我又不認識她。」

桑延把桑稚的行李箱搬下來，不耐地催促：「快點。」

桑稚忍住了：「喔。」

從桑延手裡拿過鑰匙，桑稚走進大樓裡。這個社區離家裡不算遠，桑稚來的次數也不算多，大多是她高中時來的，這兩年也沒怎麼來過。

坐電梯上樓，桑稚猶豫了一下，還是沒直接用鑰匙開門。她按了門鈴，在門口等了一會兒。沒多久，門就打開了。

女人穿著簡單的套裝睡衣，素顏。她長相妖豔，長髮披散在背後，看上去帶了幾分慵懶的意味。眼尾略微上挑，瞳仁明亮澄澈，唇不點而紅，是個極為漂亮的女人。

桑稚頓了一下，喊了聲：「以凡姊。」

可能是沒想到外面的人是她，溫以凡明顯愣了一下。她手上還拿著雙筷子，往桑稚背後看了眼：「只只，妳怎麼過來了？」

「我哥叫我上來的。」桑稚走進來，把鞋子脫掉，「妳還跟我哥一起合租啊？」

溫以凡嗯了聲，走到茶几旁倒了杯水給她。

桑稚拿起來喝了一口，壓低聲音問：「我哥女朋友呢？在房間裡？」

電視還開著，播著最近熱門的劇。溫以凡坐回沙發上，饒有興致地看著電視，繼續吃著桌上的便當。聽到這句話，她隨口答了句：「是我。」

「……」

像是不敢相信自己聽到的話，桑稚愣了半晌才道：「啊？」

溫以凡把頭髮別到耳後，語氣溫柔：「怎麼了？」

桑稚也不想做出太誇張的反應，抓抓頭：「沒什麼。」

她還想說點什麼時，突然注意到溫以凡吃的那個便當上貼著標籤，上面備註著一長串話，就是桑延剛剛跟她轉述的內容。

桑稚立刻指了指：「以凡姊，妳是不是因為這個跟我哥生氣了？」

順著桑稚的話，溫以凡也看向那張標籤。沒多久，她又抬起頭，茫然又直接地說：「沒有啊，我都在吃了……」

桑稚鬆了口氣：「我還以為妳誤會我哥劈腿了。」

溫以凡安靜幾秒，像是在思考，「啊，這是劈腿的意思嗎？」

「……」

「我還以為他是怕自己起不來拿外送，故意備註的。」

桑稚解釋：「不是——」

溫以凡：「所以是真的劈腿了啊？」

桑稚連忙搖頭，還想解釋點什麼時，溫以凡又開口，若有所思地說：「劈腿就算了，還敢跟兩個對象報同一個地址。」

「……」

溫以凡豎了個大姆指，佩服地說：「真是厲害。」

「……」

也許是等了太久，桑延打了幾通電話來催，沒多久就親自回來了。聽到門鈴聲，桑稚小跑著去開門，接著又回到廚房。

桑延瞥了眼：「妳們在幹嘛？」

桑稚：「嫂子在幫我煮麵。」

溫以凡把頭髮綁了起來，拿著刀，在砧板上切著肉。聽到這句話，她側頭，溫和地提醒：「不要這樣叫我，妳哥劈腿了。」

桑延：「……」

桑稚很自覺地走出廚房，把空間讓給他們。她坐到沙發上，透過廚房的玻璃門往裡面看，也聽不清楚兩人在說什麼。

看了一會兒戲，桑稚開始跟段嘉許聊天：你知道我哥女朋友是誰嗎？

段嘉許：沒聽他說過，怎麼了？

桑稚：一個超級漂亮的姊姊。

桑稚：我哥的高中同學，她之前一直跟我哥合租，我都沒想到他們會在一起，我覺得我哥根本配不上她。

段嘉許：有這麼漂亮？

桑稚：？

桑稚：你怎麼這麼好奇？

桑稚突然有點後悔自己剛剛說的話了。她盯著螢幕看了好一陣子，彆扭地補充了一句：當然還是我比較漂亮。

桑稚覺得自己在這裡有點多餘。她邊聽著桑延和溫以凡說話，邊慢吞吞地把麵吃完，之後也沒再打擾他們，提出要離開。

溫以凡恰好要出門，順路開車把桑稚送了回去。

桑稚坐在副駕駛座上，繼續跟段嘉許聊天：你怎麼還幫我哥叫了外送？

段嘉許：謝禮。

段嘉許：感謝他去接妳。

桑稚笑出聲。

察覺到她的動靜，溫以凡問：「在跟男朋友聊天？」

桑稚眨眨眼，點頭：「嗯。」

「我聽妳哥說，妳男友是他的大學室友啊？」

「對。」

「也滿好的啊，年紀比妳大一點，也會照顧人。」溫以凡的語速緩慢，跟她閒聊著，「而且是熟人，我看妳哥也滿信得過這個人的。」

難得有人聽完之後的第一反應不是罵段嘉許，桑稚聽著也開心，笑咪咪地嗯了聲。

「不過這些也不怎麼重要。之前妳哥給我看過妳男友的照片，」接著，溫以凡的話鋒一轉，她嘆了一聲，「長得也太帥了吧。」

「……」

「這樣對比起來，妳哥這長得什麼——」溫以凡的聲音突然打住，可能是注意到當事人的妹妹就在面前，她咽回原本的話，「也還可以啦。」

「……」

◇

桑稚不清楚桑延有沒有告訴黎萍他交女朋友的事情，她也沒主動提，又過上每天無所事事，不是吃就是睡的生活。

就這麼持續了幾天，桑稚實在覺得無聊，在高中同學的介紹下，在附近找了份家教的工作。她也沒忘記段嘉許可能會過來的事情，時不時就在黎萍面前提幾句。

黎萍很快就明白她的意思：「段嘉許要來我們家過年啊？」

桑稚緊張地點頭：「可以嗎？」

「還是不要了。」黎萍思考了一下，語速緩慢，語氣很溫和，「新年在別人家過，媽媽怕他會覺

123 11/1 122

得不自在。如果是上門拜訪，也有點早了。」

桑稚安靜了片刻，決定嚴肅地跟她談談：「媽媽，我這段時間跟妳說的話，妳是不是都沒有聽進去？」

黎萍：「有啊。」

「我知道你們是為我好，擔心我以後會過得不好。」桑稚認真地道，「但妳應該也清楚段嘉許的為人，如果他不好，哥哥一定也不會同意的。」

「……」

「他現在經濟條件不差。大學的時候就很努力念書，一直拿獎學金，現在工作也很努力，不是那種軟爛的人。」桑稚說，「我現在也會認真念書，然後以後找個好的工作，自己賺錢。我覺得會很好的。」

黎萍安靜地聽著。

「而且他家裡的事情，之前是有個女人來找過我，但他都一直護著我。現在也沒再發生這樣的事情了。」桑稚抿抿唇，低聲道，「他自己也因此而不開心，但這種事他也沒什麼辦法。我覺得很多事情，他已經做得很好了。」

「嗯。」

「我之前一直跟妳說了那麼多事，就是不想讓妳擔心我，讓妳能安心一點。」桑稚說，「也想讓妳知道我是認真的，不是沒考慮過，也不是一時衝動。我是真的覺得他很好。」

「媽媽知道。」

桑稚也不知道這次黎萍有沒有聽進去。她覺得有點鬱悶，總覺得自己說的話真的沒有半點效果，但怕說多了黎萍會覺得煩，之後也沒再提起。

這種情況下，桑稚也不敢把段嘉許帶回家。

時間一天天過去，新年也即將到來。

提前幾週，段嘉許訂了大年初四的票。

段嘉許跟她說再早一點的票都已經被訂完了，還跟她說，他會去江思雲那裡跟他們一家人一起過年，讓她不要太在意。

但桑稚很清楚，這些不過是他用來安慰她的話。

新年的前三天，桑稚過得也忙，天天陪父母去拜訪親戚，見一些許久沒見過的人。回到家，洗漱完之後，她就回到床上，跟段嘉許聊一整晚的視訊，直到初四才漸漸閒下來。

段嘉許是在初四下午到南蕪的。

桑稚沒瞞著父母，跟他們直說了之後，便出門去找他。段嘉許沒讓桑稚去機場，下了飛機就搭計程車過來。

兩人在桑稚家的社區門口碰面。

桑稚陪他去飯店放東西，接著兩人到附近還開著的商圈逛逛。她陪他在外面吃了晚餐，然後被他送回樓下。

桑稚放開段嘉許的手，正想跟他道別時，恰好撞見剛從外面回來的桑榮和黎萍。

可能是因為猝不及防，段嘉許明顯愣住，也明顯有點侷促。很快，他站得端正，朝他們露出一個笑容，主動問好。

算起來，他們也真的很長時間沒有見過面了。

桑榮的表情沒什麼不妥，他很客氣地跟段嘉許打招呼，問了幾句段嘉許的近況，接著道：「來，上去坐一會兒吧。這麼長時間沒見到你來南蕪，也沒怎麼聽阿延說過你的情況。」

段嘉許頷首，禮貌地應了聲。

他們的反應看上去像是不知道他和桑稚的關係一樣。

桑稚跟在他們後面，忍不住拉住黎萍的手，小聲喊：「媽媽。」

黎萍覺得好笑：「怎麼了？我跟妳爸還會吃了他啊？」

「……」

回到家裡，四人坐在沙發上。

桑延不在家，似乎是出去找朋友了。桑稚覺得緊張，也不知道他們會說什麼，全程提心吊膽的。

桑榮和黎萍確實也沒說什麼，對段嘉許的態度完全像是對待兒子的朋友一樣，跟從前沒什麼區別。

坐了好一會兒，黎萍突然起身，說要去切點水果。她往廚房走，沒走幾步便叫住桑稚，說：「只只，來幫媽媽忙吧。」

桑稚一愣，看了一眼段嘉許，才慢慢地起身：「好。」

切水果也不需要多久的時間，桑稚幫忙從冰箱裡拿了點水果出來，打開水龍頭洗乾淨。黎萍沒讓她碰刀，她在旁邊站著，也沒別的事情做。

桑稚乾巴巴地說：「那我先出去了？」

黎萍：「妳幫媽媽拿個盤子過來。」

「……」桑稚的注意力總是放在外面，她小聲說，「好。」

她們在廚房裡大約待了幾分鐘。

等桑稚出去時，桑榮和段嘉許仍在閒聊，氣氛跟之前相比也沒有多大的變化。兩人的表情都很正常，跟她進廚房前沒有任何不同。

桑稚盯著段嘉許看了半天，真的覺得沒什麼問題才鬆了口氣。

又過了半小時，段嘉許主動說：「時間有點晚了，叔叔阿姨，我今天就先回去了，也不能影響你們休息。改天我會再上門拜訪的。」

桑榮和黎萍都站起身，把他送到門口。

此時時間也過九點半了。

桑稚套了件外套，說：「我送你。」

段嘉許笑道：「不用，走兩步路就到了。」

黎萍也沒攔著，說：「多穿點，外面冷。」

桑稚應了聲，把鞋子穿上：「走吧。」

段嘉許沒再多說什麼，提醒她：「把拉鍊拉上。」接著他又朝桑榮和黎萍的方向看了一眼，溫和地道：「叔叔、阿姨，新年快樂。」

兩人出了門，在樓梯間等電梯。桑稚終於找到機會問：「我爸有跟你說什麼嗎？就我剛剛去切水果的時候。」

「沒說什麼。」段嘉許漫不經心地道，「就閒聊。」

「真的？」

段嘉許看向她，輕笑出聲：「還能說什麼啊？」

不知道為什麼，桑稚總覺得有點不安，但又覺得他的反應好像沒什麼異常。恰好電梯到了，她走了進去，嘀咕道：「沒什麼。」

段嘉許也沒讓她送多遠，走到社區門口就讓她回去。

桑稚在原地站定，然後吃力地從口袋裡拿了個紅包出來，塞進他手裡：「新年快樂。」

段嘉許挑眉：「妳還給我紅包？」

「嗯，」桑稚說，「這個不是我收到的紅包，是我做家教賺的。」

段嘉許翻看了一下。

桑稚笑咪咪地道：「紅包也是我自己畫的，好看嗎？」

紅包是用顏料畫的，紅色的底，正中央是個男人的Q版畫像，還畫上耳朵和尾巴，看起來格外可愛，下面用小字寫著：「段嘉許的紅包」。

段嘉許指了指：「這個是我啊？」

「對啊。」

段嘉許低笑道：「怎麼還畫了狗耳朵？」

桑稚無奈：「這是狐狸耳朵。」

「妳承認了？」他的眼角彎了起來，湊過來親親她的額頭，「那男狐狸精是我？」

桑稚看著他，小聲道：「嗯。」

「好，男狐狸精是我。」段嘉許垂下眼睛與她平視，「中央空調我可不承認。」

回到飯店，段嘉許把外套脫下來扔到床上，口袋裡的兩個紅包瞬間掉了出來，散落在白色的床單上，一個是桑榮給的，另一個是剛剛桑稚塞給他的。

安靜又冷清的飯店。

段嘉許一直維持著的表情漸收，唇邊的笑意慢慢地斂了幾分。他的喉結滑動了一下，他忽然想起很多年前，因為許若淑生病的事情，他頭一次一家一家地打電話給認識的親戚借錢。

他得到的不是謾罵，就是電話直接掛斷後的嘟嘟聲，所有人都對他們避之唯恐不及。那時段嘉許束手無策，到最後關頭，只能想到那時才認識一年的桑延，只因清楚他家裡的條件不錯。

段嘉許其實極為難以啟齒，但還是裝作很鎮定的樣子，跟他提出借錢的要求。他跟還是個大學生的桑延借了三萬塊。

桑延沒有多問，只知道是他母親生病，轉頭便幫他跟桑榮借。沒過多久，段嘉許便接到桑榮的電話，問著他大致的情況。

問清楚之後，桑榮轉錢給他，還傳了訊息跟他說：孩子，不用急著還錢，好好照顧你媽媽，等你以後工作了，穩定下來了再說。如果還有什麼需要的地方，可以再找叔叔。

段嘉許永遠也忘不了那個時候的感覺，這或許就是所謂的「雪中送炭」吧。

沒有人願意幫他們，包括有血緣關係的親戚。但這家人，跟他沒有任何關係的人，卻不求回報地對他施以援手。那是他這輩子也不能忘記的恩情。

段嘉許彎腰，拿起桑榮給的那個紅包，又想到剛剛桑稚進廚房之後，桑榮跟他說的話。他的語氣跟當年在電話裡沒什麼不同，依然平和，不會給人帶來任何的不適。

桑榮說了很多話，段嘉許每一句都記得，每一句都好好地聽了，每一句都好好地答應，但現在莫名其妙地只想得起一句話。

『你家裡的情況，我跟只只的媽媽確實是有點……介意的。』

其他人跟他說這樣的話，段嘉許大概不會有多大的感受。可這是桑稚的家人，也是在他最困難的時候唯一願意幫助他的人。

段嘉許垂下眼，坐到床上，拿起桑稚畫的那個紅包。

他的眼眸暗了下來，唇角變得平直，他強撐著的所有力量在頃刻間瓦解，只剩下極為強烈又無助的自卑感。

回到家後，桑稚換上拖鞋，又坐回原本的位子。

桑榮和黎萍還待在客廳，倒是沒怎麼說話。他們一個在看電視，另一個拿著書在看。室內只有電視的歡快聲響，跟剛剛的氛圍沒差太多。

黎萍抬眼看她，隨口問了句：「這麼快就回來了？」

桑稚從水果盤裡拿了顆小番茄塞進嘴裡，伸手把外套脫掉，嗯了聲：「送到社區門口，嘉許哥就叫我回來了。」

黎萍點頭，沒再多問。

桑稚咬著水果，眼珠骨碌碌地轉，目光在桑榮和黎萍身上來回掃視。她覺得段嘉許表現得很好，小心翼翼地提：「爸媽，你們覺得怎麼樣？」

黎萍的視線重新放到電視上：「什麼怎麼樣？」

「不是好幾年沒見了嗎？」桑稚小聲說，「現在見到面了，然後也聊了那麼多事情。你們的態度有沒有改觀了？」

桑榮笑道：「小夥子人滿好的。」

桑稚連忙附和：「是吧，人很好的。」

「確實是很優秀，各方面都很好。他大學那時候雖然沒見過幾次面，但也覺得他以後一定會很有成就。」桑榮的目光還放在書上，聲音聽起來很和藹，「這麼多年一個人這樣過來，肯定也不好受。」

桑稚一頓，輕輕抿著唇。

桑榮沒多提，忽地轉了話題，笑起來：「之前我還聽妳媽說，妳第一次見到段嘉許時就在人家面前哭，也不害臊。」

黎萍也笑：「哭得我還以為幹嘛了，結果是在跟阿延鬧呢。」

他們這麼提起來，桑稚也覺得面子上過不去：「那時候我不是還小嗎？」

「最近總在想以前的事情，妳小的時候，身體不太好。」桑榮放下手裡的書，像是在回憶，「那時候三天兩頭，不是過敏，就是發燒。我跟妳媽天天往醫院跑，看妳一直在哭，到後來連哭的力氣都沒有了。」

黎萍也把電視關上。

「我們看著也難受，但也沒別的辦法。妳哥那時候也還小，不太歡迎妳的出現，他覺得有了妳之後，我們就不怎麼管他了。」桑榮說著說著又笑了，「還在週記本上寫過，寧可家裡養條狗，都不想要這個妹妹。」

桑稚瞬間不爽了，沒等她出聲，桑榮又道：「但妳住院的時候，他看不到妳，又每天都問我們妳去哪裡了。我們騙他說把妳丟掉了，還把他當場弄哭了。」

「……」桑稚舔舔唇，「怎麼突然說這個？」

「想到還覺得很有趣，感覺就是昨天才發生的事情。」桑榮說，「結果現在，妳和妳哥都差不多要結婚了。」

桑稚窘迫地道：「我還早呢。」

桑榮輕嘆了口氣：「只只，爸爸不是什麼專制的人，不會因為我們家裡的條件還算可以，就有高人一等的想法；也不是說覺得誰都配不上我女兒，不管是誰想跟妳在一起，我都一定能挑出毛病。」

「……」

「也不是覺得，我們只只吃不了苦。」桑榮說，「只是一點都捨不得讓妳吃苦，怕妳以後會過得不好，我時時刻刻都有這樣的擔憂。」

桑稚的喉間一哽。

「我只是個普通人，跟世界上的所有爸爸有一樣的想法。」桑榮說，「希望我的孩子一輩子順順利利，過得平安又快樂。」

桑稚輕聲道：「我知道。」

「本來想瞞著妳，但怕妳以後知道了會不開心，會怪我們。」桑榮把眼鏡摘下，喃喃地道，「今天，爸爸是跟嘉許說了點話。」

「……」桑稚愣住，嘴唇下意識地張了張。

「我把我現在顧慮的所有事情，覺得該說的，都跟他提了一遍。可能這些話有一定程度上會傷害到他，但他應該也會因此認真地考慮一下你們的未來。」桑榮說，「妳可能覺得只是談個戀愛，暫時不需要考慮那麼多。但如果不合適，爸爸覺得——」

「……」

「你們還是趁早斷了比較好。」

這句話一說完，室內陷入一片寂靜。

桑稚突然明白了他們的意思。

可能是因為顧及她的情緒，他們一直沒有明說，只是說不贊成，但也不會阻攔。然而，他們真正希望的，還是她跟段嘉許能夠就此結束。

半晌後，桑稚說：「我就是一點苦都不能吃。」

「……」

「被人罵一句就覺得不開心，吃不到想吃的東西也不開心，逼不得已的時候才會去做一些自己覺得很不喜歡，又一定要做的事情。」桑稚的聲音很輕，「所以，就是因為跟他在一起很開心，一點都不覺得辛苦，才會一直在你們面前說這些話。」

黎萍摸摸她的腦袋，沒有說話。

「我還在讀大學，不是說談個戀愛就立刻要結婚什麼的。」桑稚說，「還有那麼久的時間，我也可以經常帶他回來給你們看，讓你們了解他是個怎樣的人。」

桑榮看著她，認真地嗯了聲。

「我不是讓你們立刻就接納他，立刻就很喜歡他。」桑稚吐了口氣，「只是想讓你們不要太在意他家裡的事情，因為這個不是他能選擇的。」

「……」

「別的方面，你們有什麼意見都沒關係。」桑稚說，「只要對他公平一點就好。」

三人的對話因桑延的到來而中斷。

桑稚心情有點悶。她回到房間，坐在床上，發著愣，想著剛剛段嘉許的反應，思緒混沌，還想了一大堆事情。

半晌，桑稚吸吸鼻子，打電話給段嘉許。他立刻接了起來，語氣跟平時無二：『怎麼了？』

桑稚拿起床上的抱枕，塞在懷裡。她垂下眼，盯著虛空中的一個點，一時不知道該說什麼，半聲也沒吭。

『怎麼不說話？』段嘉許聲音散漫，『不小心按到的？』

桑稚這才開口：「不是。」

段嘉許也沒再繼續問，輕笑出聲，提起別的事情：『妳當家教賺得還真不少，這紅包像是磚頭一樣。』

「哪有這麼誇張？」

『下次換我包一個給妳。』段嘉許吊兒郎當地說：『是我沒注意，忘了我們只只還是可以收紅包的年紀。』

桑稚沒什麼心情跟他開玩笑。聽著他的語氣，心情莫名其妙地更悶了。她沒再猶豫，問道：「我爸爸今天是不是跟你說什麼了？」

電話那頭安靜幾秒。很快，段嘉許說：『沒什麼。』

「我爸都跟我說了。」桑稚也不知道桑榮具體說了些什麼，只擠出一句，「你不要不開心。」

『我沒有不開心啊，』段嘉許說，『真的沒說什麼不好的話，妳爸爸媽媽很好，只是跟我提了一些顧慮。』

桑稚小聲地問：「那他們說什麼？」

『好像是覺得我年紀太大，妳帶出去會丟臉。』

「……」桑稚皺眉，「你可不可以嚴肅一點？我是很認真地在問你。」

『叔叔阿姨一整個晚上跟我說了那麼多話，』段嘉許笑起來，『我也不清楚妳問的是哪一句啊。』

他明顯就是不打算說的樣子。

他不想說，桑稚也不再追問。她心情有點低落，語無倫次地說：「反正，你不要不開心。我爸媽一直都把我當小孩，怕我遇到不好的人，就跟我哥一樣……要是換個他們不認識的，恐怕會有更多意見。而且他們說的也不代表我的想法。」

段嘉許：『嗯。』

「還有，你爸爸的事情，不管別人怎麼說，也真的跟你一點關係都沒有，你不要在意。」桑稚不會安慰人，只能把自己想說的都說出來，「我會再跟他們好好說的……」

『我知道。』段嘉許說，『別跟他們說了，難得放個假，好好跟妳爸媽相處，別因為這件事影響到心情。』

「……」

『別擔心，』段嘉許的聲音變得很輕，像是在喃喃自語，『我再考慮一下。』

桑稚一愣，正想問他要考慮什麼時，房門突然被敲響，外面傳來桑延的聲音：「媽煮了湯，叫妳出來喝。」

她抬起眼，下意識地應了聲：「好。」

段嘉許明顯也聽到了：『去喝吧，別讓他們等。』

桑稚沉默了一下，也不知道怎麼開口問剛剛的事情，只是喔了聲，又重複一次：「那你不要不開心。」

等桑稚喝完湯，洗漱完回來，已經過了好一陣子。她重新翻出手機，打開微信，猶豫了半晌，在跟段嘉許的聊天視窗輸入一句：你剛剛說考慮一下，是在考慮什麼？

在這個介面停了好一會兒，桑稚默默地把字全部刪掉，改成兩個字：晚安。

她關掉燈，趴在床上，腦海裡不斷迴盪著這句話。

我再考慮一下。

考慮一下。

考慮。

桑榮和段嘉許都說提了一些顧慮的事情，那是在顧慮什麼？

年齡的問題，抑或是他父親的事情？但這兩個都是沒有辦法改變的，那就只剩下段嘉許的經濟條件。

可他也不算窮吧，就是可能暫時還買不起房子，但他再努力個幾年，然後加上她之後出來工作，這個也不是什麼大問題吧。

所以段嘉許是要考慮什麼？總不會是……

桑稚強行收回即將冒出來的念頭，愣愣地盯著天花板。她眼眶發澀，突然覺得有點喘不過氣。她坐了起來，眼前浮起一層水氣，又被她強行憋了回去。

在此刻，所有的堅定和不退讓都變得不明確起來。

其實，桑稚覺得總有一天父母會改變想法的。短時間內，她會因為不知道該怎麼辦而苦惱，但也不是很擔心他們不支持的事情。

然而，她有點害怕段嘉許的想法。

桑稚很清楚，他是很在意這件事情的，所以會在在一起的第一天就跟她提這件事，也會在意她是否介意；即使他自己也很清楚這些事跟他一點關係也沒有，卻仍然會為此而感到自卑。

這是他極為根深蒂固的想法，也是他怎樣都改變不了的事實。

桑稚擔心，因為今晚桑榮和黎萍的話，他會不會真的覺得自己不夠好。

他會不會因為她而開始有了壓力。

他會不會因為對桑榮的感激，以及他們的反對，就做出了退讓。

他會不會就真的不打算再跟她在一起。

他會不會就真的放棄。

桑稚用力抿抿唇。她忍著喉間的酸楚，再次拿起手機，想跟他說些什麼，想叫他不要難過，不要太在意這件事，不要開始考慮他說要再考慮一下的事情。

在這一瞬間，桑稚覺得自己無力又弱小到了極致。

桑稚覺得自己能一輩子對他好，希望他不要再因為從前的事情感到不開心，不要因此受到傷害。

可他好像還是因為她而再次受到了傷害。

她慢慢地放下手機。

桑稚思緒放空，突然想起了在段嘉許之前住的那個社區樓下，她小心翼翼又格外正經地表達完自己的心意後，那時他的眼睛染著光，他伸手抱住她，親吻她的額頭。

然後他極為繾綣地說：「嗯，我也很喜歡妳。」

◇

隔天，桑稚一大早又被黎萍拉去拜訪親戚。注意到她的心不在焉，黎萍也不勉強她，找了個理由就讓她回家。

從親戚家出來之後，桑稚便去找段嘉許。

因為初七就要上班，他沒打算待多久，之前訂的機票也是今天晚上就回宜荷。

段嘉許神色依舊，似乎是真的沒被影響到。

桑稚又跟他強調了幾句，叫他不要不開心。他倒擺出一副好笑的樣子，說道：「妳怎麼像是在哄小孩一樣？」

上飛機之前，段嘉許思考了一下，主動安撫她幾句，然後道：「自己在這裡好好過完年，多玩個幾天再回學校。」

桑稚心不在焉地點頭：「嗯。」

「一過去學校那邊就要好幾個月。」段嘉許玩味般地說，「可別再因為想家而哭了。」

桑稚盯著他，嘴唇動了動，想問點什麼，又怕得到不好的答案。她沉默下來，只是又點點頭。

桑稚也不知道自己在擔心什麼，就是不敢問他到底在考慮什麼事情。她警惕至極，覺得只要自己不問，就可以一直保持這樣的狀態。

她覺得自己像是一個悲觀主義者，什麼都只能往壞的方面想。但想多了，桑稚又覺得是在自己嚇自己。如果段嘉許真的有那樣的想法，現在一定不會是這樣的態度。

有的時候，很多想法又會因為一些正常的小事而產生轉變。

段嘉許回宜荷之後變得很忙，跟桑稚的聯繫也漸漸變少。這在平時其實是一件很正常的事情。

不單是年後，之前段嘉許也經常要加班，總會比較忙。有時候她找他，他沒有立刻回覆，桑稚也不會太在意。

可這段時間，桑稚總想著他那句「我再考慮一下」，情緒不斷積壓，像是不斷灌著氣的氣球一樣，下一刻就要炸開。

再結合他這樣的行為，桑稚就覺得他會不會是在躲她。他會不會是真的在考慮，要不要分開？

這一晚，桑稚睡得極其不安穩。

她做了一整晚的夢。

她夢到江穎再次出現在她面前，跟她說：「妳們真的要分手了啊？沒關係，段嘉許也不會太難過的，他會覺得妳能找到更好的就好。」

她夢到那天她沒有進廚房幫黎萍的忙，然後看到段嘉許聽到桑榮的話之後，瞬間僵住了的笑容。

她夢到段嘉許自嘲般地說：「怕妳介意。」

她夢到他笑著說：「我覺得妳爸媽都是好人。他們那樣幫了我，我總不能對不起他們。」

所有的畫面交錯，在這虛幻中顯得格外真實。最後，桑稚夢到那天晚上，他沒有收下她送的那個紅包，低聲說：「我們還是算了吧。」

下一刻，桑稚睜開眼，醒了過來。

桑稚捂著心口，腦袋裡還一片空白，處於夢境過後的迷茫中。她一時也想不起剛剛做了什麼夢，怎麼想都想不起來。

極大的空虛感占據她整個人。桑稚抓著被子，突然就開始掉眼淚，喉嚨裡是克制不住的嗚咽聲。

怕會吵到隔壁的桑榮和黎萍，她只能用盡全力地忍著。

桑稚拿起手機，想打電話給段嘉許。注意到時間，她的動作停住，用極為模糊的眼睛看著螢幕漸漸熄滅。

不知過了多久，桑稚下定決心般地擦乾眼淚，再次打開手機，訂了最快的班機回宜荷。

桑稚只能訂到隔天晚上十點的機票。醒來後，她隨口跟父母扯了個理由——因為學校那邊臨時有事，所以她打算提前回去。

吃過午飯，桑稚開始收拾行李，看到窗臺上的那個牛奶瓶時，她的目光停住，她走過去將瓶子拿起來，把裡面的星星倒出來。

到現在，桑稚都還記得自己是用哪張星星紙寫下當初的心情，然後放到瓶子裡去的。

桑稚伸手拿出裡面兩顆相同顏色的星星，放進口袋裡。

時間差不多時，桑榮開車送她到機場。

桑稚一個人過了安檢，在候機大廳裡等待，猶豫地傳了封訊息給段嘉許，等了好一陣子也沒收到回覆。

她抿抿唇，還是沒告訴他自己現在就要回宜荷的事情。

上了飛機，坐在靠走道的位子，桑稚繫上安全帶，在這一瞬間，她突然想起自己高一時偷偷跑去宜荷找他的事情。

她也是像現在一樣臨時買的機票，好一點的位子基本上都被挑完了。

那不是她第一次坐飛機，卻是第一次一個人去那麼遠的地方。

她假裝自己什麼都不怕，假裝並沒有覺得不安，假裝自己勇敢至極，得到什麼樣的結果都不覺得可惜。

她只要去見他一面。

桑稚把手放進口袋裡，摸到剛剛塞進去的那兩顆星星。她的掌心收攏，很快又鬆開，像是決定了什麼事情。

三個小時後，桑稚下了飛機。她拿出手機開機，拖著行李箱往出口走，恰好段嘉許打電話過來。

桑稚接起來。

『只只，我剛剛聽妳哥說妳今天回學校？』段嘉許的聲音從話筒裡傳來，『不是週六才回來嗎？』

桑稚小聲道：「嗯。」

『到了？』段嘉許頓了一下，『怎麼沒跟我說？』

「想跟你說的。」桑稚的聲音悶悶的，「但你沒理我。」

『最近有點事，沒怎麼看手機，不是不理妳。』段嘉許說，『我到機場了，妳在哪裡？』

「T3出口旁邊的椅子。」

『嗯。』段嘉許輕聲哄道，『在那裡乖乖地等著。』

桑稚坐在椅子上，從口袋裡拿出那兩顆星星。她揉揉眼睛，極為堅定地想著，這次一定不會哭。

過了五六分鐘，桑稚就見到段嘉許趕過來的身影。

段嘉許走到桑稚面前，把身上的大衣脫下來，裹到她身上：「在南蕪待久了，都不知道宜荷這邊的溫度啊？」

桑稚盯著他看。

段嘉許挑眉：「怎麼了？」

桑稚垂下頭，把手裡的紙星星遞給他。

見狀，段嘉許接過來：「這是什麼？」

她一直想瞞著的事情，這輩子都不想讓他知道的事情。

在她看來，自己一直都極為狼狽，像是他的手下敗將。在這段感情裡，桑稚自卑至極。她覺得不對等，所以想讓別人都覺得段嘉許才是投入最多感情的那個人。

她想讓他也這麼認為，她希望他永遠都離不開她。

「你記不記得我高一來宜荷的那次？」桑稚再次抬起眼，認真地說，「我說過來找網戀對象的那次。」

「嗯，怎麼突然提起這個？」

「我其實不是來找什麼網戀對象的。」

「……」

「我沒有什麼網戀對象。」桑稚其實一點都不想哭，她覺得哭真的太狼狽了，但是說著說著就莫名哽咽了起來，「我那個時候是來找你的。」

像是沒聽懂她的話，段嘉許半蹲在她面前：「什麼？」

「我聽我哥說你交女朋友了。」桑稚不敢看他，忍著哭腔把話說完，「我就偷拿了身分證，買了機票過來。」

「……」

「我不是上了大學、來宜荷之後才喜歡你的。」桑稚用手背抹著淚，有點說不下去了，「我都是騙你的，我怕你覺得我……」

——我都告訴你，我全都告訴你。這樣的話，你是不是就會知道自己的好？

你可不可以因為我這麼喜歡你，就不因為任何人的話而動搖，也不要覺得自己不好，然後永遠跟我在一起？

我喜歡你，很喜歡你，持續了接近七年的時間。

從年少到現在，甚至她的整個未來，桑稚極其確定，自己一定無法再如此喜歡一個人。

段嘉許第一次覺得手足無措，完全不知道該怎麼反應。

喉結上下滑動著，他突然明白了什麼。

他垂下眼，慢慢地把手裡的那兩顆星星拆開，看到上面的字跡，稚嫩，又青澀。

——『雖然不太想承認，但我好像真的喜歡上一個人了。2009.11.05』

——『他叫段嘉許。2009.11.05』

你相信嗎？

在還不清楚你的名字對應的是哪幾個字的時候，我就喜歡上你了。

第十五章　妳是我的

時間像是回到那一年。

寒意徹骨的宜荷市，寬廣明亮的機場，來去匆匆的人。T3出口外，忍著哭腔掉淚的少女，以及眉目溫和地趕來接她的那個男人。

當時的求而不得，如今的患得患失。

她在相同的地方，把當年那些不敢說出來的話、藏起來的所有心思、那個時候的無地自容，全都撕開、暴露出來。

一切又一次重現。

她一一地、盡數地雙手奉上，只願他能夠接下她的狼狽，化為能量，變成盔甲。

盯著紙條上的字跡看了半晌，段嘉許抬眼看向桑稚，聲音有點沙啞：「怕我覺得妳什麼？」

桑稚抽抽噎噎地說：「怕你覺得我很奇、奇怪……」

在你看來那麼小的年紀，應該什麼都不懂的年紀，就對你抱有這樣的心思，在再次遇見後，故意疏遠，用一個謊言來掩飾另一個謊言——很奇怪吧？也很莫名其妙吧？

小時候那般靠近你、對你做出的所有行為、曾要求你別找女朋友的事情、漸漸跟你疏遠的理由、那些當時你不曾發現的奇怪行為，在此刻，是不是也都終於能找到解釋的原因？

「不奇怪。」段嘉許伸手擦掉她的眼淚，低聲哄著，「這個星星怎麼折？我拆了之後不會折了。」

桑稚的眼睛紅通通的，她接過來，按照之前的痕跡折回去。

段嘉許跟著照做。

很快，長長的星星紙變回原來的模樣。

段嘉許把她手裡的那顆也拿過來，又盯著看了好幾秒，然後放進口袋裡，低喃著：「我可得好好收著。」

桑稚低頭看著自己的腳尖，沒有說話。

「那這樣算起來，」段嘉許牽住她的手，輕捏著她的指尖，「我都把妳弄哭多少次了。」

聞言，桑稚吸吸鼻子，眼淚又要往下掉。

「還說不是小哭包。」段嘉許站了起來，又道，「起來，想抱抱妳，坐著不好抱。」

桑稚再次用手背抹去眼淚，乖乖地站起來。

下一刻，段嘉許彎下腰，把她抱進懷裡。他伸手抵著她的後腦勺，輕輕摩娑著，像是在安撫：「怎麼突然告訴我這件事？」

桑稚的話裡帶著鼻音，顯得有點悶：「就是想說。」

「提前過來，」段嘉許的聲音停頓了一下，在此刻才反應過來，「就是要跟我說這個嗎？」

桑稚沉默幾秒，小聲說：「過來找你，順便說這個事情。」

段嘉許：「那怎麼還哭了？」

「……」

「這次我可沒有妳哥造謠出來的女朋友。」段嘉許把手放開，輕輕笑道，「不過現在倒是有個真的。」

桑稚仰起頭，盯著他的臉。

段嘉許垂下眼瞼，耐心地幫她把大衣的釦子一個個扣上，慢條斯理地說：「怎麼像個小可憐？也不穿厚一點。」

桑稚站在原地沒動，只是看著他。

很快，段嘉許把最下面的釦子也扣好。這衣服在她身上顯得又寬又大，就像是小孩偷穿大人的衣服一樣。

他彎起唇角，把她睫毛上沾著的淚珠擦掉。

「走吧，回家。」

上了車，桑稚從包包裡抽出濕紙巾擦擦臉。她的情緒緩和了些。她見到他之後，心底的不安也散去一大半。

段嘉許幫她繫上安全帶，又問：「怎麼突然提前過來了？」

桑稚老實地說：「因為你不理我。」

「沒有不理妳。」段嘉許好脾氣地解釋，「最近事情有點多，忙完都很晚了。我也不想吵到妳睡覺。」

「我以為你在躲著我。」

「……」段嘉許一愣，「我躲著妳？」

「你說要再考慮一下，我也不知道你要考慮什麼。」一提起，桑稚的心情又有點不好，「然後你又不怎麼理我，我就以為你在躲我。感覺在電話裡問的話，你就比較好開口。」

「……」

「但如果我當面過來跟你說。」桑稚乾巴巴地把自己的想法說出來，「你或許就不好意思提了。」

段嘉許明白她的意思了，「提什麼？」

桑稚沒說話。

「亂想什麼？」段嘉許發動車子，語氣淡淡的，「要不是妳爸媽那邊不同意，我都想直接抓妳去登記了。」

「……」桑稚嘀咕道，「你怎麼用抓這個詞？」

「還不是怕妳跑掉。」

聽到這句話，一直繃著的那根弦終於鬆了下來，桑稚盯著他：「那你說要再考慮一下，是要考慮什麼？」

「考慮是在這裡陪妳多待兩年，等妳畢業之後再跟妳一起回南蕪，」段嘉許漫不經心地道，「還是現在就過去，先把事情都穩定下來。」

「……」桑稚愣住了，「你不打算待在宜荷嗎？」

「嗯。」

「你要是想繼續待在宜荷也可以，我們可以商量。」桑稚認真地說，「你不用什麼事都遷就我。」

「真的不想待在這裡。」段嘉許說，「而且不遷就妳，我還能遷就誰啊？」

「……」

「都跟妳說了不要擔心，怎麼還因為這件事哭成這樣？」段嘉許吊兒郎當地道，「小孩只要好好念書，還有，每天多黏著男朋友就行，別的事情不用管。」

桑稚皺眉：「那我一定得管啊。」

「過段時間我會再去妳家拜訪。」段嘉許把車子開進社區裡，話裡多了幾分正經，「會跟妳爸媽說清楚的，別擔心。」

桑稚過來時搭的航班很晚，兩人到家時已經接近深夜兩點了。

桑稚的精神鬆懈下來，她到了熟悉的環境之後，睏意也隨之席捲而來。

她覺得極其安心，跟段嘉許道了聲「晚安」便回去房間。

段嘉許倒是沒半點睡意。他坐在沙發上，聽著桑稚進去主臥的浴室，接著傳來若有若無的水聲。他收回心思。

想到剛剛桑稚的話，段嘉許從口袋裡拿出那兩顆星星。他眼睫微動，起身找了個盒子裝了起來，然後走進房間，放在床頭櫃上。

段嘉許回到客廳，從茶几下方拿出一包菸，抽一根出來咬在嘴裡，拿出打火機點燃。他靠在椅背上，仰著脖子，吐了口煙圈，臉上沒什麼表情。

他慢慢地回想以前的事情。

她喝醉酒，啪嗒啪嗒地掉著淚，哭得極為傷心：『我有個好喜歡的人，但他就是不喜歡我。』意識看起來都不太清醒，她卻怎樣都不肯說出那個人的名字。

因為她怕被他知道。

再往前回溯，她偷偷跑來宜荷的那次。

段嘉許其實對那段記憶沒什麼印象了，卻還是記得她坐在椅子上，看起來極為瘦弱，嗚咽著說：『可是我會長大的。』

他毫無察覺，只是安撫她。

小女生像是覺得難堪，不停地忍著哭腔，眼淚卻絲毫止不住：『但他會……他會喜歡別人的。』

段嘉許記得那時候的自己大概是說了一句，等她長大了之後，肯定能遇到更好的人。

也許她是真的覺得難過吧。所以她回南蕪之後才會漸漸跟他疏遠，就此跟他劃清界限。她來宜荷上大學也不曾主動找過他，都過了好幾年還依然躲著他。

段嘉許又想起他住院那次。鄰床的爺爺誤會桑稚是他女朋友，那個時候，他確實覺得有趣，便附和地開起玩笑。他只當作是個玩笑。

她那幾天的心情都不太好，有時候甚至像是要哭出來，最後只是跟他說：「哥哥，你以後別再這樣開玩笑了。」

當時他還不懂她為什麼那麼不開心。

心臟像是被人用針戳著，一下又一下，緊接著又灌了糖蜜進去。

他既心疼她，卻又覺得愉悅。

點燃著的菸燒到底，段嘉許回過神來捻熄菸蒂。耳邊安靜得過分，桑稚的房間裡也沒了動靜。

他吐了一口氣，重重地閉上眼。

段嘉許，你真是個畜生。

因為睏，桑稚這次洗澡的速度很快。她邊打著呵欠邊把頭髮吹乾，接著便躺在床上，蓋上被子，瞬間睡了過去。

迷迷糊糊之際，她聽到玄關處的門打開又關上的聲音，沒過多久又傳來一次。桑稚睜開眼，呆滯兩秒，瞬間又睡著了。

◇

她再醒過來時似乎也還沒過多久，天還沒亮。她睡眼惺忪地爬起來上了個廁所，想再躺回去睡覺時，又覺得喉嚨很乾，渴得有點難受。

桑稚揉揉眼，打開房門。一走出去，她就聞到一股極其濃郁的酒味，在空氣中飄散開來。她漸漸清醒，遲疑地走向客廳。

客廳的燈沒開，只開了沙發旁的檯燈，光線看上去有些暗。段嘉許靠坐在沙發上，背著光，看不清神色。

桌上放著幾個空了的易開罐，都是酒，地上還掉了幾個。

桑稚的腦子還有點茫然，在這夜的迷惑下，她開始懷疑自己是不是還在夢境裡。她走過去把易開罐撿起來，遲疑地問：「你怎麼喝酒了？」

段嘉許稍稍抬頭。

光線打在他的臉上，顯得清晰了些。

段嘉許眉眼間染上幾分醉意，看上去顯得輕佻。看到桑稚，他笑了起來，朝她伸出手：「小孩。」

模樣極其誘人。

桑稚已經很久沒聽過他這樣叫自己了，還沒反應過來。但很快，她猜測他大概是醉到什麼都認不清了，主動說：「我去倒杯水給你。」

沒等她往廚房的方向走，段嘉許就已經握住她的手腕往懷裡扯。

桑稚猝不及防地倒進他的懷裡，然後對上他毫無醉意，極為清醒的眼。

伴隨而來的是段嘉許貼到她耳際的唇，帶來溫熱又酥麻的觸感。他咬著她的耳骨，身上的酒氣不濃，夾雜著他身上的氣息，莫名地好聞。

桑稚下意識地勾住他的脖子，又覺得癢，忍不住往後縮，瞬間被他拉回去，固定住。

他的掌心帶了熱度，從桑稚的尾椎往上滑，停在後腰處，像是帶了電流，也把周圍冷清的空氣點燃了。

只有他們兩個的世界。

桑稚甚至忘了自己來客廳的原因。像是被他身上的酒味迷醉，她抬起頭，輕咬了一下他的喉結，她能感受到他的身體似乎僵了一下。

段嘉許抬起她的下巴，盯著她看了兩秒，接著重重地吻住她的唇。他的力道很大，動作格外粗魯，舌尖掃過她的唇齒，纏著她不放，意亂，情迷。

身體的感知、心上的位置，都被對方全部占據。

良久後，段嘉許放開她的唇，那雙含著欲念的眼裡染上一點蠱惑以及明目張膽的勾引。他開口，聲音低沉而沙啞：「小孩。」

桑稚抬眼看他，下意識地應了一聲。

他喊她的這聲跟從前的任何一次都不一樣，帶著極為強烈的調情意味。

「要跟哥哥做愛嗎？」

光影交錯，男人的五官輪廓更顯立體俐落。

他低著眼，直勾勾地盯著她，睫毛濃密似鴉羽，襯得那雙眼更為深邃，情緒濃郁如墨。他皮膚天生白皙，卻不顯病態，在這光線下彷彿在發光。因為長時間的親吻，他的嘴唇像是充了血，紅得發豔。

兩種鮮明的色彩。

他像個來意不善，卻又善於勾魂攝魄的吸血鬼。

這句話落下後的半秒，桑稚的腦子慢了一拍。她的眼神還有點傻，嘴唇上帶著淡淡的刺痛感，提醒著她這一切都是真實的，不是虛幻。

僅僅一瞬間，桑稚就回過神。心臟也在這一刻，像是被人扔了個巨型炸彈，劈哩啪啦地炸開。她的呼吸瞬間停住，熱氣順著脖子往上湧。她不太敢相信自己的耳朵。

桑稚神色訕訕的：「啊？」

跟哥哥……什麼？

段嘉許沒重複，仍盯著她看，臉上的情緒不明，唇角的弧度又上揚了些。他抬起手，用指腹慢慢地摩娑她的下唇，一下又一下，力道不輕不重，曖昧，又帶著點隱晦的暗示，讓桑稚僅存的半點睡意也頓時蕩然無存。

雖然知道他說話向來不要臉，但桑稚也沒想到他真的毫無下限。

毫無下限！

這個老男人怎麼能這麼直白，這麼不矜持？

在這種氛圍下，他直接說個「可以嗎？」，她也能明白他的意思吧？就算他真的怕她不明白，說上床是不是都顯得委婉一點？

非要這麼直白嗎？

桑稚完全不知道該怎麼回應。

心臟彷彿要撞出身體，在這靜謐之中，心跳的聲音被放大了，極為清晰，她甚至覺得段嘉許一定也聽得到。

她緊張嗎？她為什麼要緊張？

他都能說這種話了，她為什麼要甘拜下風？

她不緊張，她絕不。

絕不！

桑稚調整好心情，稍稍抬眼，又聞到他身上的酒氣。她伸手把他的手扯掉，一本正經地道：「所以你喝酒是為了壯膽嗎？」

一句話便打散所有旖旎的氣氛。

也許是沒想到她會是這樣的反應，段嘉許愣住，很快就笑出聲來。他微微斂著下頷，胸腔振動著，眼眸帶光，笑起來璀璨又奪目。

他這個模樣，讓桑稚的嘴巴莫名乾澀，剛剛生起來的渴意在此刻突然又更濃郁了點，她頓時也想起自己出來的目的。

喔，她渴。她是出來喝水的。

按照正常的發展，她現在應該已經喝完水，回到床上再次入睡，而不是坐在這裡跟他接吻，然後聽著他直白又厚顏無恥的話。

段嘉許笑了半天才停下。他收回手，像剛剛的事情沒發生過一樣，問道：「怎麼突然醒了？」

桑稚盯著他，小聲說：「口渴，起來喝水。」

段嘉許輕嗯了聲，像抱小孩似的把她抱起來，往廚房的方向走。他把桑稚放在流理臺上，從旁邊的箱子裡拿出一瓶礦泉水，轉開遞給她。

桑稚接過來，慢吞吞地喝著，問：「你怎麼喝酒了？」

「心情不好。」

「為什麼？」

段嘉許笑了：「覺得對妳不好。」

桑稚咽下嘴裡的水，愣愣地道：「你哪裡對我不好？」

他沒解釋，靠在流理臺旁，安靜地看著她。

桑稚：「你是不是喝醉了？」

段嘉許笑：「沒有。」

「那你怎麼突然說這個？」桑稚把水瓶放到一旁，湊過去跟他對視，「是不是還有別的原因？」

「沒有。」

「但我不覺得……」說到這裡，桑稚的聲音停住，她遲疑地問，「是因為我今天跟你說的那些話嗎？」

段嘉許又不說話了，伸手抹掉她唇角的水漬。

沒想到自己說出來之後會影響到他的心情，桑稚連忙解釋：「我說那些不是要指責你，就是想告訴你而已，你又不知道，而且我之前的確還很小啊。」

「……」

「不管是以前還是現在，你都對我很好。」

段嘉許的眸色漸暗，又低下頭開始吻她。

桑稚下意識仰起脖子，承受著他的吻。這次他的力道比先前溫柔，帶著幾分繾綣情意，夾雜著淡淡的酒氣。她的眼睛未閉，看著他低垂著的眼。

她在此刻才意識到，他從不喝酒，卻因為她破了例。

「桑稚。」段嘉許放開她，眼裡有什麼情緒在湧動。他撫著她的臉，半晌，才聲音沙啞地道：「我愛妳。」

我也會想，以後妳會不會後悔決定要跟我在一起。會不會後悔，不聽父母的勸告，執意要跟我在一起。我這麼擔憂著。

可是又因為妳，讓我不懼任何外力，褪去所有自卑，因為妳，我覺得這個世界上，只有我才配得上跟妳在一起。

妳是我的唯一和永恆。

段嘉許壓低聲音，似有若無地在她耳邊說了句：「我不會讓妳後悔。」

聽到那三個字，桑稚的目光一頓，緩慢地眨眨眼。她也無法描述自己此刻的心情，莫名其妙地覺得鼻酸，下意識地勾住他的脖子，把臉埋在他的胸膛。

段嘉許親了一下她的耳朵，溫柔地道：「還要不要喝水？」

桑稚搖頭。

「那睡覺吧。」段嘉許再度把她抱起來，往主臥的方向走，「小朋友。」

聞言，桑稚抬起頭，抿抿唇：「你剛剛不是說……」

「嗯？」

他的身體比平時還燙，桑稚被他抱著也能感受到他動了情。她憋紅了臉，實在說不出口：「就那什麼……」

段嘉許反應過來，看向她，聲音帶笑：「嚇唬妳的。」

「喔。」

段嘉正想空出手打開她房間的門，又聽到懷裡的人冒出一句：「但我沒被嚇到。」

「……」

她抓著他衣服的手收緊。這次，桑稚的聲音裡真切地帶了幾分緊張，卻毫無畏懼：「我沒說不行。」

他動作停住，慢慢收回手。

段嘉許的呼吸聲漸重，氣息噴在她的脖頸處，燙得像是著了火。他閉了閉眼睛，想拉回自己的理智，理智卻因她的話轉瞬即逝。

「知道妳在說什麼嗎？」

桑稚覺得被他碰觸到的地方似乎也燒了起來。她強忍著聲音裡的顫抖，裝作鎮定自若的樣子：

「我又不是小孩了——」

沒等她說完，段嘉許仰起頭，吻住她的唇。

嘴裡的話瞬間咽了回去，桑稚睜著眼，因為不知道該怎麼做，身體有點僵硬。她縮回被他勾住的舌頭，而後又往前探，舔舔他的舌尖。

動作小心翼翼，極為生澀地回應著。

在這一瞬間，段嘉許腦袋裡的最後一根弦也斷掉了。他猛地把她抵在牆上，嘴唇向下挪，順著下巴到脖頸再到鎖骨，帶著曖昧的聲音，落下點點痕跡。

嘴唇再往下。

濕潤又溫熱的觸感，帶著酥麻的癢意。桑稚覺得自己像懸浮在半空中，失去重力，覺得不安，只能全身依附著面前的男人。

有種極為陌生，從未經歷過的感受。

桑稚不自覺地喘著氣，尾音顫抖：「回、回房間。」

段嘉許的動作停住，他像是在笑，又用力咬了一下她的鎖骨，接著非常順從地抱著她回去自己的房間。

房間裡沒開燈，只有床頭亮著一盞小夜燈。

桑稚的身體落到床上，第一反應就是過去關燈。燈滅掉的同時，她才注意到床頭櫃上放著相框，裡面是段嘉許畢業時他們兩個人的合照。

下一刻，段嘉許整個人靠過來，身體貼著她的後背。在這黑暗裡，他抓住那個相框，慢條斯理地把它蓋上。

他的唇停在她的後頸，順著往下親。另一隻手拉開床頭櫃下的抽屜，從裡面拿了一盒東西出來。窗簾不遮光，藉著灑進來的月光，桑稚注意到他的舉動，也看清了他手裡的東西是什麼。用盡最後的一絲理智，她忍不住問：「你怎麼買了……」

段嘉許輕扯著她的衣服，沒多久又停下。他低笑著，聲音很沉，很誠實地說：「買了很久了。」

「……」

「都長灰塵了。」

說完，段嘉許抓住桑稚的手，帶到自己的衣襬內，順著探入。他盯著她，眼裡的情欲斯毫不掩飾，他說話時，帶著極為色情的喘氣聲。

「摸摸我。」

桑稚盯著他，莫名地吞了一下口水。

男人的身體結實，帶著熱度，跟她的身體形成強烈的對比。被他帶著，她的手不斷往上，將他的衣服也脫掉。

昏暗又旖旎的房間。

黑髮褐眼的男人一改平時斯文溫和的模樣，臉上的笑意莫名其妙地透出野性。他的眉目間全是春意，彷彿刻意勾引人去蹂躪他。

桑稚甚至有種角色對調的感覺。她親吻著他上下滑動的喉結，不知是被他引誘抑或是情不自禁，手也順著往下滑，停到最為滾燙的一處。接著，桑稚聽到他發出極為低沉又性感的呻吟聲。

段嘉許低下頭，碰觸著她。每個力道都不自覺地加重，所有陰暗又殘暴的想法在腦子裡浮現，卻又在聽到她聲音的同時，盡數收斂。

段嘉許的動作繾綣，帶有極致的耐心。他在意她的每個感受，話裡帶著安撫的意味：「別怕。」

桑稚把臉埋在他的頸窩裡。

在這漫無邊際的夜裡，狹窄的空間，極近的距離，所有的感受都被放大。

桑稚細細的嗚咽聲像是催化劑般，將他的所有面具都撕下，露出最為真實的模樣，成為想要將她整個人吞下，侵占全部的野獸。

段嘉許的眼角發紅，很輕地說了一句：「妳是我的。」

渴望和占有欲交纏。

在這一瞬間，所有的一切都藏不住，彌漫在整個室內。

不知過了多久，段嘉許低下頭，舔掉她的眼淚，重複一次：「妳是我的。」

被他折騰了好一會兒，桑稚的聲音都啞了，她覺得全身都是汗，黏糊糊的。她想爬起來洗澡，腿又發軟，一點力氣都沒有。最後還是段嘉許把她抱到廁所，簡單地清理了一下。他垂下眼，若有所思地道：「好像應該節制一點。」

桑稚又睏又累，全身都痠痛，沒心思去聽他的話，只想快點收拾乾淨快點睡覺。她像個布娃娃般任他擺布，甚至沒有力氣覺得害羞。

段嘉許碰了她一下，「怎麼腫起來了？」

「……」

「痛不痛？」

桑稚的睏意瞬間消失了大半。她深吸一口氣，踢他一腳，有點惱火：「你可不可以不要說話？」

段嘉許輕笑起來，幫她套了件衣服，然後把她抱回房間。

室內殘留著曖昧的氣息，還未散去。

桑稚不太認床，也懶得計較他為什麼把自己抱到這裡，一躺上床就想睡覺。她趴到床上，鑽進被窩裡，還沒躺好，下一刻就被他隔著被子抱在懷裡。

段嘉許笑：「我們聊個天。」

「……」桑稚的聲音還帶著鼻音，顯得含糊不清，「明天聊，我好睏。」

「剛把肉體給妳，妳就對我這麼冷漠，」段嘉許捏捏她的臉，「妳怎麼這麼無情啊？」

桑稚不理他。

她感覺到段嘉許似乎還盯著她，視線極為灼熱。可她實在很想睡覺，只伸出一隻手抱住他，像是在哄他。

段嘉許順著抓住她的手，也不再說話。

半睡半醒之間，桑稚不太清楚自己究竟是在夢境裡，還是真的聽到他在說：「當一次畜生。」

聲音聽上去不太真切。

他沉默幾秒，似乎又說了一句話。

「就不想再當人了。」

前陣子的睡眠狀態一直不太好，加上昨天晚睡，桑稚這一覺睡得格外舒服，醒來都不知道是什麼時候了。但可能是睡太久了，她的腦袋有點沉，大腦轉不過來，一時之間還有種不知自己身在何處的感覺。

桑稚躺在床上發愣。她漸漸回過神，翻過身去看床頭櫃上的鬧鐘，注意到時間剛過中午十二點。目光一瞥，恰好看到旁邊被蓋上的相框。

桑稚吸吸鼻子，下意識地把它翻過來，也同時看到相框裡的照片，以及上面年紀尚小，格外稚嫩的自己。她頓了一下，伸手用指腹摩娑上面笑著的段嘉許，忽地回憶起他昨天的舉動。

她莫名其妙地再次把相框蓋上。

那時候她沒太在意他的舉動，但現在這麼一想起來，就像是欲蓋彌彰一樣。

又看了幾秒，桑稚嘀咕：「就不能換張照片嗎？」

桑稚沒再想這個，坐起身，被子隨著她的動作滑落。

她順勢往下看，注意到自己身上寬大的T恤，以及皮膚上細細碎碎的吻痕。桑稚這才發現自己穿著段嘉許的衣服，而且就只套了這麼一件，別的什麼都沒有。

昨日的疼痛也減輕不少。

桑稚下了床，並不覺得難受，只剩下一點輕微不適感。這衣服穿了跟沒穿一樣，她有點不自在，只想回房間換一套，順便也把貼身衣物穿上。

沒等她走到門前，房門已經被人推開。

段嘉許的手還握在門把上。注意到桑稚此刻的模樣，他的眉梢微微一挑，視線從上至下，從她身上的每個角落緩慢地掠過，最後又重新與她對視。

看到他，桑稚又想起昨晚的事情，莫名其妙地覺得臉紅，連此時該用什麼表情面對他都不知道。她別過眼，主動問：「你不用上班嗎？」

段嘉許：「請假了。」

桑稚摸摸腦袋，點頭：「我去洗漱。」

他輕嗯了聲，目光仍放在她的身上。他站在門口，沒有一點要讓開的意思，隨後低下頭，像是又想親她。

桑稚立刻捂住嘴巴：「我沒刷牙。」

段嘉許低笑著，順著親親她的手背。眉眼微垂，看著她身上露出來的痕跡，他伸手輕撫了一下，溫和地道：「怎麼看起來這麼痛？」

桑稚還沒反應過來：「啊？」

他的話像是在安撫，卻沒帶半點歉意：「我下次輕一點。」

桑稚回房間換衣服，順便進廁所刷牙。想到段嘉許剛剛的話，她的動作一頓，把嘴裡的泡沫吐掉，捧了點水灌進嘴裡。

我下次輕一點。

下次。

她現在都回想不起來，昨天自己到底是以什麼心情說出「我沒說不行」這五個字的。後知後覺的羞恥心在頃刻間浮上心頭。

腦子裡有無數畫面浮現。

桑延面無表情地問她：『妳可以矜持一點嗎？』

所以，她在其他人面前表現出來的也是那個樣子嗎？

桑稚抿抿唇，低頭洗把臉。

算了，反正他都知道了。

莫名其妙地，桑稚又想起在她意識模糊時，段嘉許用那坦蕩蕩的模樣做出極為色情的動作，以及室友所說的那句：『二十五歲還沒有性經驗的男人，是變態吧！』

「……」

他雖然是有點，但變態倒不至於吧。

桑稚走出房間。

段嘉許正站在餐桌旁，漫不經心地往碗裡盛粥。他還穿著睡衣，看上去不像是出去過的樣子。衣服領口寬鬆，也能看到她在他身上留下的痕跡。

她默默地收回視線。

「過來吃一點。」段嘉許抬眼，「別餓出病了。」

桑稚坐到椅子上，隨口問：「你什麼時候醒的？」

段嘉許把其中一碗粥放到她面前：「比妳早一點。」

桑稚：「喔。」

段嘉許也坐了下來，問道：「還痛嗎？」

「……」桑稚低下頭吃粥，聲音幾不可聞，「不痛了。」

「我還滿痛的。」

聽到這句話，桑稚瞬間看向他。

段嘉許把自己的衣領扯到一邊，露出被她咬過的痕跡，像是想討安慰：「妳看，妳咬得這麼重。」

語氣浪蕩輕佻，簡直就是惡人先告狀。

「……」

桑稚沒忍住，也扯著自己身上的衣服，皺著眉說：「你沒咬我嗎？」

「這裡、這裡、這裡。」既然他開口了，桑稚也不給他面子，一個一個地指出來，「你是有吃人的毛病嗎？」

段嘉許愣住，然後笑出聲音來。視線從她的臉上往下，停在某處，他唇角彎起，饒有興致地道：「還有呢？」

「……」

「我不是還咬了——」

桑稚反應過來，猛地打斷他的話：「段嘉許！」

段嘉許沒繼續說下去。他輕舔了一下唇角，語氣吊兒郎當的：「我家只只怎麼哪裡都小？」

「……」雖然他說的是事實，但桑稚還是覺得受到侮辱。她有些不爽，氣了半天才擠出一句：「你才小。」

段嘉許挑眉：「我這樣還小啊？」

桑稚硬著頭皮說：「小。」

下一刻，段嘉許抓住她的手帶到某處：「小不小？」

桑稚：「……」

他輕喘著氣，然後小幅度地往上頂了一下。

「嗯？」

此刻，桑稚才開始有了一丁點的後悔。她覺得這個老男人在某些方面，好像因為昨晚的事而解開了封印。

他不再克制，不再掩飾，直白又猖狂。但不可否認的是，這個男人在床第之事上既耐心又狂放，還格外……性感。平時的妖孽氣息再無半點藏匿，全數傾瀉出來。

桑稚都算不清楚自己被他勾引了多少次，她揉揉發疼的手，坐回椅子上把粥吃完。

沒多久，段嘉許從廁所裡出來。他又沖了個澡，換了身衣服。他坐到她旁邊，神色溫潤如玉，面容極為有欺騙性：「今天想做什麼？」

桑稚沒理他。

段嘉許還想說點什麼，放在桌上的手機突然響了起來。他掃了一眼來電顯示，神色一頓，很快就接起來：「您好。」

聞聲，桑稚抬頭看他。

電話那頭的人不知道說了什麼，段嘉許的表情沒多大的變化，只是偶爾回應兩聲，到最後才說一句：「好的，我現在過去。」

等他掛了電話，桑稚問：「誰啊？」

段嘉許：「我爸的醫生。」

「……」桑稚愣住，「怎麼了？」

段嘉許的心情明顯地變差，他淡淡地說：「說是肺感染了，情況不太好，想把他轉到市立醫院，叫我過去辦一下手續。」

桑稚把嘴裡的粥吞下去，小心翼翼地說：「我陪你一起去？」

段嘉許抬眼，盯著桑稚看了好一會兒，情緒不明。良久，他微扯著唇，緩慢地應了聲：「好。」

◇

桑稚是第一次來到療養院。

這裡的氛圍比醫院更差，安靜得過分。在床上躺著的人身體狀況似乎都不佳，有些甚至一動不動，看不到一點生命的氣息。

桑稚第一次見到段嘉許的父親。

男人的年紀已過半百，五官有些變形，看不太出原本的模樣。他瘦得像是只剩下骨頭，全身的肌肉萎縮，又瘦又弱。在他身上，桑稚找不到一點跟段嘉許相似的地方。

醫生在旁邊說著段志誠最近的情況。

臥床已經接近十二年，段志誠的身體抵抗力變得很差，加上長期的肺感染引發各種併發症，情況不佳。這裡的治療設備不夠，醫生建議轉到市立醫院治療。

雖然醫生說得很委婉，但字裡行間的意思，就是段志誠應該快不行了。

段嘉許只是聽著，沒多說什麼。

作為一個跟段志誠完全陌生的人，看到他躺在床上的模樣，桑稚覺得不太好受。她忍不住看了段嘉許一眼，不知道他現在是什麼感受。

察覺到她的視線，段嘉許也看向她。

桑稚伸手握住他，像是在安慰他。

段嘉許回捏了一下她的手，不甚在意似的笑道：「去幫我買瓶水吧，剛剛來的時候有沒有看到旁邊有個便利商店？」

桑稚點頭：「嗯。」

「買完就回來，別亂跑。」

桑稚也能猜到他大概是想支開她，跟段志誠說點什麼話。她湊過去抱了他一下，小聲說：「那你在這裡等我，我很快回來。」

「嗯。」

見桑稚離開了，段嘉許才坐在段志誠的病床旁。他收斂嘴角的弧度，輕聲開了口：「聽醫生說你應該是聽得見的吧。」

「……」

「不過這些年，我也沒怎麼跟你說過話。」段嘉許的情緒很淡，語氣也很平靜，「怕你不認得我的聲音，我還是先說一句，我是段嘉許。你的兒子。」

「算起來，這件事情也快過去十二年了。」段嘉許說，「如果你當時沒跳樓，你現在應該也早就已經出獄了吧。」

「這些事，不知道媽有沒有跟你說過。」他說出來的話，得不到任何回應。

病床上的男人就連眼皮都不會動一下，他就像是在自言自語。

「家裡的房子賣掉了，還完賠償金之後剩下的錢、家裡的所有積蓄，基本上都是花在你身上。」段嘉許忍不住笑著，「因為借錢，沒有一個親戚再跟我們有來往。」

「然後，你的妻子，許若淑，也過世快八年了。因為生病，得了癌症。我考到南蕪的大學，只有寒暑假才回家。她其實也察覺到自己身體有問題，但因為沒錢，一直拖著，也不敢告訴我。」段嘉許說，「後來去醫院檢查，醫生說已經來不及了。我不太相信，想帶她去大醫院再檢查一下，跟同學借了三萬塊。她知道了之後，整個人直接崩潰了，一直跟我哭，求著我把錢還回去。」

「因為你能壓垮整個家庭的醫療費，因為我的學費，因為生活所需要的所有東西。」段嘉許的聲音漸輕，「因為沒有錢。因為你。」

「媽過世之後，本來我是不打算回來的。」段嘉許低嘲著，「想在那邊工作、定居，以後都待在那裡。但又莫名其妙地希望你能夠醒來。我覺得就算你做了那麼多的錯事，也是我在這世上唯一僅剩的家人。希望你能看到現在的一切，想看到你愧疚又痛苦至極的樣子。」

「想讓你明白，如果你當初沒有逃避，而是接受懲罰，」段嘉許的眼眶紅了，聲音低啞，「我們現在的生活會有多不同。」

許若淑一定還活著，你也已經出來了，所有的罪都贖完了。

我們可能還是會因此抬不起頭，會過著可能不算特別好，但一定比現在好的日子。而不是像現在這樣，只有我一個人在承受，在這暗無邊際又無期限的牢籠裡。

過了那麼多年。

段嘉許再想起許若淑生前的模樣，依然覺得自責，依然記得自己當初的無能。這成了他這一生無法再彌補的，最為遺憾的事情。

他盯著病床上的男人，莫名其妙地想起出事的那天早上，段志誠出門前，溫和地摸摸他的腦袋，笑著跟他說：「阿許這次考試如果繼續保持第一，爸爸會給你獎勵的。」

一眨眼，那麼多年過去。

他從未掉下第一，卻從沒得到過獎勵。

段嘉許坐直身，收斂起情緒。像是想起什麼，他突然扯起唇角，淡淡地道：「不過也算了。」

「我現在活得很好，遇到了想一直在一起的人。」段嘉許伸手拉拉他的被子，「好像也不是特別需要你了。」

「但還是希望你能夠醒來。」段嘉許笑了一聲，「自己看看這個世界的變化有多大，你又錯過了多少東西。」

然後發現，當初明明有千萬種選擇，你卻踏上最不堪的一條不歸路。

桑稚的包包裡有水。因為生理期第一次來的尷尬經歷，她有帶包包的習慣，裡面總是塞了不少東西，跟段嘉許一起出門時，還會下意識地多帶一瓶水。

走出病房後，她就靠在外面等。

這裡都是大病房，一個房間裡有八個床位。但可能是段志誠身體狀況的原因，他被轉入單人房。空間極為狹窄，隔音也差。桑稚在外面，還隱隱約約能聽到段嘉許的聲音。她的腳尖動了動，下一秒又停住，沉默地聽著段嘉許的話。

怕他會突然出來看到她在外面，桑稚只待了一會兒，但也知道大致的情況。她的胸口有點悶，過了幾秒，鼻子也酸得厲害。

最後，桑稚還是走出療養院，在旁邊的便利商店買了一瓶水。等她回去時，段嘉許也已經出來了，正在櫃臺辦理轉院的手續。

桑稚走過去站在他旁邊，把水遞給他。

段嘉許接過，問道：「怎麼去那麼久？」

「排隊。」桑稚順勢牽住他的手，撒了個謊，「剛剛好多人。」

「嗯。」段嘉許回握住，眼眸稍彎，語氣溫溫緩緩的，「我還以為妳找不到路。不過也辦好了，我們現在回去。」

桑稚點頭。

兩人順著樓梯往下走。回想起剛剛在外面看到的場景，桑稚的腳步加快，她拉著他往下走，像是下一刻就要跑起來。

段嘉許任由她拉著，好笑地道：「怎麼走那麼快？」

「你也快一點。」他一點力都沒出，全靠桑稚拉著他走，她忍不住扭頭看他，認真地說，「你這麼重，我拉著你好辛苦。」

段嘉許這才稍稍加快步伐：「怎麼了？」

很快，兩人走出療養院。

外面還在下雪，零零星星的，像白色的羽毛，雪花落到手上就化開。這裡很偏僻，道路上來往的車也少，四周沒什麼人。天空倒是很神奇地出了太陽，大片的陽光灑在地上，不算猛烈，十分溫和，在這冬日裡，與細雪的搭配下顯得暖意融融。

桑稚指給他看，眼睛彎成月牙：「你看，下雪了還出太陽。」

段嘉許從小就生活在這邊，看過幾次這樣的場景，也不覺得新奇。但他看到她的模樣，也沒掃她的興，跟著笑起來。

她似乎就是想跟他分享，嘰嘰喳喳地說著：「我只看過太陽雨，但沒看過太陽雪。」

「嗯。」

「你看，下雨和下雪之後，都會出太陽。」桑稚一本正經地鼓勵著他，「有時候，下雨和下雪的時候也會出太陽。」

太陽是這個世界上最不吝嗇的。

段嘉許聽著她的話，又嗯了一聲。

桑稚仰起脖子，圓眼盯著他，聲音清脆又柔軟，她又湊過去抱住他。小女生的個子小小的，她想摸他的腦袋安撫都得踮起腳。

「所以不好的事情過去之後，都會有好的事情發生。」

生活都會好起來的，你也會。

◇

此時剛過下午兩點。

桑稚中午只吃了碗粥，此時有點餓。兩人回到桑稚的學校附近，路過一家常去的店，她進去買了一份雞蛋仔，順便在附近買了杯熱飲。

段嘉許拿起桑稚買的飲料，蓋子不太好打開，他直接喝了一口，確定店員沒給錯之後才遞給她。

桑稚沒接下，撕了塊雞蛋仔餵給他吃。

段嘉許向來對小吃和零食都不感興趣，但還是順從地咬下。

她像是餵上癮了一樣，結果這麼一塊雞蛋仔，桑稚自己也沒吃幾口，撕一塊就塞給段嘉許，全進了他的肚子裡。

這東西吃多了還有點膩，段嘉許灌了幾口水，問：「不喜歡吃？」

桑稚把紙袋扔進垃圾桶裡。聽到這句話，她眨眨眼：「沒啊。我看你好像還滿喜歡的，就都給你吃。」

說完，她垂下頭，從包包裡翻了顆糖出來，又往他嘴裡塞。

段嘉許稍稍低下頭，咬住那顆糖。舌頭一勾，舔舔她的指尖，順帶把糖含進嘴裡。然後他扶住桑稚的腦袋，嘴唇貼了上去，撬開她的牙關，動作緩慢地把糖往裡面推。

全程也不過三秒，但這裡是人來人往的大街上。

桑稚目光呆滯，過了片刻才反應過來，軟糖也已經被她吞下去了。她瞪大眼睛，完全不敢看周圍人的表情，壓低聲音說：「你幹嘛？」

「小朋友，用手餵東西已經過時了。」段嘉許的話裡帶著笑，他悠悠地說，「現在都這樣餵，知道嗎？」

「……」

桑稚瞬間有種想讓他把剛剛的雞蛋仔都吐出來的衝動。

兩人走進附近的一家大型超市。

桑稚又開始往零食區跑。

時間還很多，段嘉許也沒急著去生鮮區，跟在她後面。他瞥著購物車裡的零食，拿起其中一包，隨口問了句：「這個怎麼買這麼多？」

桑稚回頭看，老實地說：「因為上次我吃這個的時候，你也跟我一起吃了。我覺得你應該也喜歡吃。」

段嘉許沒說什麼，又扔回去。

桑稚一個貨架一個貨架地看，再往前走，突然碰上一個許久未見的人。那個人也看到她了，愣了一下，接著主動打了聲招呼：「嗨。」

桑稚也抬起手，喊了一聲：「曉雨姊。」

施曉雨看上去是一個人來的，購物車裡放的東西都是日常用品，還有一些小零食。目光一移，她看到桑稚身後的段嘉許。

之前桑稚實習時，段嘉許經常去接她下班。施曉雨撞見過幾次，所以也認得他。她沒多說什麼，寒暄幾句後就推車離開了。

看到她，桑稚又想起江穎。她思考了一下，回頭問：「江穎最近還有來找你嗎？」

段嘉許散漫地道：「沒有。」

桑稚喔了聲，沒再繼續問。

兩人往生鮮區的方向走，打算今晚在家裡吃。段嘉許慢條斯理地挑著菜，順帶說著：「只只，跟妳商量一件事。」

桑稚抬頭：「嗯？」

段嘉許：「我打算辭職了。」

「你要換工作嗎？」

「打算換個地方，去南蕪開個遊戲工作室。」段嘉許笑，「跟公司那邊也談好了，只差手續和交接的事情。」

桑稚愣了：「你真的要回南蕪？」

「我現在不是在跟妳商量嗎？」段嘉許說，「妳要是不願意，想要我在這裡多陪妳兩年，我現在跟公司說也來得及。」

桑稚其實並不在意這個。

畢竟是在南蕪，她寒暑假都得回去，再加上假期。這對兩人之間的影響好像也只剩下不能每天都見面。但過完這個學期，桑稚也大三了，要忙的事情也多了起來。等到大四，她也可以回南蕪實習。

這並不是多麼漫長的分離。

桑稚溫吞地問：「那你什麼時候去南蕪？」

段嘉許：「下週吧。」

「你住哪裡？」

「錢飛幫我找了個房子，先租著。」段嘉許說，「他也推薦了我幾處新成屋，我過去之後，等有時間再開始看房子。」

「……」

「或者等妳回南蕪，我們一起看。」

桑稚不太懂他的話，遲疑地道：「你要買房子了嗎？」

段嘉許撇頭看她：「嗯。」

桑稚啊了聲，怕他壓力會太大，結結巴巴地道：「在南蕪買房，就……地段好一點的……也沒比宜荷……」她沒繼續說下去，改了口：「這個不急。」

段嘉許低頭與她平視。他莫名笑出了聲，胸膛振動著：「妳真的覺得我有那麼窮啊？」

「……」

「不是跟妳說了，我有一點積蓄。」段嘉許摸摸她的腦袋，站直，「雖然不算多，但頭期款還是夠的。」

「喔。」桑稚對這個沒什麼概念，只是說，「反正我真的不在意這個，要是我自己出來工作，工作五年大概也買不了房子。」

「嗯？」

「我的意思就是，」桑稚說，「我自己沒有的東西，也沒什麼資格叫你一定要有。」

「妳有。」段嘉許平靜地道，「我買給妳的。」

桑稚又愣了：「啊？」

「到時候順便讓我住一下就好。」段嘉許聲音溫柔，尾音拉長，「我也不用別的東西，只用妳的半張床就行。」

「……」桑稚瞪他，想說點什麼，又憋了回去。她扭頭往飲料區走，拿了幾瓶可樂和椰子水。注意到旁邊的啤酒，她問：「要不要買點酒？」

段嘉許：「妳要喝？」

「沒，就是如果你平時突然想喝，也不用半夜跑出去買了。」說到這裡，桑稚頓了一下，不希望他再因為這件事有陰影，她小聲強調著，「而且，你喝酒的樣子還滿好看的。」

聞言，段嘉許的眉梢一挑：「我喝酒的樣子好看？」

桑稚小雞啄米般地點頭：「嗯。」

「妳誤會了，哥哥不是喝酒的樣子好看。」段嘉許笑起來，桃花眼像是在放電，話裡多了幾分痞以及強烈的暗示意味，「哥哥是——」

「啊？」

「在床上的樣子好看。」

「……」

桑稚很早回來，室友還沒有人回來。她也不急著回宿舍，在段嘉許這裡多待了兩天，到開學時間才回去。

段嘉許又忙了幾天，臨近回南蕪的時候才清閒下來。他時不時就過來找桑稚，陪她一起上課。

他訂了週五早上回南蕪的機票。

桑稚打算去送他，前一天晚上乾脆就住在他那裡。她跟段嘉許聊了一下，注意力漸漸被電視吸引，到後來就躺在沙發上，專心地看著電視。

沒多久又開始嘴饞，她想把元宵節沒吃完的湯圓拿出來煮。桑稚自己爬起來，走進廚房裡，弄出一堆聲音。

桑稚剛把湯鍋放在電磁爐上，還沒打開開關，段嘉許就走進來問道：「妳幹嘛？」

她指了指，誠實地說：「煮湯圓。」

段嘉許說：「出去看電視吧，我幫妳煮。」

「我會煮。」這比泡麵還簡單，等水燒開了，把湯圓扔進去，浮起來了就撈出來，桑稚想想他的意圖，補充一句，「你想吃我就多煮一點。」

段嘉許慢慢地說：「那我們一起煮。」

「……」

為了明確地看出煮好的湯圓浮起來了，桑稚特意找了個大鍋子，還裝了大半的水。此時水熱得很慢，半天都沒燒開。

兩人聊著聊著，莫名其妙地，桑稚就被他抱了起來，坐在流理臺上，被他一下又一下地親著。耳邊是電磁爐運作的聲響，在這靜謐中顯得有點吵。

桑稚沒閉眼，盯著段嘉許近在咫尺的臉，偶爾還能聽到他發出極為曖昧的吞咽聲。她其實很喜歡他的親近，漸漸地也勾住他的脖子，輕輕地回應著他。

不知過了多久，水發出沸騰的聲音，段嘉許的動作隨之停下。他目光變得深沉，用鼻尖輕磨著她的臉頰，聲音低啞又帶著引誘：「想不想——」

「……」

「在廚房來一次？」

聞言，桑稚稍稍回過神，目光對上他染了水光的唇。她沉默兩秒，突然伸腿去踢他，話裡帶了幾分惱火：「你一天到晚——」

話止住，她不好意思把剩下的話說完。

段嘉許立刻抓住她的腳踝，指尖在上面摩挲，力道不輕不重。他低著下巴，忽地笑出聲來：「怎麼了啊？」

桑稚把他推開，從流理臺上跳下來：「你走開，我要煮湯圓了。」

隨後，她拿起旁邊的包裝袋。

沒等桑稚有下一步的動作，段嘉許從她手裡拿過袋子。他仍在笑，肩膀顫抖，發出細碎的笑聲，低沉又性感。

桑稚瞪他，小聲說：「你笑什麼？」

段嘉許把袋子裡的湯圓都倒進鍋子裡，話裡還帶著笑意，他溫文爾雅地道：「不願意的話，我就下次再提。不要生氣。」

「……」

不應該是不願意的話就算了嗎？

什麼叫「我就下次再提」？他還用這麼斯文的語氣說這樣的話。

桑稚有點無言。但她也沒生氣，抿抿發麻的唇，她拿了一支湯匙給他，扯開話題：「你也要吃嗎？你明天那麼早的飛機，這個吃了不好消化，我想讓你早點睡，才沒打算煮你的份。」

「飛機上睡。」段嘉許悠悠地說，「現在睡太浪費時間了。」

「……」

桑稚也不知道是自己的問題還是他的問題，現在他隨便說一句話，她都能想歪，下意識地曲解到某個方面。

她又看了他一眼，沒說話。

湯圓落入鍋裡，原本燒開了的水在此刻又停止了沸騰。段嘉許撒了點白糖進去，把湯匙掛在旁邊。

他抽了張衛生紙擦手，直勾勾地盯著桑稚。然後忽地彎下腰，雙手撐在她的兩側，把她困在自己和流理臺的中間。

「還要等。」段嘉許又親親她的下巴，「再親一下。」

煮好之後，桑稚抱著段嘉許遞給她的碗又回到沙發前，邊看電視邊咬著湯圓。沒多久，段嘉許也拿著碗走出來。

桑稚隨口問：「你行李收拾好了嗎？」

段嘉許：「沒，等一下收拾。」

「你記得多帶點衣服，不用帶太厚的，那邊沒這邊這麼冷。」桑稚說，「然後記得在冰箱裡多囤點吃的，不要天天吃外送。」

段嘉許嗯了聲。

桑稚補充：「我有空的話，會回去找你的。」

段嘉許唇角莫名其妙地彎了起來，他沒說話。

「那你如果要在那邊住的話，」桑稚突然想起來，主動說，「這個房子要不要退掉？不然交了房租沒人住，也浪費。」

「先不退了。」段嘉許懶洋洋地道，「回來也得住。而且最近冷，妳宿舍的暖氣不是不暖嗎？住得不舒服就過來這裡住。」

「……」

「一個人害怕的話，帶妳朋友過來一起住也可以。」

桑稚咬著湯圓，點點頭。

「遇到事情要跟我說，平時也不要太晚回宿舍，記得注意安全。還有，出去玩的話少喝酒，別喝別人碰過的飲料。」段嘉許思忖了一下，開始囑咐，「每天回宿舍之後，得跟我視訊一下。」

「喔。」

「有人找妳要聯繫方式的話，」段嘉許停頓了幾秒，溫柔地給了個建議，「妳可以把我的給他。」

「……」

「我知道，現在的小女生都喜歡年輕有精力的。」段嘉許漫不經心地說，「但我的貞操妳都拿走了，再把我甩了，不太合適。」

第十六章　也把她當成夢想

「……」桑稚忍不住說，「你可不可以不要胡說八道？」

「畢竟我年紀大了，沒有安全感。」

「那你過去南蕪也得什麼都跟我報備一聲。」桑稚嘀咕道，「跟女生說了句話，或是跟男生碰了個手，都得告訴我。」

「好。」

「你少去撩別人。」桑稚說，「男的也不行。」

「……」段嘉許差點嗆到，「我撩哪個男的了？」

「錢飛哥，還有我哥也是，以前駿文哥還在南蕪時，你也總是……」桑稚的目光挪到他身上，她把話吞回去，「算了。」

她不翻舊帳。

想了想，桑稚還是補了一句，語氣有點古怪：「我跟我室友說了這些事情，她們還以為你在追我哥。」

段嘉許的眉頭一皺。

恰好把最後一顆湯圓吃完，桑稚站起來，順便拿起他的碗。她走向廚房，提醒道：「十點了，你快去收拾東西，然後睡覺。」

像沒聽見似的，段嘉許又跟著她進了廚房。

桑稚打開水龍頭洗碗。

下一刻，段嘉許湊了過來，接過她手裡的碗，把她圈在懷裡。他洗著碗，動作緩慢，手臂總會不經意似的蹭到她。

他的身體與她貼合，洗個碗都像是在調情。

桑稚舔舔唇：「你要洗，那我回房間了……」

只是兩個碗，段嘉許已經洗好放在一旁。他把水關掉，溫熱的氣息貼在她的耳邊，又是那像禍水一樣的熟悉語氣。

「真的不想？」

「……」

桑稚也不知道事情怎麼就演變成這樣了。等她稍稍回過神的時候，才迷迷糊糊地反應過來，她好像又被這個老男人勾引了。

這個狗男人怎麼這麼無下限。

燈光明亮的廚房，耳邊只剩下眼前男人的喘息聲。帶著涼意的大理石台，與他身體的溫度形成鮮明的對比，細膩又無法忽視的觸感。

他觸碰著她。

在最後關頭時，他把她抱起來，往房間走。

一室旖旎。

感官被占據的同時，桑稚聽到段嘉許近似呢喃的聲音。

「不想跟妳分開。」

她的腦袋空白，卻下意識地加重抱著他的力道，然後，又聽到他補了句：「要記得想我。」

段嘉許是隔天早上七點半的飛機。

淩晨五點整，段嘉許準時起床。他湊過去親親桑稚的額頭，然後輕手輕腳地起身收拾東西。見時間差不多了，段嘉許回到桑稚房間，坐在床邊，低下頭盯著她看。他伸手摸摸她的臉，低聲道：「小朋友，哥哥要走了。」

聽到這句話，桑稚瞬間睜開眼，模樣還很迷糊。她坐起來，看著他穿戴整齊的樣子，訥訥地問：「幾點了？」

「五點半了，」段嘉許笑著說，「繼續睡吧，只是跟妳說一聲而已。醒了之後記得自己出去吃點東西，我來不及幫妳弄了。」

桑稚有些茫然：「你要走了嗎？」

段嘉許：「嗯。」

桑稚想爬起來：「我送你。」

「送什麼啊。」段嘉許說，「那麼遠，妳等一下自己回來，我在飛機上還得擔心。外面冷，多睡一會兒。」

「……」桑稚盯著他看，忽地像小狗一樣鑽進他的懷裡，悶悶地道，「我不想要你離開。」

「妳生日的時候我一定會過來。」段嘉許摸摸她的腦袋，「也沒多長的時間，就當作妳回家放了個寒假。」

桑稚不說話。

「我真的要走了。」段嘉許又開始囑咐，「自己注意一點，不要我不在就被哪個小男狐狸精拐跑了。」

「……」

「不過，哥哥雖然年紀大了點，」他眉梢一抬，往她身上的吻痕瞥了眼，又開始開黃腔，「但精力也不差吧。」

「……」

被他這麼一鬧，桑稚不捨的情緒顯然散去了一大半。但她還是爬了起來，又跟他說了一堆話，像個小大人。段嘉許讓她回去睡覺，之後便出了門。

到南蕪機場已經是四個多小時後的事情了。他對這個城市還算熟悉，雖然離開了那麼多年，但很多事物都還保持著原來的模樣。段嘉許走出機場，攔了輛計程車，跟司機報了錢飛給他的地址。

下了車，段嘉許走進社區裡，找保全拿了錢飛放在那裡的鑰匙。他走進房子裡，看了一圈環境，然後用手機拍了幾張照片傳給桑稚。

段嘉許收拾了一番，很快就出了門。

會決定弄個工作室，段嘉許也不是一時興起。他從去年開始就在計畫這件事，找了幾個合夥人，也拉了個投資人。前段時間，他把手裡的技術股轉讓出去，手裡也多了筆資金。

按照約定的時間，段嘉許去見了以前的兩個大學同學，開始聊工作室的事情。

段嘉許沒急著去見桑榮和黎萍，接下來的一段時間都在往各處跑。他找了個合適的地點，租了個辦公室，申請營業證明、買設備、招募員工。

他過得忙碌至極，唯一閒下來的那點時間都給了桑稚。

就像是回到幾年前，在宜荷，剛進江思雲公司的那個時候，幾個人也是創業，然後找上了他，提出讓他技術入股，但似乎又比那個時候要好一點。

那時候他想不到有多好的未來，但現在做的任何事情，似乎都能讓他更加靠近自己所想的那個目標。

一連早出晚歸半個多月，段嘉許緊繃的精神才稍稍放鬆了些。在錢飛第八百次的邀請下，他難得沒拒絕，出了門。

除了錢飛，桑延也來了。

三人約在一家酒吧。

看到桑延，段嘉許突然想起桑稚的話。兩人並排坐著，盯著他看了好一會兒，段嘉許若有所思地起身，坐到錢飛旁邊。

桑延只覺得莫名其妙：「你有病？」

「怕我女朋友誤會。」段嘉許溫和地說，「我們還是保持一下距離比較合適。」

「……」

過了一會兒，段嘉許又想起一件事，跟他提：「哥，你給我叔叔的手機號碼，我想跟他和阿姨約個時間，上門拜訪一下。」

「你太著急了吧？」桑延拿起面前的酒喝了一口，「我妹今年才多大，你怎麼就要見家長了？」

段嘉許沒細說，笑道：「有點事要說。」

「人家老許談戀愛就是要準備結婚的。」錢飛嬉皮笑臉地吐槽桑延，「哪像你啊，成天抓著女朋友，還要跟整個世界說是別人追你的。」

桑延最不爽的就是別人拿這件事來說。他上下掃視著錢飛龐大的身軀，在心裡估算著他的體重，桑延冷笑了聲，一字一字地道：「放你一百一十公斤的狗屁。」

錢飛：「……」

錢飛向來胖，結婚之後，在愛情的滋潤下，更是以肉眼可見的速度橫向發展。他深吸了一口氣，用手指他，又放下，像是覺得忍忍就算了。

這種情緒維持了不到三秒，錢飛再度舉起手，第二次指他，咆哮：「你怎麼知道我的體重？」

「還真的猜中了？」桑延冷冷地說，「我還刻意猜低了一點呢。」

錢飛無法接受這種侮辱，看向段嘉許：「老許，我看上去有這麼胖？」

段嘉許：「沒有。」

這句話及時安撫了錢飛的情緒，他的火氣收斂了一點，但對桑延仍舊憤怒：「你這傢伙，從今天開始，你別再聯繫我了，不然見你一次打你一次，滾！」

沉默三秒，段嘉許低笑著補了一句：「我還以為你已經一百二十公斤了。如果才一百一十公斤，好像也還可以。」

一瞬間，錢飛的憤怒裡多了幾絲悲傷，他看段嘉許的眼神像在看負心漢，「你為什麼跟他一起攻擊我？你以前明明最愛我的。」

「你在說什麼？」段嘉許說，「讓我女朋友誤會了可不好。」

「……」

「還有，這是我親哥。」段嘉許撐著下巴，目光放在桑延的身上，他笑得極其溫柔，「我不幫自家人怎麼行？」

對上他的眼，桑延的眉頭一皺：「你談個戀愛怎麼變得這麼噁心？」

錢飛也轉移了陣營：「我也受不了，真的。」

段嘉許好脾氣地任他們嘲諷。

「他以前沒對象的時候，說實在的，還能忍忍。」錢飛說，「現在有對象了，像個男孔雀一樣，天天開屏。我真不知道桑稚是怎麼忍的。」

段嘉許覺得好笑，「有這麼誇張？」

「你自己有空多照照鏡子。」按照自己的經驗，錢飛好心地提醒，「現在的女生可不喜歡這麼黏人的對象。你這樣下去，不出一年，蜜月期就要結束了。」

聽到這番話，桑延看向段嘉許，神色若有所思。

沒等段嘉許說點什麼，放在桌上的手機響了起來，是桑稚打來的視訊通話。唇角扯起，他拿起手機，慢條斯理地道：「不介意吧？」

錢飛：「介意。」

段嘉許思考了一下，掛斷，重新播電話回去。他拿起水杯，把手機貼在耳邊，說著：「看你們都沒有電話，我其實也不太好意思接。」

「……」

「但我家孩子脾氣有點大。」段嘉許笑，「不接不行。」

電話接通，桑稚的聲音傳來：『你還在外面嗎？』

「嗯，跟妳哥還有錢飛出來聊聊天。」段嘉許喝了口水，溫聲問，「回宿舍了？」

『嗯。』桑稚很有自覺，『那我不煩你了，你跟他們玩吧，我去洗個澡。』

「我回去打電話給妳。」

『好。』

像是想起了什麼，段嘉許的聲音含著笑意，解釋道：「別擔心，我跟他們沒什麼的。」

錢飛：「……」

桑延：「……」

『你說什——』話還沒說完，桑稚就把剩下的話咽了回去，沉默下來，很快又開口，音量提高了些，『他們在你旁邊嗎？』

段嘉許嗯了聲。

桑稚直接掛了電話。

段嘉許挑眉，把手機放下來。他自顧自地笑著，然後問：「剛剛說到哪裡了？」

錢飛：「我怎麼覺得你現在這麼討人厭呢？」

桑延把號碼傳給他，指了指酒吧門口：「拿著，滾。」

桑稚也傳訊息給他：你幹嘛？

桑稚：不要在他們面前說！

段嘉許忍著笑回了幾句，順她的毛。他放下手機，往椅背上一靠，吊兒郎當地道：「你們兩個排擠我，怎麼還成天叫我出來？」

錢飛神情古怪，目光在他們身上轉：「你們怎麼同一副德行？」

桑延莫名其妙地躺槍，皺眉道：「你們？」

「我記得之前，」錢飛說，「你也跟你妹說過我們整間寢室都在排隊追你的話？你說你噁不噁心，這種話都說得出來。」

段嘉許懶懶地道：「哥，這就是你的問題了。」

桑延毫不在意，語氣極為欠揍：「我呢，各方面條件，男女通殺。」說著，他上下掃視著兩人：「你們看看，你們盯著我的眼神，就像是狼看到肉一樣，我能不怕？」

「……」

桑延看向段嘉許，換了個話題：「你什麼時候要去見我爸媽？」

「應該就這段時間吧。」段嘉許說，「怎麼？」

「沒。」桑延饒有興致地道，「看個熱鬧。」

拿到號碼之後，段嘉許找了個適合的時間，撥通了電話。

電話響了兩聲，那頭接了起來，傳來桑榮的聲音：『您好，哪位？』

「叔叔，您好，我是段嘉許。」段嘉許輕舔著唇，禮貌地說，「最近我回南蕪工作了，一直沒聯繫您，也是想穩定下來再登門拜訪。」

桑榮的語氣一如既往地和藹：『是要在南蕪定居了？』

段嘉許：「是的，打算在這邊發展。」

『嗯，很好。』

對這件事情，段嘉許的心裡還是沒什麼底。他垂下眼，正經地說：「上次時間匆忙，也沒來得及跟您細說我的情況。所以想問問您什麼時候有空，想再跟您談一下上次的事情。」

電話那邊沉默下來。

僅僅過去了十幾秒的時間，每一秒都像是在淩遲。

桑榮笑了一下：『週末都有空，你週六晚上過來吧，順便在叔叔這裡吃晚餐。最近朋友送了一瓶酒，阿延那臭小子不回來，我也找不到人陪我喝幾杯。』

段嘉許默默地鬆了口氣，笑道：「好的，我會準時過去的。那就打擾您和阿姨了。」

週六那天，段嘉許帶著買好的水果和茶葉，準時地到桑稚的家。

來開門的是黎萍，她對他笑，接過他手裡的東西，然後道：「下回過來就別帶這麼多東西了啊，先坐吧，再等一下，晚飯也快好了。」

段嘉許把鞋子脫掉，主動說：「我來幫您吧。」

「不用，都快好了。」黎萍說，「你坐一會兒吧，過來一趟也累。桑延，倒杯水來，怎麼還傻坐在那邊呢！」

段嘉許下意識地往沙發的方向看了一眼，就見到桑延沒骨頭似的靠在沙發上，嘴裡嚼著口香糖。他往茶几的方向抬抬下巴，閒散地道：「自己倒吧。」

他真的像他那天所說的一樣，來看個熱鬧。

見黎萍似乎要發火，段嘉許忙道：「沒事，阿姨，我自己倒就好。」

黎萍盯著桑延看了好一陣子，像是哪裡都看不慣。她沒再說什麼，點點頭，又回廚房去幫桑榮的忙。段嘉許跟著她進去，跟桑榮打了聲招呼才出來。

隨後，段嘉許坐到沙發上問：「你怎麼過來了？」

「聽我妹說，我爸媽好像不太喜歡你？」像是覺得有趣，桑延問道，「真的假的？說來聽聽，讓哥哥高興一下。」

「你看熱鬧就好了。」段嘉許沒像平時一樣開玩笑，「一會兒儘量別說話。」

桑延掃他一眼，很快就覺得無趣：「誰想摻和你的事情。是我妹之前求著叫我幫忙，我就順便回來吃個飯。」

段嘉許扯扯唇角：「不用幫忙。」

察覺到他的反常，桑延抬起眉：「兄弟，你有必要嗎？一點小事就嚇成這樣？我爸媽是怎樣的人你又不是不知道，難道他們真的會拆散你們嗎？」

段嘉許笑了一聲，沒有說話。

恰好，黎萍也開始喊：「準備吃飯了。」

飯桌上，幾個人也沒怎麼聊天。偶爾桑榮會問幾句話，段嘉許認真地答幾句，之後又陷入沉默。他們大多數時間都在吃東西。

像是在遵守食不言的原則，又像是因為多了個人而陷入尷尬的氣氛。

飯後，趁著段嘉許去廁所時，黎萍開始多次明示讓桑延吃完飯就走。

桑延納悶：「媽，妳幹嘛啊？前幾天不是還說想我嗎？我只是回來吃個飯，屁股還沒坐熱妳就趕我走了？」

「你改天再過來。」

「我只有今天有空，」桑延說，「改天都沒有空。」

「我不管你什麼時候有空，你這輩子都沒空我都不管了，」黎萍決絕地道，「反正你現在馬上給我回去。」

這幾個人像是要說什麼驚天動地的祕密一樣，越是這麼神祕，桑延的反叛心越強，他動都不動一下：「我再坐一會兒。」

見到黎萍的表情變得更加難看，桑延清清嗓子：「媽，我都幾個星期沒見到妳了，想跟妳多聊聊天也不行？」

「你好幾個月都不回家的時候，怎麼都不會這樣說話？」

「……」

桑榮在這個時候開了口：「讓他待著吧，反正也沒什麼用。」

桑延：「……」

很快地，段嘉許從廁所裡出來。

除了桑延，另外三人開始有一搭沒一搭地說著話。過了好一陣子，段嘉許切入正題：「您上次跟我說的那些顧慮，我回去之後都考慮過。」

「……」

「我想跟你們明確地說一下情況。」段嘉許的語速緩慢，他把所有的過往，用輕描淡寫的語氣一一說出來，「我父親那場事故的受害者家屬，一開始是他們那邊的親戚都會來找麻煩。但在我母親去世之後，這些情況已經很少了，只剩下受害者的女兒江穎。」

客廳裡靜悄悄的，其餘三人都沒有說話。

「這件事情是我處理得不好。」段嘉許說，「畢業後回宜荷，我一直在忙工作的事情，對於江穎的糾纏不放沒有什麼精力和時間去管。因為我是自己一個人在那邊，不擔心她會影響到其他人，所以也沒太在意。」

「我聽桑稚說過，江穎有去找過她，這是我沒有想到的，也是我考慮不周。」段嘉許的聲音頓了一下，喉結上下滑動著，「因為我的問題而影響到桑稚，也讓你們覺得不安和擔心，我對此覺得非常抱歉。」

桑榮嘆了一聲：「不是，這跟你沒什麼關係。」

「這件事情發生之後，我很明確地跟江穎提過，我會透過報警的手段來解決問題。」段嘉許說，「她出現過幾次，我也都報了警。之後次數就變少了，我也有一段時間沒見過她了。來南蕪，是我去年就在考慮的事情。我工作了這麼多年，手裡也有了一點積蓄。過段時間，等工作室的事情穩定一些之後，我也會開始看房子，看到合適的就買下來，房子會寫桑稚的名字。」

「離桑稚畢業還有兩年多，這兩年我也會一直跟你們說我的情況。」段嘉許說，「我父親那邊，出於責任和義務，我不能不管。但我目前的經濟條件，是足夠支付他的醫藥費的。」

看不出他們的想法有沒有變化，段嘉許覺得喉嚨很乾：「我沒有辦法改變我的家庭，我擁有的東西也不多，但我會用我的所有，一輩子對桑稚好。」

除了那些不堪，他現在，包括未來所擁有的一切，全都想送給她，包括他自己。

所有人都覺得這件事還早，還不到考慮那麼多的地步。

桑稚年紀還小，他們在一起的時間也不算太長。未來也許會有變化，可能幾年後情況就不同了。也許有的事情不會順著應有的軌跡走，在中途會出現什麼變數。

造成的結果也不過是分開。

可這是段嘉許跟桑稚在一起之後就從未考慮過的事情，他從來都不是抱著一種未來可能會分開的態度跟她在一起的。

從在一起的第一天開始，他就在考慮他們的未來——持續到永遠的未來。

段嘉許想起那天桑稚趴在他背上，邊掉淚邊說：『我為什麼是十九歲，我可不可以是二十九歲？我不想要那麼小。』

應該在那個時候，她就知道父母不同意她跟自己在一起了吧，卻又擔心這件事情被他知道後會影響他的心情，所以只能自己一個人難過，自己一個人努力，想要改變父母的想法。

她會在知道桑榮跟他說了某些話之後，慌亂地安慰他，可又覺得自己無力至極，只能說出叫他不要不開心的話。她也會因為這件事情，一個人胡思亂想，擔心他會因此放棄，然後提前回到宜荷，在機場裡抽抽噎噎地把藏了那麼多年的祕密全部告訴他。

她希望他不要為此感到自卑。她希望他能清楚地明白自己有多好，才值得她念念不忘那麼多年。

那麼好的桑稚，做任何事情都第一個考慮到他的桑稚。無論是從前還是現在，明明比他小那麼多歲，明明應該是他來照顧她，卻一直想成為他的鎧甲，把他護在身後的桑稚。

段嘉許不希望她再在他和父母之間左右為難。這件事總得解決，不論時間早晚。

狹小的客廳安靜下來。

段嘉許稍稍低下頭，無聲地自嘲了一下。他覺得難熬至極，開始在想著如果他們仍舊不同意，那他還能做什麼。

這好像就已經是他的所有了。

桑榮思忖片刻，總算開了口：「房子只寫只只的名字？」

沉默被打破，段嘉許反倒鬆了口氣，點頭：「是的。」

一直在狀況外，被三個人排擠著的桑延，一臉茫然地聽完段嘉許的話。他理清思路，又因為他們這段對話瞬間開口：「等一下。爸，你這不是欺負人嗎？」

黎萍猛地拍了一下他的大腿，「你安靜！」

「講點道理吧？」桑延無奈，「不是，我之前怎麼沒看出來你們還有門當戶對的觀念啊？媽，妳介紹相親對象給我的時候，不是不管對方多窮，只要是個女的妳就同意嗎？」

「你的條件能跟你妹比？」黎萍被他氣到頭痛，「就你這樣，有女生要你我就阿彌陀佛了。」

桑延忍住了，又道：「我就問你們，給那小鬼找個富二代，什麼都不會，就家裡有錢的那種，你們就開心了？」

黎萍：「不是這個問題。」

「那還能是什麼問題？」桑延掃了段嘉許一眼，嘖了聲，「媽，妳仔細看看。段嘉許呢，各方面條件是比我差了一點，但也還算過得去吧。」

黎萍最看不慣他這副德行：「比你差還算是人嗎？」

桑延被譏諷慣了，乾脆當沒聽見：「算了吧，他對那小鬼好得很，也不窮，沒什麼好挑剔的。」

黎萍跟桑榮對看一眼，收斂了火氣，輕嘆道：「聽你爸說完。」

桑榮看向段嘉許，繼續問：「打算什麼時候買房？」

段嘉許：「預計是今年。」

「你跟只只也還沒定下來，」桑榮說，「房子你就打算寫她的名字？」

段嘉許點頭：「嗯。」

桑榮：「不怕這兩年分手？」

桑延皺眉：「爸，你這樣就不對了，怎麼還詛咒人分手？」

黎萍忍無可忍，抓起他的手往房間裡拖：「你給我進來！」

客廳裡瞬間少了兩個人，氛圍一下子冷清了不少。

段嘉許沒有被影響。他淡淡笑著，輕聲回答桑榮：「那我留著這房子也沒什麼用，留給她也好。」

「孩子，沒有誰談個戀愛要花這麼多錢的。」桑榮笑了，「要是被其他人知道了，第一反應一定覺得你被我們家勒索了。」

段嘉許一愣，沒等他開口，桑榮又道：「房子還是寫你自己的名字，這是你自己努力賺的錢。我跟只只的媽媽其實都不太在意這些。」

「……」

「其實你們兩個的事情，只只跟我和她媽媽提過不少次，」桑榮神色溫和，伸手拍拍他的肩膀，「主要是只聽她說，我們心裡也沒個底。上次跟你說那些話，也是想看看你會有什麼反應。」

段嘉許嗯了聲：「我明白。」

「之前跟你說介意你家情況的這件事，也是怕只只會因此而受傷害。但如果你能保護好她，那也足夠了。」桑榮說，「我也知道，我和只只媽媽的態度很影響你們兩個的心情。還那麼年輕談個戀愛，我們都要攪和一把。」

段嘉許繃了一整晚的神經終於放鬆了些，在此刻他反倒不知道該說些什麼。

「因為跟你說了那些話，我一直有點過意不去。這件事我知道你也不好過，也知道錯不在你的身上，跟你沒什麼關係，你不用因此而把自己置於一個那麼低的位置。」

段嘉許看著桑榮，喉頭乾澀。

他一直都知道，桑榮和黎萍都是很善良的人。段嘉許很理解他們的想法，知道他們是擔心桑稚，也是為了她好，所以他只能讓自己做得更好。

他想著，如果這一次談話還是不行，那他就更努力一些，儘量做到能讓他們忽視他的父親，不再去在意那些事情，卻沒想到桑榮會反過來安慰他。

桑榮反過來讓他不要在意。

「你看阿延的反應，他都覺得我們在欺負你。」桑榮笑道，「我也不是什麼冥頑不靈的人，有你今晚的話就夠了，我也相信你能做到你今晚所說的。」

「……」

「以後，有空可以過來吃個飯。」

他們又坐了一會兒，黎萍和桑延都從房間裡出來。幾人都不再提剛剛的事情，轉移了話題。天色漸晚，差不多九點的時候，桑延主動提出要回去。

兩人便一起走出桑家。

桑延走在前頭，隨口問：「我爸後來又跟你說什麼了？」

段嘉許的唇角彎起來，心情很好：「不反對了。」

「你說你怎麼回事？」桑延的話裡帶了幾分嘲諷的意味，「說的那些是什麼話啊，大男人不能活得有骨氣一點？」

「怎麼？」

「男人總得有點自己的資產。」桑延懶洋洋地道，「雖然，房子寫誰名字的事是不怎麼重要，但你這樣寵著她，你以後的生活，從現在就能看出肯定會慘絕人寰。那小鬼以後肯定會被你寵上天。」

段嘉許還在笑：「滿好的。」

桑延瞥他：「還有……」

「嗯？」

「你也不要別什麼事都往自己身上攬。」桑延把玩著手裡的車鑰匙，語氣狀似隨意，一如既往地刻薄，「虛偽。」

桑延開了車過來，就順便把段嘉許送回去。

回到家，段嘉許打了視訊電話給桑稚。那頭很快就接起，螢幕上瞬間出現桑稚小巧的臉，黑亮的眼睛透過螢幕看著他。

段嘉許笑：「沒在宿舍？」

桑稚找了個杯子，把手機靠在上面，繼續抱著洋芋片吃：『嗯，過來你這裡。明天早上沒課，還能睡懶覺。』

段嘉許也沒別的事情要做，就躺在沙發上，盯著她吃洋芋片。注意到他的模樣，桑稚眨眨眼：『你今天好像很開心的樣子。』

段嘉許低著頭，輕笑著：「是很開心。」

『怎麼了？』桑稚又盯著他看了好一陣子，抿抿唇，而後唇角揚起，莫名其妙地也開始笑，『你今天幹嘛了？笑得好傻。』

「今天去見了妳爸媽。」段嘉許沒再瞞著，「他們不反對了。」

聽到他後面那句話，桑稚手裡的洋芋片掉下來：『啊？不反對了嗎？你跟他們說什麼了？』

他繼續笑，沒有回答。

桑稚又問了幾次：『真的嗎？真的不反對了？』

就算段嘉許沒回答，但說著說著，桑稚也傻乎乎地笑起來，顯然是被他感染了好心情，加上一直以來的煩惱終於解決了。她拿起手機，把臉貼近螢幕，靠近看他：『段嘉許。』

「嗯？」

她笑咪咪地道：『我好開心喔。』

我不只是因為父母不反對了而開心，也因為你得到了認可，所以很開心。

段嘉許看著她唇邊的小梨窩，突然很想咬一口。他用指腹輕抹了一下螢幕，眉眼繾綣柔軟：

「嗯，我也很開心。」

『段嘉許。』桑稚又喊他。

「嗯。」

『這件事情在這一刻就算是定案了。』桑稚端正地坐起來，一本正經地說，『以後誰都沒有資格因為這個事情覺得你不好。』

「……」

她嘀咕：『你是最好的。』

一個晚上，段嘉許被三個不同的人，用不同的說話方式，安撫著他從年少至今的傷疤，傷疤一直持續隱隱約約地發疼，在此刻消失得無影無蹤。

也許從前的他是有些不幸，但在此刻，段嘉許覺得自己好像又是極為幸運的。

◇

段嘉許去南蕪之後，桑稚的生活也沒多大的變化。

她每天上課、參加活動和比賽、窩在圖書館，有空的時候就去他家待幾天，少了每天都要跟他見面的流程，但又多了一件從前沒做過的事情。

有時間，桑稚會到市立醫院去看看段志誠的狀況。

她也沒跟段嘉許說這件事，只是覺得，他不在這裡，只能由自己幫他注意這裡的事情。如果真的出了什麼問題，她才能及時告訴他。

日子一天天過去。

三月初，桑稚上學期參加的遊戲設計大賽的獲獎名單出來了。出乎意料之外，她還拿了個獎項，令她格外驚喜。

她正準備把這件事情告訴段嘉許時，剛好有個沒聯繫過的人傳訊息來，是前幾天在超市偶遇的施曉雨。

她來跟桑稚說江穎的事情。

施曉雨：我想跟妳說一件事。

桑稚：什麼？

施曉雨：妳之前跟我說了那些話之後，我有偷偷地觀察江穎的狀態，也有直白地問過她一些問題。她也沒有瞞著我，直接就說了。

施曉雨：我覺得她沒有生病，只是有點偏執，別人說什麼都不聽。沒有遇到妳男朋友的時候，還是很正常的，也不知道這算不算心理有問題。

桑稚有點茫然：妳怎麼突然跟我說這個？

施曉雨：就是想替她說幾句話。她其實人不壞，就是因為她爸爸的事情心理有了陰影，但也不會主動去傷害別人。

施曉雨：她家裡最近發生了一點事，應該也想通了，以後應該不會再去找妳男朋友的麻煩。妳也不用擔心了。然後再跟妳道個歉，因為之前的事情，對不起。

桑稚不知道該說什麼。

江穎做的事情，她不是當事人，沒有什麼立場去回應。看到這些話的時候，她又聯想到段嘉許的遭遇，心裡有點悶，心情也不算好。

桑稚盯著施曉雨傳來的訊息看了很久，最後只回了個「嗯」。

遊戲大賽的頒獎典禮就在宜荷大學的禮堂舉辦，日期在桑稚生日的前一天。來參加的人不少，有來自幾百所高中的學生以及老師，還有幾十家企業的代表。

本來桑稚還很期待這個頒獎典禮。但真正到來的時候，她卻完全提不起勁。

因為她被段嘉許放鴿子了。

從段嘉許回南蕪，她就每天撕日曆，開始期待著自己生日的到來。眼見日子就快到了，她還想好了要跟段嘉許去哪裡玩。

最後她就只得來了段嘉許的一句：『臨時有事，趕不回去了，下次再補給妳。』

桑稚其實很不開心，但又知道他忙，也不想跟他發脾氣，所以只能自顧自地生悶氣。

此時坐在禮堂裡，看到段嘉傳來的訊息，桑稚也不太想立刻回覆。她看了一眼手機上方的時間，想等過個十分鐘再回覆他，讓他感受一下被冷落是怎樣的滋味。

頒獎儀式也不是立刻舉行，台上的幾位教授正在聊著學術問題。桑稚聽了一會兒，很快就覺得無聊，沒再繼續聽下去。她再次打開手機，看著螢幕上的話，又覺得十分鐘好像不太夠。

桑稚依然沒回覆。

過了一會兒，段嘉許又傳來訊息：怎麼不理我？

桑稚開始動搖，正思考著要不要回覆時，旁邊的同學突然撞了一下桑稚的肩膀，興奮地說：「桑稚，看一點鐘方向，也太帥了吧。」

「……」桑稚下意識地抬頭。

她瞬間看到了前一刻還在微信上跟她說話的男人，也是前一天還跟她說，整個三月都沒有空，無法趕回來陪她過生日，那個撒謊成性的男人。

段嘉許今天穿得很正式，西裝筆挺，戴著一條暗紅色的領帶，看上去斯文又溫潤。他生得高大清瘦，模樣又俊美出眾，這身衣服穿在他身上，顯得禁欲而性感。

桑稚很少見他這麼穿，此時目光像黏在他身上似的，有點挪不開眼。她甚至忘了自己在生悶氣，有種想立刻跑過去抱住他的衝動。

他們也才一個多月沒見。

同學還在說話：「噯，他是哪個公司的代表？好像是啥遊戲公司……」

段嘉許站在原地，往周圍掃視了一圈，很快就找到桑稚。他的眉梢一挑，唇角微微地勾起，往她的方向走來。

桑稚的位子恰好在走道旁邊。

同學：「噯，他是不是往我們這邊來了啊？我的天啊，好像是耶，他過來了……」

等段嘉許站定在桑稚的旁邊時，她旁邊的同學瞬間說不出話來。

段嘉許稍稍彎腰，伸手在桑稚的手機上敲了兩下，點亮螢幕。他微微瞇起眼，拉長語尾說：「同學，看一下手機？」

「……」

「妳男朋友好像在找妳。」

順著他的動作，桑稚低下頭，盯著亮起的手機螢幕。她又抬起頭，嘴唇動了動，想說點什麼時，段嘉許已經站直了。

這一排坐的全是學生，注意到這邊的動靜，都不由自主地看了過來。

大部分的人桑稚都不認識。旁邊的幾個同學因為是同一個導師，見過幾次面之後也算認識，但都不太熟悉，所以他們也都沒見過段嘉許。

似乎就是過來提醒這麼一句，段嘉許沒再說別的話。他輕輕點點頭，往後退了一步，轉頭回到原本的位子上。

等他走後，桑稚旁邊的同學又湊了過來：「什麼情況？那帥哥是過來撩妳嗎？這也太——」

「不過也是。」同學的話鋒一轉，「這帥哥的氣質看起來就像個情場浪子，到處撒網的那種。」

「……」

「而且，那臉一看就知道他是渣男。」同學嘖嘖兩聲，話裡帶了幾分讚嘆的意味，「我從沒見過這麼標準的渣男臉。」

聽到這句話，桑稚轉頭看向她，神色複雜。

同學：「怎麼了？」

「那個，」桑稚忍不住說，「是我男朋友。」

「……」

沉默了幾秒，似乎是覺得有些尷尬，同學乾笑了兩聲，強行又生硬地解釋：「我的意思就是他長得帥。」

桑稚也不太介意，畢竟段嘉許給人的感覺確實是那樣。她笑了一下，「沒事，我沒生氣。」

同學好奇：「妳們怎麼認識的啊？」

桑稚邊回覆段嘉許邊說：「我哥哥的朋友。」

「唉，我也想有個哥哥。」同學羨慕地道，「最好哥哥也有個長得很帥的朋友，讓我近水樓臺先得月。」

兩人又聊了幾句。

桑稚開始專心地在微信上跟段嘉許說話。

桑稚：你什麼時候過來的？

段嘉許：今早的飛機。

桑稚：那你怎麼在這裡？

段嘉許：聽妳說要來參加這個頒獎典禮，我之前的公司也被邀請了，就順便替江姊過來一趟。

桑稚不大痛快：你昨天還跟我說沒空。

搞得她一整天心情都不好。

段嘉許：給妳個驚喜。

段嘉許：生氣了啊？

盯著這句話看了好一會兒，很快，桑稚的不悅散去了大半。想到他穿西裝的樣子，她莫名其妙地舔舔唇。

好吧，她是滿驚喜的。

桑稚想了想，主動提出：我們要不要去後面坐？

桑稚：有空位。

禮堂的空間大，座位比人多。前幾排的位子是事先安排好的，入座的大多是公司代表以及其他學校的教授，其餘的位子則不固定。

段嘉許：好。

桑稚收拾了一下東西，跟旁邊的同學說了一聲，起身往後頭走，找了兩個相鄰的空位坐下。

沒多久，段嘉許也過來了，坐在她旁邊。

桑稚往他的方向看，不管看幾次都覺得驚豔。她注意到旁邊的女生似乎也都在看他，有點不爽：「你怎麼還穿了西裝，下飛機之後回去換的嗎？」

段嘉許伸手握住她的手，捏了兩下她手上的肉：「嗯。」

桑稚沒忍住，咕噥道：「我同學說你長了一張渣男臉。」

段嘉許的動作一頓，他抬頭：「什麼？」

「說你長了一張，」桑稚盯著他，話裡帶了幾絲譴責的意味，「百年難得一遇、極為標準的渣男臉。」

「渣男臉是什麼臉？」

「我也不知道。」仗著這句話是同學說的，桑稚有點肆無忌憚，「說就是你這種的。」

段嘉許挑眉。

沒等他再開口，桑稚有點惱火，忽地掐住他的臉，一字一句地說：「你可不可以不要總是朝別人放電？」

段嘉許愣住，覺得荒謬極了，他無奈地說：「我總是朝別人放電？」

桑稚扶著他的頭往下拉，試圖讓他用身體把臉擋住，躲開四面八方投來的目光：「本來就是，你就這樣坐著。」

再想了想，她繃著臉說：「你以後出門可不可以戴口罩？」

盯著她的模樣，段嘉許反應過來，唇角隨之上揚：「愛吃醋。」

桑稚鼓起臉頰，沒否認。她瞥了一眼，忽地注意到他脖子上的那條領帶是她送的，鬱悶之氣才勉強散去一些。

桑稚扯開話題：「你什麼時候回南蕪？」

「後天早上。」

「喔。」

「清明的時候我還會過來一趟。」段嘉許說，「幫我媽掃墓，妳到時候要跟我一起去嗎？」

桑稚點頭：「好。」

段嘉許靠坐在椅背上，轉頭懶懶地看她。沒多久，他又開口，漫不經心地道：「過來。」

桑稚狐疑地湊過去：「幹嘛？」

「領帶鬆了。」段嘉許說，「幫我重新繫一下。」

桑稚傻住：「可是我不會。」

段嘉許：「往上推就行。」

「……」

你自己又不是沒手。

桑稚沒說出口，乖乖伸手抓住他的領帶，笨拙地按照他說方式往上推。下一刻，段嘉許突然握住她的手腕往前拉。

像是被這力道帶動，他整個人也順勢往前傾，準確無誤地吻上她的唇。

兩人的唇一觸即離，僅僅只有那短暫的一瞬間。

桑稚還沒反應過來發生了什麼，段嘉許已經坐直，邊慢條斯理地打著領帶邊說：「嚇哥哥一跳。」

桑稚傻眼地看著他。

「想親直接親就好，」段嘉許親暱地抹抹她的唇角，吊兒郎當地道，「不用做這種小動作。」

桑稚的表情一言難盡。這男人真的是她這輩子見過最不要臉的男人。

桑稚忍住，面無表情地把他的手扯掉，又湊過去幫他調整著領帶，生硬地道：「你弄歪了。」

段嘉許低著頭，忽地笑了，喊她：「小孩。」

「幹嘛？」

「想妳了。」

桑稚抬頭，小聲道：「喔。」

段嘉許挑眉：「就一個『喔』啊？」

「我說的『喔』，」桑稚順便幫他整理了一下西裝，並一本正經地解釋，「就是『我也是』的意思。」

段嘉許笑了：「好。」

過了半天都還沒要頒獎，桑稚低頭看了一眼手機，百無聊賴地問：「你等一下要上去發言嗎？好像每個公司都有三分鐘的時間？」

段嘉許：「嗯。」

桑稚來了興致：「那你想好說什麼了嗎？」

段嘉許又嗯了聲。

內容無非是公司的情況，桑稚也沒多問，但倒是因為有了期待，覺得時間過得快了不少。

終於到了公司發言的時間。

段嘉許起身，側頭看了她一眼：「我很快回來。」

桑稚打算拍照，這裡離臺上有點遠，她乾脆換了個位子。

她等了好一會兒，終於輪到段嘉許發言。他站在明亮的燈光下，在眾人之中顯得格外顯眼。

桑稚開始錄影。

段嘉許接過主持人手裡的麥克風，看起來比平時正經。他開口慢慢地說著公司的現狀，認真又專注，言簡意賅。

前面的人有點高，擋住桑稚的視線。她又怕擋到後面的人，只能把手機拿高一點，動作有點勉強。

兩分鐘過去。

段嘉許結束了一段話，忽地轉身，往旁邊走了好幾步才停下。注意到主持人有點茫然的表情，他淡淡笑著，溫和地解釋：「抱歉，我女朋友在拍我。」

「……」

「剛剛那個位置她不太好拍。」

「……」

禮堂裡安靜了一瞬間，然後桑稚聽到四周有人在笑。她不知道有沒有其他人在拍照，但還是默默地把手機收回來，關掉螢幕。

桑稚在這一刻莫名有種慶幸感——幸好這裡沒有人知道他們兩個的關係。

這段小插曲，加起來也不到五秒的時間。

下一秒，段嘉許就像是什麼事情都沒發生一樣，從容又認真地把接下來的話說完。臉上的笑意很淺，看上去冷淡而又專注。

桑稚是真的覺得他很厲害，她長這麼大還沒見過這麼厚臉皮的人。

見他發言完畢，把麥克風還給主持人後，桑稚忽地想起了什麼，又拿起手機傳了封訊息給他：你先坐在你的位子上吧。

桑稚：我們出校門再見。

她可不想跟他一起丟臉！

發送成功，桑稚往周遭看了一眼，忽然注意到，不遠處剛剛跟她一起坐的同學此時正在朝她這邊看。

兩人對上視線後，同學笑嘻嘻地朝她豎起了大拇指。

桑稚：「……」

大概是看到了桑稚的訊息，下臺之後，段嘉許也沒往她的方向走，只是看了她一眼，眉尾揚起，順從地回到自己原本的位子。

桑稚坐在這裡只能看到他的半個側臉。她偷偷摸摸地往他那頭看，注意到段嘉許似乎認識旁邊的男人。他此時正側著頭聽那人說話，然後斂著下巴淡淡笑了一下，沒有說話。

桑稚收回視線。

不管怎麼樣，她這次一定得罵他。她絕不心軟！

在這個時候，桑稚手裡的手機振動了一下。

段嘉許傳來訊息。

段嘉許：生氣了？

桑稚輸入了個「有點」，想了想又刪掉，改成「嗯」。她盯著看了好一陣子，最後還是沒傳出去，決定讓他先焦慮一下，認真反省自己的行為。

終於到了頒獎的時候。桑稚和另外幾個被點到名的人一起上臺，接過主持人頒發的獲獎證書。背後的大螢幕會展示每個人的作品半分鐘。

桑稚轉頭看了一眼，莫名覺得有點羞恥。她沒想到段嘉許會來，之前畫這個角色時也從沒給他看過。偶爾他從自己身旁路過，她也是立刻警惕地切換視窗。

螢幕上展示著角色的正面、背面和側面的圖像。

男人站姿懶散，露出背後的白色尾巴，手上拿著一把扇子。眼眸彎起，他笑得溫柔，身上穿著紅色的袍子，露出胸前的大片肌膚。

桑稚下意識地往段嘉許看了一眼，恰好跟他撞上視線。她故作鎮定地收回視線，和旁邊的人拍了個照，很快便下了臺。

等主持人又說了幾分鐘的話之後，典禮正式結束。一行人圍在一起拍張照，然後桑稚走出禮堂，找了個地方等段嘉許。

外頭的氣溫很低，桑稚從包包裡翻出圍巾圍上。

不一會兒，段嘉許也出來了。比起剛剛，他的西裝外面多了一件長大衣，身姿筆挺修長，身材高大，他看上去成熟而穩重，少了幾分玩世不恭的氣質。

他走過來，站在桑稚面前。

桑稚的眼睛黑漆漆的，直勾勾地盯著他。

「我錯了。」段嘉許朝她伸手，很識時務地認錯，忍著笑說，「看妳那麼辛苦，所以想換個地方讓妳好好地拍。」

「那你換個地方不就好了。」桑稚硬邦邦地道，「幹嘛說出來？」

「這應該就叫高調放閃？」段嘉許想了想，若有所思地道，「我還以為現在的小女生都喜歡這種事。」

「……」

「我前年也來過一次，有個學生還直接在臺上告白。」段嘉許悠悠地說，「現在我有女朋友了，也想要試試看。」

桑稚莫名想起段嘉許之前說要在她宿舍樓下，站在擺成心形的蠟燭裡對她告白的事情。

他果然還是一個根深蒂固、老土到骨子裡的老男人。

「沒關係，沒有人知道是妳。而且，這種頒獎典禮我參加過好幾次了。」段嘉許捏捏她的臉，「哥哥有分寸。」

你有個鬼。

不過這麼對比起來，確實比當場告白好一百倍。

桑稚的火氣漸消，她嘀咕道：「你以後再這樣，我真的要裝作不認識你了。別人問起來，我就說這人只是長得像我男朋友。」

段嘉許笑：「妳今天不就裝不認識我了嗎？」

「我們都還沒走出校門呢。」桑稚理直氣壯地道，「我原本還打算走出校門再跟你說話的。」

段嘉許不太介意，牽住她的手：「回家？」

這句話題一過，見他沒提起她作品的事情，不知道是沒注意還是忘了，桑稚偷偷鬆了一口氣，回握住他的手。

「嗯。」

◇

到家之後，桑稚回房間換了套衣服，然後躺在沙發上找出剛剛拍的影片，一下就看到最後，聽到段嘉許之前在臺上說的那兩句話。

她眨眨眼睛，重播好幾次，唇角隨之上揚。

段嘉許從廚房裡拿了瓶水，坐到她身旁。注意到她的表情，他也笑著說：「明明就喜歡。」

桑稚沒否認，伸腿踢他：「反正以後不能這樣。」

段嘉許任由她踢，然後抓住她的腳踝，抬起，咬了一下她的小腿肉。

他的力道不重，牙齒輕觸著皮膚，有點濕潤，有點癢。桑稚想把腿收回來，卻被他抓著不放，她有些無奈：「你是狗嗎？怎麼老是咬人？」

「狐狸精，」段嘉許頓了一下，懶洋洋地道，「就喜歡吃人。」

「……」

「過來。」段嘉許鬆鬆領帶，身子壓低。雖是這麼說，但他倒是自己湊了過去，說話異常直白：「好久沒吃妳了。」

話音一落，他的唇就貼了上來。身上的正裝還沒脫，領帶鬆鬆垮垮地垂在胸前，眉眼含著春意，就像個道貌岸然的衣冠禽獸。

他的舌尖探了進來，滑過她的牙齒，輕吮著她的舌頭。他像是怕弄痛她，力道不輕不重，溫柔又有耐心。

桑稚伸手抓住他的領帶。

很快，段嘉許放開她，與她對視著，也沒了接下來的動作。他突然笑了，又咬了一下她的唇：「把我畫成那樣？」

桑稚本來都忘記這件事了，聽他提起來，心虛感瞬間冒出頭，小聲辯駁，「誰說我畫的是你？」

停了一下，桑稚不服氣地補充：「還有，畫成那樣是什麼意思？又不是不好看，我還有得獎。」

「畫得很好，但哥哥露成這樣給別人看，」段嘉許開始單手解釦子，動作緩慢，「不太合適吧？」

就胸前那一小片，講得好像是畫了他的裸體。

段嘉許勾起唇，把衣服扯開：「照著畫的？」

桑稚招架不住了，像個坐懷不亂的君子，幫他把衣服拉回去，轉移話題，「你有準備我的生日禮物嗎？」

「嗯。」

「準備什麼？」

段嘉許靠在椅背上，修長的手指抬起，再次把自己的衣服扯開，露出鎖骨，以及結實的胸膛。

然後桑稚聽到他拉長尾音，魅惑地吐出四個字：「視覺福利。」

段嘉許本想回房間去換套衣服，但桑稚又不想讓他換，還很正經地把他的釦子都扣回去，領帶打好，讓他在家裡還穿得像個霸道總裁一樣。

這身衣服穿著不太舒服，但段嘉許也沒多說什麼，縱容著她的行為。他撐著臉，盯著抱著杯子喝水的她，突然說：「小朋友，妳明天二十了。」

桑稚看他：「我知道。」

段嘉許：「生日願望是什麼？」

「世界和平吧。」

「噢。」段嘉許神色散漫，像在重複她的話：「想跟段哥哥登記。」

「……」桑稚說，「我才幾歲？」

「那我們先訂婚吧，等妳畢業了就去登記。」段嘉許完全不要臉，勾著她的指尖把玩著，「訂完也好，讓哥哥有把握能在三十歲前結婚。」

桑稚眨眨眼，笑嘻嘻地道：「你好可憐喔。」

段嘉許：「哪裡可憐？」

「三十歲才結婚，那你得什麼時候才會有小孩？」

「現在不是已經有一個了？」段嘉許親親她的手背，聲音繾綣溫柔，「我現在可沒精力去疼另外一個。」

「我還算小孩啊？」桑稚忍不住開口，語氣也不太痛快，「我前幾天去當家教，還被那個小朋友叫阿姨了。」

「又去打工？」段嘉許淡淡地說：「以後別去了，就在學校好好念書，有空就跟同學出去玩。」她也不是條件不好，段嘉許不太希望她的大學過得跟他的一樣。

桑稚瞬間不說話了。

「以後想考研究所也好，直接出來工作也行。」段嘉許對上她的眼，話裡多了幾分認真，「反正我會養妳。」

桑稚不知道要說什麼，輕輕地點點頭。

沒多久，段嘉許扯開話題：「別人叫妳阿姨妳不開心啊？」對視兩秒，他忽地笑出聲來，低下頭又親了她一下，含糊不清地道：「小朋友，記得嗎？妳以前也這樣氣我。」

桑稚的生日一過，段嘉許便回去南蕪了。他在臺上講話時居然還真的被人拍了影片，放到學校的論壇上。所幸影片畫質不佳，距離也遠，看不太清楚模樣。

這件事還是甯薇告訴她的。甯薇跟她說，覺得這個人有點像段嘉許。桑稚上去看了一眼，順便看看下面的留言評論。

『糊成這樣都擋不住的顏值。』

『哪家公司啊？我準備去投履歷了。』

『樓上，你投了也沒用，沒聽到人家說「我女朋友在拍我」嗎？』

『長成這樣，想必女朋友也是個女神等級的。』

『說真的，我以前覺得這種行為很傻，看到這支影片後……果然還是看顏值的嗎？我真的好酸，我現在正抱著我的少女心在哭泣……』

看到一半，甯薇問：「是妳家段哥哥嗎？」

桑稚輕輕咳了一聲，模棱兩可地說：「是有點像。」

甯薇沒拆穿她，嘆了一口氣：「唉，如果是我男朋友在上面，想必連我在哪裡都找不到。他還能注意到妳在幹嘛，也是很厲害。」

桑稚忽地想起來，「妳這麼一說，我突然想起我還換了個位子。」

甯薇沉默了幾秒：「唉。」

桑稚：「幹嘛？」

「我想換個男朋友。」

◇

清明節當天，段嘉許從南蕪過來，訂的是當天來回的機票。這段時間，工作室接了個專案，他一直在忙，也沒時間在宜荷待太久。

兩人開車到了郊外的墓園。

段嘉許牽著桑稚，沉默地把她帶到其中一個墓碑前。他蹲下清理墓碑，然後把帶來祭拜的東西放上去，笑著喊了一聲：「媽。」

桑稚也跟著他蹲下，乖乖地喊道：「阿姨。」

照片上的許若淑很年輕，容貌出眾，看上去就是個很溫柔的人。她的臉上掛著明朗的笑容，她過世時不過也才四十來歲。

段嘉許介紹著：「這是桑稚。」停頓了一下，他補充：「我妻子，妳媳婦。」

已經過了很多年，段嘉許的心情很平靜，他像以往來的任何一次一樣，慢慢地跟她說著自己最近的事情。桑稚在一旁沉默地聽著。

她聽著段嘉許帶著笑意的聲音，聽他很有耐心地把這一年發生的事情都告訴許若淑。不知過了多久，他站了起來：「我要走了，等一下還要趕飛機呢。」

「對了，忘了告訴妳，爸的情況不太好，不知道還會不會醒來。」段嘉許淡淡地說，「以後我就在南蕪那邊定居了，有空會來看妳。」

段嘉許看向桑稚：「走吧。」

桑稚抿抿唇，對著許若淑小聲說：「阿姨您放心，我會好好照顧嘉許哥的。」然後她又很正經地補一句：「我會好好對他的。」

段嘉許笑出聲來，「妳幹嘛？」

像是對他笑的事情很不滿，桑稚看了他一眼，繼續說：「那阿姨，我們走了。我有空也會過來看您的。」

兩人走出墓園。

段嘉許覺得很有趣：「我怎麼覺得妳把我當成老婆了？」

桑稚覺得很彆扭：「我又沒說錯。」

「嗯。」段嘉許摸摸她的腦袋，低聲哄著，「妳會好好對我的。」

桑稚從口袋裡翻出手機，看了一眼時間：「走吧，快點去吃飯，然後去機場，不然等一下就來不及了。」

段嘉許：「嗯。」

兩人把車子開回市區，停在機場附近的一個商圈，在裡面隨便找了家店吃飯。

他們吃完飯，剛過五點半。段嘉許結帳後，兩人順著手扶梯往下走。

到二樓時，桑稚聽到有人在吵架的聲音。她下意識地看去，就見一個拉著小孩的中年女人跟一個年輕女人在爭吵。

她一愣，因為她注意到那個年輕的女人是江穎。

下一刻，中年女人突然扯住江穎的頭髮，聲音尖厲、可怕：「妳爸這麼畜生，妳家還想出錢找律師幫他減刑，妳們還是不是人？」

「關我什麼事？」江穎的聲音歇斯底里，她扯回自己的頭髮，「滾開！那關我什麼事！妳是不是有病！」

沒多久，聽到聲響的警衛過來勸架。

桑稚看了一眼段嘉許。他的神色沒多大變化，像是沒聽到那些聲音。

他們正想繼續往下走，江穎的目光就投了過來。注意到段嘉許，她有點呆滯，眼眶紅得像是充了血，眼中還含著淚。但這次，她沒再像以往的任何一次一樣過來找他的麻煩，而是極為狼狽地低下頭，動作誇張又卑微。

桑稚沒再繼續看下去，拉著段嘉許往下走，猶豫地問：「她爸爸不是過世了嗎？」

段嘉許思考了一下：「可能是繼父吧。」

「喔。」桑稚說，「我之前聽施曉雨說江穎家好像出了什麼事情，但我也沒有問。」

段嘉許輕輕應了聲。

看到江穎剛剛被對待的方式，桑稚也能想像到從前的段嘉許大概是怎樣的處境；但他不會像江穎那樣，用聲音，或者任何方式宣洩出來。對這種毫無理由的遷怒，他也沒有任何辦法去擺脫。他也覺得跟自己無關，可又覺得無力。

桑稚想起段嘉許得了闌尾炎，痛成那樣都不打算去醫院的那次。他不在意自己的身體狀況，是不是因為他也曾有過不想活了的念頭？

她鼻子一酸，突然停下腳步，安撫似的去抱他。

段嘉許愣住：「怎麼了？」

「我剛剛在阿姨面前真的不是亂說的，我很認真的，」桑稚把臉埋在他的胸前，悶悶地道：「我會好好對你的。」

段嘉許覺得她一本正經的樣子又傻又可愛，忍不住笑了：「嗯，我知道。」

那個偏執到病態的江穎，因為自己的心理陰影，將所有罪責歸咎於同樣是受害者的段嘉許，也要在發生了相似的事情之後才能夠感同身受。她所發出的惡意也會得到同樣的回應。

所有的事情都像是個輪迴，所以，你的苦難已經過去，對世界那麼溫柔的你也一定會加倍地收到回報。

為了方便，段嘉許直接把車子開到機場。

本來想中途把桑稚送回學校，但她又想要送他。路上他聯繫了一個可靠的代駕，到機場後便陪她一起等司機過來。

他做事不慌不忙，絲毫不著急，倒是桑稚覺得慌張，拉著他往機場裡面走：「別等了，等一下趕不上飛機。」

段嘉許順著她的力道走，笑著說：「還早。」

桑稚：「我送你去過安檢，然後再出來，司機應該就到了。」

段嘉許想了想，沒反對：「好。」

「五月連假我會回家的，不用你過來。」桑稚走在他旁邊，慢吞吞地說著，「還有，我剛剛在網路上買了一箱吃的給你，應該明天就會送到。」

「好。」

「你不要老是吃外食，別因為自己一個人就懶得弄。你有空可以去我家吃飯，如果你一個人不好意思，你就叫我哥一起去。」

段嘉許覺得好笑：「到了能嫁人的年紀就開始學人帶小孩了？」

「什麼叫帶小孩？」桑稚瞪他，「我這是在照顧我家老人。」

聞言，段嘉許的眉梢一揚，他似乎不太在意她的話：「嗯？老不老什麼的，無所謂。」

「……」

「是妳家的就好。」

等段嘉許過了安檢，看不到他的背影時，桑稚走出機場，司機恰好也到了。桑稚跟他打了聲招呼後上了車。

她打開微信，跟段嘉許說了一聲。桑稚退出跟他的聊天視窗，百無聊賴地往下掃了一眼，注意到施曉雨十分鐘前傳了一封訊息過來。

施曉雨：妳今天見到江穎了嗎？

桑稚猶豫地回了個「嗯」。

施曉雨：她剛剛打電話來跟我哭，也不說發生了什麼事……

施曉雨：最近她的心情不太好，如果有做什麼不好的事情，我替她跟你們道個歉。

桑稚瞬間懂了。大概是因為江穎那邊問不出來，所以施曉雨來問她，剛剛發生了什麼事情。

桑稚言簡意賅地回：我們剛好路過，看到她在被一個女人打罵，沒別的事了。她沒做什麼不好的事情。

那頭沉默了好一會兒。

施曉雨：好的，我知道了。謝謝妳告訴我。

施曉雨替江穎解釋：這個跟她沒什麼關係，是她繼父那邊的事情，她媽媽也準備離婚了。

桑稚不太關心這個，又回了個「嗯」。

施曉雨：唉，我覺得滿莫名其妙的。雖然能理解那家人的心情，但這樣就有點過分了吧……跟江穎又沒什麼關係，她跟她繼父也不親。

這次桑稚沒回覆。

施曉雨：以前是江穎沒想通，她也過得很不好，這十幾年都過得不開心，朋友也沒幾個。最近因為這件事，她想開了一點，以後應該不會再去找妳男朋友了。

施曉雨：但可能還是做不到原諒。

桑稚真的不懂她來跟自己說這麼多幹什麼。她盯著螢幕看了半晌，開始打字：不用原諒。

桑稚：不需要。

把另一個人犯下的罪強加於段嘉許身上，最後還施捨般地給了一句「不會再騷擾，但也無法原諒」，是不是覺得自己很仁慈，很大度？

段嘉許沒做錯任何事情，所以也不需要那份本該屬於其他人的原諒。他從不主動生事，只想遠離這些事情。得到不公的待遇，他也從不為自己爭取些什麼，只想讓自己的生活步入正軌。

桑稚：這些事情，妳以後不用再跟我說了。我跟江穎並不熟，也不想知道她發生過什麼事情。

桑稚：還有，我知道她是受害者。

桑稚：但也不是只有她是受害者。

桑稚放下手機往窗外看，想起了她在生日那天隨口說出的願望。

——希望世界和平。

她希望世界上，再無活在陰暗角落裡的犯罪者。

她希望他們在犯罪之前，能再三考慮這個行為造成的後果會同時傷害到多少個家庭；希望他們能考慮一下，自己的家人會因為他們的行為而過著怎樣的生活。

如果這個願望太大，那麼，桑稚希望，有一天，所有人都能好好地區分，犯罪者和犯罪者的家屬是不一樣的個體。

◇

桑稚提前買了五月連假前的機票，卻沒能派上用場。因為在四月即將過去的某個夜裡，段志誠去世了。

直到離世前，他都沒能睜開眼。他的人生只剩下撞了人之後的驚慌失措、這輩子都無法彌補的罪，以及對家人的虧欠和遺憾。

再無其他。

接到電話時，段嘉許極為平靜。因為他早就知道會有這一天，只是時間早晚的問題。他的心情甚至沒什麼波瀾，他訂了最近的一班飛機，回到宜荷。

一下飛機，段嘉許便打了個電話給桑稚。

兩人在醫院門口碰面。

桑稚過去握住他的手，嘴唇動了動，卻一句話都說不出來。她完全不知道該說什麼，最後也只擠出四個字：「我陪著你。」

段嘉許輕輕地應了聲。

走進太平間，段嘉許的目光定在其中一具蓋著白布的屍體上。他盯著牌子上的「段志誠」三個字，走過去，動作緩慢地把白布扯下來。

白布滑下，露出段志誠已經變得僵硬、毫無血色的臉。

段嘉許收回手，情緒很淡：「恭喜你。」

你直到死，都不用去面對你所犯下的罪。

段嘉許思考了一下，低聲說：「你如果見到媽媽，就不要再去找她了吧。別再害她了，讓她過點好日子。」

說完，段嘉許垂下眼眸，盯著段志誠的臉。感覺也沒什麼話要再跟他說，他很快便拉上白布。

段嘉許撇頭看桑稚：「走吧，去辦手續。」

桑稚點點頭，小心翼翼地注意著他的表情，替他覺得難過，又因為他的平靜而有些不知所措。她湊過去，再次主動牽住他。

「怎麼這個表情？」段嘉許溫和地道，「沒事，我不難過。」

他畢竟已經過了愛作夢的年紀，也知道這個世界上的奇跡並沒有那麼多。他希望段志誠醒來，卻也明白這個可能性可說是微乎其微。

兩人走出太平間，桑稚忽地停下腳步，朝他張開雙手：「抱抱。」

段嘉許一愣，順從地彎下腰抱住她。他感覺到她的手輕拍著他的背，喃喃低語著：「我不能跟你說沒關係。」

因為，你不可能覺得沒關係。

「但我能陪你一起難過，所有事情都能陪著你，」桑稚說，「你不用自己強撐著。」

希望你能因此覺得不那麼難熬。

聽著她的話，段嘉許唇角的弧度漸收。像是在想什麼事情，他垂下眼睫，忽地喊她：「只只。」

「嗯。」

「我是不是真的年紀太大了？」

不知道他為什麼突然說這個，但桑稚還是認真地否認：「不是。」

段嘉許的喉結上下滑了滑，他彷彿在抑制著什麼情緒，半晌後，才似有若無地冒出一句：「那我怎麼爸媽都走了啊？」

「……」

桑稚鼻子一酸，抱著他的力道加重。她眼尾泛紅，忍著話裡的哽咽，慢慢地，一字一字地說：「我陪著你。」

我有的都給你，我所獲得的溫暖也全都給你。

「我給你一個承諾，好不好？」桑稚說，「我們以後會有一個家的，我會陪你到很久以後，我的家人也會成為你的家人。」

「嗯。」段嘉許淡淡地重複，「我們會有一個家。」

桑稚摸摸他的頭，學著他之前的語氣，認真又鄭重地說：「別人有的東西，我們嘉許也會有。」

段嘉許笑出聲來，聲音有點沙啞。

「好。」

那些無法擺脫又割捨不掉的過去，在這一刻像是隨著段志誠的離開，徹底地過去了。

◇

七月中旬，桑稚的暑期到來。

一結束最後一科考試，桑稚便坐車去機場，回到南蕪。隔天一早，她被段嘉許叫出去，到市區一個剛蓋好的社區看房子。

兩人看了樣品屋。

三房二廳二衛，外加一個小陽臺。空間不算太大，三十多坪，格局和附近的環境都很好。一切都很完美，就是價錢讓人有點難以接受。

怕房仲聽到，桑稚湊近他的耳朵提醒道：「這個好貴。」

「我家只只打算用來藏嬌的房子，」段嘉許學她用氣音說話，聲音聽起來懶懶的，「買便宜了，她可能就不好意思拿出手了。」

「……」

「哥哥還等著被藏呢。」

「……」桑稚皺眉，「買個兩房的，二十幾坪就好了。」

「小孩，這是結婚用的房子。」段嘉許說，「一個房間我們住，還有一個房間是要留給我家小孩的小孩。」

桑稚很正經：「那不就是兩間？」

「還要再弄個書房。」段嘉許眉眼一抬，聲音悠悠的，他意有所指地說，「哥哥還沒試過在書房——」

他沒把剩下的話說完，但暗示的意味格外明顯。

桑稚咬咬牙，伸手去掐他的臉。

段嘉許忍不住笑出聲，胸腔振動著。他的眼睛彎成漂亮的月牙，他沒再開玩笑，又問：「所以喜不喜歡這間？」

桑稚又看了四周一眼，只說了一個字：「貴。」

「嗯，那就這裡。」段嘉許之前就來看過，覺得很適合，一直沒決定也是想問問桑稚的想法，「我跟房仲說一聲，改天再過來簽約。」

桑稚沒再說什麼。

看完房子，桑稚忍不住說：「你怎麼……」

段嘉許：「嗯？」

桑稚嘀咕道：「就……長得還滿帥的。」

段嘉許笑：「然後呢？」

「脾氣也很好。」

「嗯。」

「學歷和工作能力都很好。」

「怎麼了？」

「然後現在，」桑稚也不知道該怎麼形容自己的心情，有點不平衡，又覺得自己像是毫無用處，「還很有錢。」

段嘉許反應過來，漫不經心地補充：「身材也很好。」

桑稚不想讓他過於自負，忍不住吐槽，「身材明明一般。」

聽到這句話，段嘉許把視線挪到她身上：「一般？」

段嘉許：「好。」

「幹嘛？」

「畢竟我靠色相吃飯。」段嘉許伸手，抓抓她的下巴，散漫地道，「看來得努力一下了。」

兩人上了車。

桑稚看了一眼手機，隨口道：「你送我去上安吧，今天高中同學聚會，我說好要過去的。」

段嘉許：「今晚在妳家吃飯。」

「我知道，我媽跟我說了。」桑稚說，「我下午就回去。跟他們吃個午飯，然後聊一下，不會待太久。」

「嗯。」

段嘉許把她送到上安廣場，然後到桑稚家附近的超市裡逛了一圈，買點東西去桑稚家。

因為是週末，桑榮和黎萍都在家。他坐在客廳裡跟他們聊了一會兒，然後跟著黎萍進廚房幫忙。

過了好一會兒，黎萍往碗櫥裡看了一眼：「噯，嘉許，你幫我去只只的房間裡把一個盤子拿出來。她昨天拿回房間吃宵夜，我忘了收。」

段嘉許點頭：「好。」

他打開水龍頭洗洗手，轉身走進桑稚的房間。

很多年前，段嘉許也進來過這間房間一次。那個時候，小女孩緊張地把他扯進去，用焦慮萬分的語氣問他，能不能冒充她哥哥去幫她見老師。

過了那麼多年，房間裡並沒有多大的變化。

空間不大，一床一桌一個衣櫃，也沒別的大傢俱。房間布置得小巧溫馨，整體色調偏暖，大部分裝飾都用淡粉色。

被子淩亂地散在床上，旁邊還零星地掉了幾件衣服。段嘉許下意識地過去幫她把東西撿起來，順便把被子折好。他一抬眼，瞥見床上的幾個布偶，全是他送的。

書桌上放著許多小東西，還有旁邊的化妝包、背包，都是那麼多年，他在她生活裡留下的痕跡。

段嘉許走到書桌旁，正想把盤子拿起來時，突然注意到旁邊的塗鴉本。唇角扯了扯，他漫不經心地拿起來翻了幾頁。

下一秒，從裡頭掉出一張紙。

段嘉許目光一頓，順勢往下看，瞬間注意到上面的內容——

我的夢想：

1. 考上宜荷大學。

2.段嘉許。

上面的字跡稚嫩至極，紙張有點褶皺泛黃，很有年代感。

第二個夢想用黑筆塗掉了，力道很重，紙張都被刮開了，卻還是能清晰地看出上面寫的是哪三個字。

段嘉許僵在原地，良久之後才慢慢地拿起那張紙。他抬起頭，視線一挪，定在窗臺的牛奶瓶上，裡面放著滿滿的紙星星。

他走過去拿起那個牛奶瓶，用指腹輕輕摩娑著。

桑稚到家時剛過五點。

只有黎萍在客廳，此時正坐在沙發上看電視。聽到聲音，她看了過來，隨口道：「回來了？」

桑稚點頭，也問：「嘉許哥過來了嗎？」

「嗯，他幫媽媽在廚房忙了一下午，剛剛去你哥房間休息了。」黎萍說，「也差不多了，你去叫他出來，準備吃飯了。」

桑稚應了聲「好」，小跑著跑去桑延的房間。面對段嘉許她沒什麼顧忌，直接抓住門把推開門，瞬間看見坐在沙發上的男人。

他懶散地靠在椅背上，手裡燃著根菸，此時正低頭看著手機，他穿著白襯衫和西裝褲，細碎的頭髮散落在額前。房間內光線很暗，也看不清楚他的模樣。

下一刻，段嘉許抬起眼，模樣驚豔又勾人。

格外熟悉的一個場景。

像是回到多年前的那個午後。年少時的桑稚因為滿腹的心事，莽撞又著急地打開這扇門，然後，見到了二十歲的段嘉許。

那個所有方面都出眾，總是玩世不恭的大男孩，對待任何事情都漫不經心，像是毫不在意。他對她所有荒唐的舉止都能面不改色地應對下來，溫柔卻又冷淡，耀眼而又奪目。

他是這暗淡的世界裡，怎麼都藏不住的一個寶藏。

桑稚撞入他的世界，也讓這個男人占據了自己的整個青春期。

他是她那時候的渴望，卻不可得。

桑稚有些恍惚，呆呆地站在原地。

歷史像是在重演，就和那時候一樣，段嘉許又垂下眼，捻熄菸蒂，然後起身將窗戶打開。可和那時候又有點不同，因為下一秒，他朝她伸出手。

「過來。」

桑稚沒說什麼，乖乖地走了過去。

與此同時，段嘉許抓住她的手腕，把她扯進懷裡。他貼近她的耳朵，聲音低啞地說：「妳是——」

他停頓了一下，認真又清晰地把話說完。

「我此生唯一所願。」

桑稚抬起頭，與他對上視線。她抿抿唇，鼻頭一酸。

在這一瞬間，桑稚回想起年少時的自己。

那時候，她竭盡全力藏住所有的心思，不受控制卻仍小心翼翼地靠近，不敢跟任何人說這甜蜜又酸澀的祕密。

她曾一個人歇斯底里地大哭，將所有回憶藏進箱子裡，將那認為不可能實現的夢想一一畫掉，當作不存在一樣。

她也曾催眠般地自言自語，哽咽地重複著「我不會再喜歡你了」。

一字一句，字字清晰。

她卻還是在再次遇見他時，潰不成軍。

那些深刻的、無法釋懷的暗戀，想偷偷藏在心裡，一輩子不讓任何人發現的心事，到最後卻成了想藏也藏不住的東西。

在此刻，一切似乎都不必再藏。

因為，她一直以來的夢想實現了，從某一刻開始，他也把她當成自己唯一的夢想。

—正文完—

番外一　去愛一個人，不顧所有

1.

桑稚暑假沒什麼事做，過得極為清閒。有時候她會和朋友相約出去玩，剩下的大部分時間都一個人待在家裡畫畫。

她偶爾會跟段嘉許見面。

跟她不一樣，段嘉許的工作很忙，他天天加班到十一、二點，休息時間都是像擠牙膏一樣擠出來的。除了偶爾休一天假，基本上沒什麼空閒時間。

平常桑稚只能趁吃飯時間過去找他，但相較起兩人遠距離時也好了不少。

知道創業本來就累，而且段嘉許也在盡可能地抽時間陪她，桑稚也不覺得生氣，只是覺得生活無聊得過分。時間久了，她開始為自己找了點事情做。

因為在網路上看到一支影片，桑稚莫名其妙地對做菜有了興趣。家裡食材多，她也不用出去買，興致來了就直接爬起來，往廚房跑。

按照影片的步驟，一步一步地認真完成。桑稚覺得自己的每一個步驟都做得很完美，直到下鍋準備翻炒的時候。

桑稚有個極大的原則，做事情就算丟臉也沒有關係，只要不傷到自己皮肉的一分一毫就行。她站在原地思考了一下，把手洗乾淨，回到房間裡。她翻出一件長至腳踝的長外套，套到身上，然後用圍巾裹住脖子。

想了想，桑稚又戴上手套、口罩和一副無度數的眼鏡，她從抽屜裡拿出眼罩，遮蓋住額頭，這才走出房間。

她剛走到餐廳，玄關處就傳來了動靜。

桑稚心臟重重地跳了一下，眼一抬就對上桑延像看到智障一樣的目光。她有一點點尷尬，僵硬地站在原地：「哥，你怎麼回來了？」

「拿東西。」桑延上下掃視著她，表情一言難盡，「妳打算穿成這樣出門？」

桑稚老實地說：「我打算煎個蛋。」

桑延：「……」

沉默幾秒，桑延忽地拿出手機，幫她拍了張照。

桑稚一愣：「你幹嘛？」

桑延很自然地說：「發個朋友圈。」

桑稚瞪大眼，走過去想搶他的手機：「你有沒有那麼無聊！」

桑延把手抬高，仰著頭，手指在螢幕上飛快地操作著，另一隻手壓著桑稚的腦袋把她推遠。等發送成功後，他關掉螢幕：「好了，妳煎妳的蛋吧。」

桑稚直直地盯著他，忍著想上去打死他的衝動，按捺著脾氣，從口袋裡摸出手機，看了一眼朋友圈。

裡面沒有新內容。

她狐疑地抬起頭：「你封鎖我了嗎？」

桑延往房間走，聽到這句話，他停下腳步，懶洋洋地啊了聲：「說錯了，是傳給段嘉許。」

桑稚抿抿唇，打開跟段嘉許的聊天視窗看了一眼。大概是還在忙，他沒有看訊息，也沒找她。

反正也不是沒在這兩個人面前丟臉過，桑稚乾脆不管了。但她又覺得不痛快，在手機相簿裡找了半天，傳了一張桑延的醜照給溫以凡。

桑稚又走進廚房裡。她開火等油熱之後，倒進攪拌好的蛋液，聽到劈哩啪啦的聲響，但油倒是沒如她所想的那樣噴出來。

桑延在這個時候走進廚房，接過她手裡的鍋鏟：「讓開。」

桑稚不太樂意，「我想自己弄。」

「我怕廚房爆炸。」

桑稚站在旁邊往鍋裡看，嘀咕著：「你也太誇張了，我覺得我弄得很好。」

「妳平時也自己煮？」桑延隨口說，「妳這是在自殘？」

桑稚忍氣吞聲地道：「我平時不自己煮，都叫外送。我今天就想做個便當，如果好吃的話，我就拿去給嘉許哥當午餐。」

「噢。」桑延了然，「妳想換個男朋友。」

這次桑稚忍不住了，「我做的東西才沒那麼難吃。」

桑延剛好把蛋炒好，盛到旁邊的碗裡。他低著頭，語氣格外欠揍：「人家段嘉許對妳滿好的，沒必要這樣害人。」

桑稚懶得理他了。

看見她切好放在一旁的蔬菜和肉，桑延伸手，抬抬下巴，乾脆也幫她炒了：「拿過來。」

桑稚動動唇，想說點什麼，最後還是妥協地把盤子遞給他。

趁著這個時候，桑稚回房間換了一套衣服。然後她回到廚房，拿出兩個飯盒，盛點飯進去，認認真真地擺盤，弄成兩份便當。

桑延洗洗手：「我走了。」

桑稚：「哥哥，你開車過來的嗎？」

「嗯。」

「那你順便送我去我男朋友那裡吧。」

桑稚蓋上飯盒，用袋子裝好，表情有點古怪：「我原本打算慢慢地弄個愛心便當給他，結果有一半都是你弄的，這算什麼？」

桑延眉頭一皺。

「說出去真的有點奇怪。」桑稚咕噥著，「我跟我哥哥一起做了個愛心便當給我男朋友。」

桑延面無表情地說：「自己叫計程車。」

桑稚在微信上跟段嘉許說了自己要過去的事情。她之前沒去過他的工作室，只有去找他時曾經路過。

走到辦公大樓前，桑稚恰好看到段嘉許的身影。段嘉許走過來幫她提袋子，順便問一句：「自己做的？」

桑稚直接忽視桑延的功勞，點頭：「嗯。」

段嘉許好笑地道：「穿那樣做的？」

桑稚皺眉：「你是不是也想嘲笑我？」

「不是。」段嘉許牽住她，眉尾挑起，「滿可愛的，以後下廚都這麼穿。只要不受傷就行。」

桑稚主動道：「我明天應該也會做便當給你。」

段嘉許又笑了：「嗯。」

過了一會兒，他問：「怎麼突然想煮飯？」

「沒事做。」桑稚說，「感覺還滿有趣的。」

兩人搭電梯上樓，走進工作室。

空間不大，裡頭容納了十幾個人，此時都在吃外送。聽到動靜，一堆正在聊天的人同時看過來。

段嘉許語氣淡淡地介紹著：「我女朋友，你們叫嫂子就好。」

話一說完，立刻傳來整齊又嘹亮的一聲：「嫂子好！」

桑稚：「……」

她覺得有點不好意思，強裝鎮定地跟他們打了聲招呼，剛回頭就被段嘉許拉到他的辦公桌前：「坐這裡。」

接著，段嘉許把旁邊的椅子拉到她旁邊，坐上去。他打開便當，饒有興致地道：「還會做飯了？」

桑稚解釋：「看網路影片做的。」

段嘉許的心情似乎不錯，但他還是囑咐道：「自己注意點，覺得沒把握就不要煮了，我吃外面的就好。」

「不會。」桑稚說，「滿好玩的。」

接下來的幾天，桑稚照常每天都會忙個一上午，弄兩份便當出來。雖然比起桑延的味道差了一點，但也還能接受。

桑稚常來段嘉許的工作室，自然而然地也跟他的同事們聊過幾句，也知道他們都聽說過她這麼一號人物，就是沒見過真人。

這興致持續不到一週，桑稚就開始覺得做飯無趣，提不起勁來。這天起床，她賴床賴了一會兒，提前跟段嘉許說，今天應該不會過去了。她想說明天再去，就抱著平板在床上賴了一天。

隔天亦是如此。

明日復明日，桑稚再也沒進過廚房。

桑稚中午不過來送飯後，段嘉許又開始了跟同事一起每天吃外送的生活。他也不太介意，還擔心她老是待在廚房會受傷。

但莫名其妙地，他的那些同事都不這麼想。

某個中午，段嘉許聽到他們在茶水間聊天。

「其實我一直以為老大有女朋友是吹牛的，就是不想談戀愛，隨意編出來的藉口。」

「對對對，我也這麼以為，因為一直沒見他帶出來過。」

「不是吧？他在休息時間不是打電話就是看手機，一看就是有對象的人。」

「一看就有女朋友啊！我上次聽到他講電話，你相信嗎？老大這麼可怕的人居然在撒嬌。」男生開始模仿他的語氣，「『小朋友，妳怎麼這麼凶啊？』。」

段嘉許的眉頭抽了一下。

「而且你們不覺得最近老大有點嚇人嗎？」

「有點。」

「對吧？我也覺得，自從嫂子不過來之後，感覺他雖然是在笑，但有種笑裡藏刀的感覺。」

「老大是不是被甩了啊，不然嫂子怎麼突然就不來了？」

「我覺得有可能，我之前有聽到過，嫂子好像是有點嫌棄老大，覺得他老。我也是偷偷聽到才知道的，老大居然是一九八〇年的。」

「啊？」

「啊？」

「三十六歲？」

「老大條件滿好的吧？嫂子看上去好像還在讀大學，年紀是差得有點多。我看他是真的喜歡嫂子，除了工作就是找嫂子，感覺有點黏人。」

「算了，別提了。」

「對啊，老大恐怕也不想讓別人知道，在我們面前撐著呢。」

「好啦，我們都當不知道吧。」

段嘉許：「……」

他扯扯嘴角，沒走進茶水間，轉頭回到位子上，打電話給桑稚。

桑稚很快就接起來：『喂。』

段嘉許語氣散漫地道：「在做什麼？」

桑稚：『畫圖。』

「明天有空嗎？」

『有啊。』

段嘉許沉默幾秒，狀似無意地道：「送個飯來給我吃吧。」

桑稚沒察覺到什麼不對勁的地方。

掛了電話，桑稚翻出手機日曆看了一眼。算算時間，發現在不知不覺間，她也有將近一週的時間沒送飯去給段嘉許了。

不知怎麼的，大概是因為剛剛段嘉許的語氣，桑稚莫名其妙地有點心虛。

怕自己忘了這件事，桑稚睡前還特地調好鬧鐘。第二天醒來，她找了個感興趣的美食頻道，賴在床上看了好幾次，然後才進廚房。

桑稚邊做邊嘗著味道，覺得今天做的比之前做的都好吃一些。她舔舔唇邊的醬汁，心想著，要不然等一下就跟段嘉許說，她這段時間沒過去是因為在苦練廚藝？

胡思亂想了好一陣子，桑稚小心翼翼地裝好便當，裝進袋子裡出了門。她時間算得很準，坐地鐵過去，到段嘉許公司樓下時恰好可以吃午餐。

來的次數多了，桑稚也沒叫段嘉許下來接，直接搭電梯上去。

大概因為是午餐時間，工作室的門沒關。桑稚走了進去，沒在位子上看見段嘉許。她眨眨眼，拿出手機，傳訊息給段嘉許。

一個男人注意到她，愣住了，猛地撞了一下旁邊人的肩膀，然後主動說：「嫂子，老大去廁所了，妳先坐一下。」

被這群年紀比自己大的男人稱為「嫂子」，桑稚還有點不自在。她點點頭，走到段嘉許的位子坐下，順便把袋子裡的兩份便當都拿出來。

桑稚剛打開蓋子，就有人問：「嫂子，妳這段時間怎麼沒過來？」

她回頭，正想回答時，忽地從餘光看見段嘉許的身影。桑稚頓時收回嘴裡的話，把目光轉到他身上。

段嘉許走過來，低頭看她：「來多久了？」

桑稚：「剛到。」

他拉過旁邊的椅子坐下，突然喊她：「只只。」

桑稚抬頭：「啊？」

段嘉許往後面瞥了一眼，懶懶地道：「別人在問妳問題，怎麼不回答？」

也不知道段嘉許是不是不高興，桑稚猶豫地盯著他看了幾秒，謹慎又緩慢地說出今天想的那個藉口：「我覺得我做飯不太好吃。」

段嘉許：「嗯？」

「所以這段時間在苦練廚藝。」桑稚不敢跟他對視，怕被他發現自己在撒謊，「你嘗嘗，今天做的比之前的好吃。」

話音落下，剛剛問桑稚話的那個男人恍然大悟般地喔了聲：「原來是這樣！我們還以為——」

沒等他說完，他就被旁邊的男人捂住嘴巴。

桑稚訥訥地道：「以為什麼？」

像是沒聽見他們的話一樣，段嘉許拿起筷子，神色溫和：「不想做的話，就別做了。無聊的話就找朋友出去玩。」

平時很正常的話，在此刻，桑稚覺得有點詭異。而且這男人不管生氣還是開心都是同一個表情，她也無法分辨。

桑稚吞吞口水，認真地道：「沒有不想做啊。」

段嘉許側頭看她。

桑稚補充：「我很想做。」頓了一下，她乾脆反過來譴責他：「你是不是不想讓我過來？」

段嘉許的眉眼稍微舒展開來，看了眼那群此時正豎著耳朵聽這邊動靜的男人們，笑了一聲：「亂講！快點吃吧。」

桑稚總覺得有些古怪。

飯後，趁著段嘉許去丟垃圾，她找了這裡年紀最小，嘴巴也最不緊的一個男生問了幾句，沒多久就問出原因。

男生：「嫂子，妳這段時間沒來，我們都以為妳跟老大分手了。而且老大這段時間心情看起來很差，我們就覺得是妳把他甩了。」

桑稚覺得很驚悚：「啊？」

「畢竟我聽妳說過他一九八〇年的嘛。」男生說，「年近四十歲還沒結婚的男人，內心肯定是有點敏感的。嫂子，妳對老大好點吧。」

桑稚沉默幾秒：「我說的應該是一九八九吧。」

「……」

桑稚沒想到，她不過幾天沒來，流言就能傳成這個樣子——前途無量、有車有房的段嘉許，因年老色衰被女大學生甩了。

她瞬間懂了段嘉許叫她送飯過來的原因。

桑稚回到段嘉許的位子玩手機。

很快，段嘉許從外面回來，還帶了杯飲料給她。

把吸管插進杯子裡，桑稚喝了一口，時不時地看他幾眼。想到剛剛的事，她突然覺得有點搞笑，唇角揚了起來。

段嘉許看她：「笑什麼？」

桑稚自顧自地笑了一會兒。眼睛彎成月牙，她伸手去戳他的臉，露出唇邊的兩個小梨窩：「有年齡包袱的老男人。」

「……」

「沒關係。」桑稚安慰他，「你就是年老，但是色還不衰。」

253 11/1 252

2.

開學一個月後，又迎來一個長假。桑稚提前買了回家的機票，九月三十號那天，上完最後一節課，她便搭上機場巴士。

她到達南蕪機場時剛過中午十二點。桑稚順著出口的指示牌出去，很快就見到在外面等著的段嘉許。

段嘉許走過來，握住她的手：「走吧，去吃飯。」

桑稚看了一眼時間，問道：「你等一下是不是還要回公司？」

段嘉許：「嗯。」

桑稚：「你這次有放假嗎？」

段嘉許：「放三天。」

桑稚喔了聲。

兩人走出機場。

桑稚被段嘉許牽著往停車場的方向走。她不清楚位置，也沒看路，只是低頭看著手機。沒多久，突然聽到身後有人叫住她：「桑稚？」

聞聲，桑稚回頭，映入眼中的是一個高高瘦瘦的男人，是她的同學傅正初。

距離他們上一次見面還沒有很久，那次是在暑假的同學聚會上。

比起國中時，傅正初的變化不大，只是五官長開了，穿著也變得成熟不少，但氣質仍顯得陽光，帶了點憨傻。

見到沒認錯人，傅正初笑起來：「妳連假回家啊？」

桑稚停下步伐，點頭：「你怎麼在這裡？」

傅正初：「我奶奶過來，我來接她。」

段嘉許也停了下來，淡淡地掃了傅正初一眼，神色若有所思。下一秒，他的眉梢一挑，像是想到了什麼事情，嘴角也微微地上揚。

傅正初這才注意到站在桑稚身旁的男人。他看向段嘉許，禮貌性地問了一句：「這位是？」

桑稚老實地道：「我男朋友。」

似乎是覺得段嘉許有些眼熟，傅正初盯著他看了好幾秒。怕這樣顯得過於唐突，他輕咳了一聲，收回視線：「那不打擾你們了，我去接我奶奶。」

桑稚朝他揮揮手，很客套地說：「去吧，有空常聯絡。」

然後，她跟段嘉許繼續往前走。

沒走幾步，身後的傅正初又叫住她，這次聲音裡多了幾分不可置信，像是價值觀被顛覆了：「桑、桑稚！」

桑稚再次回頭：「啊？」

傅正初的視線沒放在她的身上，反倒是直直地盯著段嘉許，彷彿想起了什麼。他一副被雷劈了的樣子，嘴唇動了動，最後也只擠出三個字：「沒什麼。」

桑稚覺得莫名其妙：「那你快去接你奶奶吧，別讓老人家等太久。」

傅正初安靜片刻，點點頭。這次他沒再說什麼，轉身走進機場裡。

等他走後，段嘉許捏了一下她的指尖，慢條斯理地道：「我沒記錯的話，這男生以前被妳弄哭過？」

桑稚嘀咕道：「多久以前的事情了，你不提，我都快不記得了。」

段嘉許重複著她剛剛的話：「有、空、常、聯、絡。」

桑稚不覺得自己有錯，忍不住說：「客套話你聽不出來嗎？而且他有女朋友，早就不喜歡我了。上次見面，他還跟我說那時是他年少不懂事。」

段嘉許神情散漫，拖著尾音啊了聲：「上次見面。」

「……」

「怎麼還背著哥哥跟別的男人見面？」

桑稚面無表情地道：「同學聚會。」她皺眉：「你現在怎麼一直找我的碴？」

「什麼找碴。」段嘉許笑出聲，「我得防著點啊，老夫少妻的。」

「……」見他還想繼續翻這些不著邊際的舊帳，桑稚主動扯開話題，提起傅正初剛剛的反應，「他剛剛第二次叫我的時候，表情好像很奇怪。」

段嘉許：「是很奇怪。」

桑稚搞不懂：「他為什麼是那種反應？那表情像是他突然發現我去變性，或者是整容一樣。」

段嘉許好笑地道：「也沒那麼嚴重。」

桑稚一愣：「你知道？」

「嗯。」

「你怎麼知道？」

「妳也知道。」

「我不知道啊。」

「妳想想。」

一時之間，桑稚真的想不起來了，茫然地道：「什麼啊？」

「妳這個同學，我記得他第一次見到我的時候，是我替妳哥去幫妳見老師。」段嘉許有耐心地提醒，「所以，他應該覺得我是妳哥。」

「……」

「他現在可能以為我們亂倫。」

桑稚記得段嘉許去幫她見家長，但早就忘了傅正初當時也在場的事情。算起來，這件事也過去七八年了，她的印象淡了不少。但聽段嘉許這麼一提，她的回憶在頃刻間浮上來。

她沉默了幾秒：「你剛剛想起來的？」

段嘉許輕咳了一聲，沒說話。

他的這個反應讓桑稚傻住。她盯著他看了半晌，語氣帶了點不可置信，呆呆地道：「那你剛剛怎麼不解釋一下？」

段嘉許笑道：「我怕是我想太多。」

他說得極為理直氣壯，但他明明就猜到了傅正初的想法。

桑稚深吸了一口氣，忍不住伸手掐了一下他的腰：「你別裝了。」

她力道不重，倒像是在搔他癢。段嘉許沒躲，像是真的覺得癢，笑得有點喘不過氣來，說話時帶了淺淺的氣息聲：「這個同學很會腦補。」

桑稚也覺得格外荒謬：「怎麼會這樣想？」

「但這猜測也滿有意思的。」

桑稚一口氣堵在胸口，上不去也下不來。她不想理他，又看向手機，想找到跟傅正初的聊天視窗時，就發現對方已經傳來一連串的話。

傅正初：妳……

傅正初：剛剛當著妳們的面，周圍還那麼多人，我不好意思說。

傅正初：妳這樣不好吧？被妳爸媽知道了，他們會崩潰吧？而且這樣也不符合道德倫理，作為妳的朋友，我就勸妳一句，回頭是岸。

傅正初：妳剛剛的介紹也太光明正大了，都不怕被人看見嗎？說真的，我現在都開始懷疑是不是我有問題了。

隔了幾分鐘。

傅正初：我越想越……

傅正初：妳自己好好想想吧。妳也不用擔心，我沒那麼大嘴巴，不會告訴別人的。

桑稚額角抽了一下，回道：不是你想的那樣，這個不是我哥，是我哥的朋友。以前他只是代替我哥來幫我見老師而已。

發送成功後，桑稚收起手機，瞪了一眼段嘉許。

也許是怕她生氣，段嘉許的笑意收斂了幾分，還往她這邊看。

不過桑稚也沒再提起剛剛的事情，見到段嘉許的車之後，便溫吞地道：「走吧，去吃飯。」

段嘉許把車子開到公司附近。

兩人將近一個月沒見。把車停下之後，他也沒急著下車，湊過去幫桑稚解開安全帶。兩人的距離一下子縮短，他的眼睛直勾勾地盯著她，靠得越來越近。

格外明顯的暗示。

段嘉許的腦袋稍側，鼻尖貼到她眼下的皮膚，帶著滾燙的氣息以及熟悉又好聞的菸草味。嘴唇像是下一刻就要貼合，卻定格在此刻。

若即若離的距離，曖昧在空氣裡發酵。

段嘉許的喉結小幅度地滾動著，五官被窗外的光線染得柔和，眼眸偏淺，瞳仁泛著光。他繾綣地撫著她的臉，低笑了一聲，頭繼續往下。他的姿態莫名帶著一些欲望。

所有的情緒彷彿都要隨著這舉動升溫、翻湧，但都沒來得及。

因為桑稚突然抬起手，捂住他的嘴巴。

段嘉許的身體明顯頓了一下，眼眸抬起。他不聲不響地看她，看起來不帶任何情緒，卻莫名其妙地帶點危險的感覺。

桑稚出聲：「你還是先別親我。」

段嘉許沒扯開她的手，說話的時候，熱氣噴在她的掌心上，像帶了電流：「怎麼？」

「我想起我同學剛剛的話。」桑稚很記仇，故意道，「我記不得你是誰了，反正看到你就像看到我哥一樣，你還是離我遠一點吧。」

段嘉許若有所思地道：「這麼嚴重？」

桑稚板著臉，點頭。

段嘉許垂下視線，停在她的嘴唇上，很快又往上與她對視。

這沉默並沒有持續多久。倏忽間，段嘉許把她的手扯下，壓在自己胸膛上，將她整個人帶過來。沒等桑稚反應過來，他的唇就已經貼了下來。

他的舌尖撬開她的唇縫，順著牙齒向內掃，勾住她的舌頭，用力交纏和舔舐。

桑稚眼睛未閉，嘴巴張開，任由他索取。

接吻的時候，他總喜歡捏她的耳垂，或者是撫著脖頸後的皮膚。唇舌掃過，細膩又耐心地侵占她口中的每一個角落，力道有些重，並不顯溫柔。他像是想一點一點地將她撕開，細細品嘗，然後吞吃入腹。

她想把他擠出去，又被他捏著下巴，蠻橫地往裡頭掃蕩。

桑稚的腦子裡再無別的東西，頭也不由自主地上仰，迎合著他。

不知過了多久，段嘉許咬著她的下唇，輕舔了一下，然後退開。光線未變，他的瞳仁卻莫名其妙地顯得更深邃，唇色紅豔，嘴唇帶著旖旎的水漬。

桑稚的所有悶氣在這一瞬間很沒骨氣地化為烏有。然後，桑稚聽到他開了口：「現在——」

她抬起眼。

段嘉許彎唇，桃花眼隨之斂起，笑起來像個禍水。

「記起我是誰了沒？」

3.

隨著一場大雨，季節由夏轉秋，空氣裡的燥熱散了幾分，有點潮濕。隨著樹葉凋零，氣溫驟降，人們迎來新的一年。

寒潮席捲，冷空氣大規模襲來。跟北方的冷不同，南方的冬天又濕又冷，穿得再厚，冷氣都彷彿能從哪個角落裡，順著毛孔鑽進身體裡，滲透骨髓。

今年是段嘉許待在南蕪的幾年中最冷的一個冬天。時隔那麼多年，他也再次真切地感受到新年應該是一個熱鬧又喜慶的節日。

這是一種熟悉又陌生的感覺。

段嘉許是在桑家過的年。

可能是怕他覺得不好意思，抑或是怕他因為沒受到邀請而侷促，在春節的前一個月，段嘉許去桑家吃飯時，桑榮就跟他提這個事情。

黎萍還擺出了他要是不過來，她就要生氣的姿態。

段嘉許一開始確實有不想打擾他們一家人過年的想法，但聽他們這樣說，也覺得很溫暖，他含著笑意應下。

他跟桑稚說了這件事情。

雖然知道父母肯定會叫他一起來過年，但桑稚聽到還是覺得很開心。因為這件事情，從學校回來後，桑稚像個跟屁蟲一樣黏了父母好幾天。後來，等到段嘉許有空就抓著他去逛街。

給家人的新年禮物，桑稚早就準備好了，這次出來也只是想幫段嘉許買點新衣服。

在一起之後，段嘉許的衣服大部分都是桑稚幫他買的。

段嘉許對這些事不太在意，以前一個人的時候，缺了衣服就找家男裝店隨便買幾件，全程花費不到十分鐘。忙得抽不出一點時間時，他乾脆直接在網路上買。但因為他長得好，穿什麼都好看，所以沒多大的影響。

桑稚覺得他不善待自己，很喜歡替他操心這些事情，幫自己買衣服都沒這麼認真，跟朋友出去逛街也老是往男裝店裡跑。

兩人走進一家男裝店，桑稚邊看衣服邊問他意見。

段嘉許笑著回道：「妳覺得好看的就行。」

桑稚拿了件暗紅色的毛衣遞到他面前，認真地比畫了一下，嘴裡碎念著：「新年穿得喜慶一點，這件好不好？」

段嘉許盯著她，柔聲道：「好。」

「那你去試試。」

「好。」

他去試衣間時，桑稚又挑了幾件衣服抱在懷裡。她往旁邊一看，空出手翻翻旁邊的大衣，也拿下來，算了一下時間，然後往試衣間的方向走。

段嘉許剛好出來。

店裡燈光亮，段嘉許的膚色偏白，像是在發光。因為長期熬夜，他的眼睛下方有一層青灰色，但他唇色天生嫣紅，看起來也不憔悴。毛衣的領口有點低，露出一截鎖骨。他的衣服大多是深色的，他難得穿這樣顏色的衣服，襯得他的模樣越發出眾奪目，就連安靜地站在那裡都像是在撩撥人。

段嘉許走到她面前，問道：「可以嗎？」

桑稚的視線像挪不開了似的，她老實地道：「好看。」

段嘉許：「那就這件。」

桑稚忍不住說：「你怎麼長得這麼好看？」

「嗯？」段嘉許俯身與她平視，吊兒郎當地道，「那說一句嘉許哥哥天下第一帥。」

「……」桑稚當作沒聽見，把手裡的衣服給他，「要不要試試這些？」

「不試了。」段嘉許說，「都買吧。」

「喔。」

「我去把衣服換回來。」

桑稚啊了聲，彆扭地提議：「直接穿著走吧。」

聽到這句話，段嘉許眉毛一揚，低笑著說：「哥哥就這麼好看啊？」

桑稚沒回答，抱著衣服往收銀檯方向走，「走吧，去付錢。」

段嘉許沒再逗她，只是跟在她後面笑。

結帳後，兩人走出店裡。桑稚思考著：「要不要去買套西裝？」

段嘉許：「等結婚的時候再買。」

「……」桑稚看他一眼，又道，「那去買鞋吧，你這雙鞋子穿好久了。」

段嘉許指指旁邊的女裝店：「妳也去買幾件。」

「我最近買很多衣服了。」

「嗯。」段嘉許說，「那也幫妳買。」

挑起自己的衣服，桑稚就有點興致索然。

段嘉許倒是饒有興致地替她挑著。但不像是桑稚幫他挑衣服那樣，她挑什麼，段嘉許就穿什麼。

桑稚的要求很高，他拿一件，她就會不滿地吐槽一句。

「這件會顯得我很黑。」

「這件裙子好長，我穿起來像只有一百五十公分。」

「這個圖案好土。」

「不要這個。」

到最後，她一件都沒買。

桑稚還漸漸地發現周圍女生的目光，似乎都若有似無地往段嘉許的身上飄。她頓了一下，也看向他，盯著他露在空氣裡的鎖骨，她沉默幾秒，臉色變得很難看。

段嘉許好脾氣地道：「換家店吧。」

桑稚視線一抬，盯著他的眼，神色古怪地冒出一句：「誰家的男人——」

段嘉許：「嗯？」

「穿得這麼傷風敗俗。」

「……」

除夕那天，段嘉許中午就來到桑家。

南蕪這邊吃年夜飯的時間很早，下午四點就開始吃了。他自己在家裡待著也沒什麼事情，打算提前過來幫忙。

是桑稚來幫他開門。

一進去，段嘉許就聽到黎萍在罵桑延，也能聞到極為香濃的家常菜味道。眼前的女孩笑眼彎彎，興高采烈地拿了雙拖鞋給他，心情很好的樣子。

段嘉許揉揉她的頭：「怎麼這麼開心？」

「我哥被罵了。」桑稚唇邊的梨窩深陷，她笑得傻兮兮的，「我聽了就很開心。」

「……」

桑榮正坐在客廳看報紙。聽到動靜，他抬起頭來，和藹地跟段嘉許打了聲招呼。

段嘉許笑著說：「叔叔新年快樂。」

黎萍和桑延似乎都在廚房裡。

他跟桑榮聊了幾句，就被桑稚拉著進廚房。此時，桑延正站在流理臺旁，不耐煩地洗著菜，黎萍皺眉道：「你這是什麼表情？媽媽請你幫個忙還不行？」

桑延停下動作：「媽，妳說妳這句話講了多少次。」

段嘉許出聲，禮貌地喊道：「阿姨。」

聞聲，黎萍回過頭。見到段嘉許，她瞬間揚起笑容，跟看到親兒子似的：「嘉許來了啊？先去坐一下吧，阿姨切點水果。」

自從上次跟他們談過之後，段嘉許來桑家的次數並不少，一週至少會來一次，比桑延這個親兒子還來得頻繁。

相處久了，桑榮和黎萍對他的印象也越來越好。

因為有了段嘉許這個對比，他們越來越看不慣那個幾百年不回家一次的桑延，對待兩人的態度也逐漸變得天差地遠。

「不用。」段嘉許連忙道，「我來幫你們吧。」

「讓這臭小子自己做。」黎萍又看向桑延，繼續訓他，「多學點技能，不然我真怕以凡以後不願意嫁給你。」

桑延指指桑稚：「所以她這樣嫁得出去？」

桑稚很不爽，躲在段嘉許背後露出個腦袋。還沒等她說點什麼，段嘉許已經開口溫和地道：「沒事，阿姨，我會煮飯。」

她盯著桑延，很欠揍地附和：「對不起喔，我男朋友會。」

黎萍恨鐵不成鋼般地說：「你看看別人。」

桑延忍住：「媽，誰是妳親兒子？」

黎萍：「你現在是叫我還？」

「……」桑延懂了她話裡的意思。

他非常有自知之明地沒有再追問，只是面無表情地看了段嘉許一眼，冷笑一聲：「很好。」

年夜飯後，一家人坐在沙發上聊天，看電視。

桑家有守歲的習慣，雖然覺得睏，但還是都熬到十二點。鐘聲一響，桑榮發給他們三人各一個紅包，叮嚀了一些話。

年紀大了，也不太能熬夜，很快桑榮和黎萍便回去房間。

段嘉許和桑延收拾著茶几上的殘局。

桑稚也睏，但還是強撐著眼皮，邊打著哈欠邊幫忙。見狀，段嘉許湊過去親親她的額頭，笑道：「去睡吧。」

「我幫你，」桑稚咕噥道，「也沒多亂，很快的。」

桑延涼涼地看著他們：「我是改名叫桑空氣了？」

「……」

段嘉許好笑地道：「去睡吧，我跟妳哥弄就好。」

「喔，那你記得叫我哥拿新牙刷和毛巾給你。」桑稚睏到都有點不清醒了，也親了一下他的臉，「新年快樂。」

說完，她便站起來，小跑著回房間。

桑延把桌上的花生殼掃進垃圾桶裡，冷不防冒出一句：「我怎麼覺得你越來越討人厭了？」

段嘉許挑眉：「哥哥，你這句話是什麼意思？」

桑延直接把花生殼砸到他身上。

「兄弟，」段嘉許笑道，「都弄到地上了，你去拿個掃把吧。」

「……」

段嘉許今天住在桑家，跟桑延一起睡。

他們先前已經陸陸續續地洗了澡，此時回房間就睡覺。桑延把枕頭扔到沙發上，理所當然地重複他以前的話：「抱歉，我不跟男人睡覺。」

這個時間段嘉許也睡不太著。他坐到沙發上，翻翻口袋，拿出剛剛桑榮給的那個紅包。他看了一會兒，笑了一下，也沒看裡面裝了多少錢。

桑延神情詭異：「你這是什麼表情，不就收個紅包？」

段嘉許放到桌上，順手拿起桌上的菸，隨口道：「我沒什麼收過紅包。」

「……」

沒過多久，從桑延那邊飛來一個紅包。

段嘉許下意識地接下，就聽到桑延哼了聲，然後說：「所以說你這個八年級的跟我們九年級就是不一樣。你這年紀真不適合拿紅包。」

「……」

「出於敬老，我就把我的這份給你吧。」

段嘉許將紅包扔到桌上，似笑非笑地道：「那你可真是個年輕的九年級。」

桑延：「還用你說？」

段嘉許沒再說什麼，在口袋裡摸手機，突然想起自己換了條褲子，但他還是摸到了東西。他拿了出來，發現也是個紅包，跟放在桌上的兩個一模一樣。

不知道桑稚是什麼時候放進他口袋裡的。

他愣了一下，莫名地笑了，把三個紅包並排放在一起。

外頭刮著極寒的風，像是在嘶吼、哭叫、拍打著窗戶。只聽聲音，就讓人感受到寒意，但這卻是這麼多年來，段嘉許感受到的最溫暖的一個新年。

4.

認識那麼多年，桑稚基本上沒見過段嘉許發火。偶爾他真的生氣，也沒多久就散去，脾氣好得不像是個正常人。

桑稚從沒想過，有一天她也會看到這尊佛口裡所說的：「見過哥哥發脾氣沒有？很嚇人的。」

這個發脾氣，來得意外又突然。

桑稚一開始都沒發現，因為他生起氣來，確實也和平時的狀態沒什麼區別，但她確實也有一點被他嚇到。

大三下學期，身邊的同學陸陸續續地開始找實習。之前桑稚的想法是畢業之後就直接出來工作，但在跟段嘉許商量之後，她又決定考南蕪大學的研究所。

所以其他人在實習時，桑稚在準備研究所的考試。

課程漸少，桑稚大多數的時間都待在宿舍裡，或是窩在圖書館。有時候怕自己熬夜看書會吵到室友，她也會在段嘉許那裡待幾天。

半個學期就這麼過去。

桑稚在網路上看中一款情侶錶，打算在兩週年紀念日時送給段嘉許當禮物。因為價格不算便宜，她在學校附近咖啡廳打工。也因為這個，她認識了一個比她小兩年級的學弟任光。

任光沒有在那裡打工，只是陪同學過去買飲料。

桑稚長得漂亮，被老闆安排在櫃臺。但她不太愛笑，因此被老闆念了幾次，她只能強行憋出個假笑。她的梨窩很明顯，小幅度地扯一下嘴角就露了出來，笑起來格外可愛。

像是一見鍾情，任光當場就找桑稚交換微信，也被桑稚當場拒絕，理由是她已經有男朋友了。

但或許是不相信桑稚的話，從這天起，任光幾乎每天都會來咖啡廳。店裡的客人一少，他就會到櫃臺跟桑稚聊天。

這家咖啡廳給的時薪並不多，桑稚每天也沒有太多時間耗在這裡，並沒有打算在這裡打工太久。這個任光陰魂不散地出現，讓她覺得很煩，乾脆直截了當地跟老闆提了辭職。

但不知道任光是從哪裡問到她的事情。他知道她的院系，也知道她的年級，到後來，連她的宿舍房間都知道。

他每天託人送東西給她，抑或是在宿舍大樓下堵她，還摸清了她每天會去的地方，時不時地裝作「偶遇」。

桑稚的追求者不少，但她也是第一次遇到這麼纏人的——一般人知道她有男朋友之後都會直接放棄，但這個任光，大約是因為年紀小，越挫越勇，像是卯足勁地想當男小三。

段嘉許近期很忙，連帶著兩人打電話的次數都少了。

桑稚在微信上跟他提了一下這件事，他問起的時候，她也只說自己拒絕掉了。畢竟隔了那麼遠，她怕會影響到他的心情，也覺得自己能處理好。

這種狀態持續了幾週，桑稚終於受不了了，她乾脆把任光的號碼從封鎖名單中拖出來，撥了過去：「你跟我說你到底在想什麼。」

少年的聲音清朗，他笑嘻嘻地道：『妳居然打電話給我了。』

她現在聽到這個聲音就煩，語氣多了幾分不耐煩：「我有男朋友了。你現在這種行為，你自己回去問問你爸媽，讓他們好好管管你吧。」

任光的語氣滿不在乎：『學姊，妳哪有男朋友？這個月我見妳這麼多次，除了我，我沒在妳周圍看到一個雄性生物。』

「沒聽過遠距離戀愛？」

『遠距離分手的機率很高。』任光說，『妳覺得我如何啊？』

桑稚沉默幾秒：「你要我實話實說？」

任光：『說嘛，學姊不喜歡的地方我就改。』

「不說別的方面，單論長相，跟我男朋友比——」桑稚語氣溫吞，用言語一刀刺進他的胸口，「你連給他端洗腳水都不配。」

也許是真的被打擊到了，之後一週桑稚沒再見過任光，也因此，她總算鬆了口氣。

從桑稚這段時間對任光的印象來看，她覺得這個人很不正常。很明顯，他就是一個覺得自己有張還算可以的臉蛋就到處撩妹的渣男，所以也不在意對方是不是有男朋友。

也因此，桑稚沒半點罪惡感，有時候想起來，還覺得自己罵得似乎不夠狠。她也沒把這件事情太放在心上，漸漸地就拋諸腦後。

桑稚在網路上買了之前看中的那對情侶錶。

但這個紀念日，兩人似乎沒有見面的機會。因為這一整個月他們都沒什麼時間，一個在忙工作的事情，另一個在忙考試的事情。而且宜荷和南蕪相距太遠，一來一回也麻煩。

兩人在五月已經見了一面，所以桑稚也不太在意。跟他商量好了，等她暑假回家再補回來。

紀念日的前一天，桑稚認識的一個同學張平過生日。她受邀去參加他的生日聚會，地點在學校附近的一家熱炒店。

到那之後，桑稚意外地發現任光也在。他以其中一個女生的朋友身分前來，但看上去更像是曖昧對象。

因為先前有點事，桑稚來得有點晚，只剩下任光旁邊有個空位。她抿抿唇，走過去坐下，順便把禮物遞給張平。

在場的人有好幾個桑稚都認識，要嘛是系上同學，要嘛就是她之前參加比賽時認識的，關係都算不錯。

她低下頭，用茶水洗著眼前的碗筷。

旁邊的任光側頭，對她說：「學姊，這個洗過了。」

桑稚嗯了聲，依然繼續沖洗著。過了幾秒，口袋裡的手機振動起來，她看了一眼來電顯示，起身到店外接了起來。

那頭傳來段嘉許的聲音：『在幹什麼？』

桑稚往後看了一眼，也不知道自己幾點能回宿舍，低聲撒了謊：「在宿舍。準備洗個澡，看一下書就睡覺了。」

某一次跟段嘉許聊天的時候，桑稚不經意地發現，她要是跟段嘉許說了自己今天應該會很晚回宿舍這樣的話，會影響到他的注意力以及工作狀態。

因為他會總是想著她是不是安全回到宿舍了。隔了那麼遠，她要是出了什麼事，他也沒辦法立刻趕過來。

在那之後，桑稚要是晚回宿舍就不會告訴段嘉許。

段嘉許笑了一下，聲音格外溫和：『好。今天別太早睡，我先回家，等一下再打電話給妳。』

桑稚：「好。」

她把手機放回口袋中，回店裡。

桌上的人大多不是在吃東西，更多的是在喝酒和玩遊戲。這家熱炒店有賣燒烤，此時桌上放了幾個大盤子，上面疊滿各式各樣的串烤。

旁邊那一桌的人在玩「真心話大冒險」，一個男生抽中大冒險，過來跟桑稚要微信帳號，被他們這桌的人開玩笑似的攔著。

桑稚也禮貌地拒絕：「抱歉。」

他們這桌玩的是「誰是臥底」，輸的懲罰是大冒險。桑稚很倒楣，第一局就抽中臥底，她也不太會掩飾，第一輪就輸了。

一群人開始思考著大冒險的懲罰。任光坐在她旁邊，主動提議：「學姊，打個電話跟妳男朋友提分手吧？」

聞言，桑稚唇邊的笑意收起，她安靜地看著他。

「不行嗎？」任光一副人畜無害的樣子，往她杯子裡倒酒，「那就喝酒吧。」

氣氛頓時變得安靜又尷尬。

張平皺眉，主動出聲緩和這氛圍：「你這大冒險也太毒了吧？勸人分啊？桑稚，不用喝，妳大喊三聲『我是笨蛋』就好。」

桑稚扯扯嘴角，拿起面前的杯子，一口氣灌進肚子裡。看向張平，她淡淡地道：「算我玩不起，我還是喝吧。你們先玩，我吃點東西，肚子空著不舒服。」

她沒吃什麼東西，此時一杯酒下肚也覺得難受。

拿起面前的串烤，桑稚用筷子把上面的肉推到碗裡。她心情很差，才待一下下就想離開，又覺得這樣會讓這場聚會的氣氛變差。

吃了好一會兒，直到碗裡的東西空了，桑稚再次拿串烤時，才後知後覺地發現自己剛剛吃的好像是牛肉串。

桑稚頓了一下，想著吃一點沒事，也沒太在意。

這時候恰好一局遊戲結束。任光輸了，大家起鬨要他跟旁邊的女生喝交杯酒。大家雖然沒有明說，但姿態格外明顯，就是叫他跟他那個曖昧的對象喝。

但任光接過其他人遞過來的兩杯酒之後，卻把其中一杯遞到桑稚面前，爽朗地道：「介意嗎？」

場面再一次陷入寂靜。

桑稚看到坐在任光旁邊的女生表情瞬間冷了下來，看她的眼神也多了幾分敵意。

在這一瞬間，桑稚突然覺得反胃。像是沒聽到任光的話一樣，她站了起來，平靜地道：「我去洗手間。」

熱炒店裡沒有洗手間，桑稚只能去旁邊的一個公共廁所。

等桑稚走出去，張平忍不住了，這次語氣都不太客氣了：「學弟，你今天是來砸場子的？」

「沒啊。」任光無辜地道，「我就看這個學姊一整個晚上都不怎麼說話，想跟她開個玩笑，讓她融入進來而已。噯，別生氣啊，我鬧著玩的。」

他哄著旁邊的女生：「來嘛姊姊，喝交杯酒。」

剛把酒喝完，任光就注意到被桑稚遺忘在桌上的手機此時螢幕亮了起來，來電顯示著「妳男朋友找妳啦」七個字。

——妳男朋友找妳啦。

他們還真甜蜜。

她對他卻是個冰山美人。

他還真的沒遇過這麼難搞的。

任光的目光停住，暗暗地嘲諷一聲，然後不動聲色地把她的手機放進口袋，站了起來：「喝太多酒了，我去上個廁所。」

走出店裡，任光接起電話：「喂。」

那頭一頓，禮貌性地問：『您是？』

任光平靜地答：「我是桑稚的男朋友，新交的。」

聽到這句話，電話那邊徹底安靜下來。沒多久，任光聽到男人似乎笑了一下，很輕的一聲，情緒不明，又像是帶了幾分譏諷：『你說你是桑稚新交的男朋友？』

「聽我女朋友說你總是打電話纏著她？」任光語氣沒半點波動，很正經地說，「不管你是哪位，麻煩你不要再騷擾我女朋友了，謝謝。」

說完，任光就掛了電話，順便刪除通話紀錄。想了想，他把手機調成靜音，還很惡意地把封鎖了這個號碼。

這個公共廁所不是很乾淨，味道極其難聞。桑稚強忍著喉嚨中冒起的酸意，進去洗了把臉。剛剛坐著的時候沒什麼感覺，此時站起來，她才覺得有點暈，身上也有點癢。

她低下頭，發現手臂上起了一點一點的小紅疹。

桑稚深吸了一口氣。

她今天是什麼狗屎運氣。

桑稚確實不想再回去了。她抽了張衛生紙擦臉，順帶翻了翻口袋，想直接在微信上跟張平說一聲，卻沒翻到手機。

她動作停了下來，打開包包看了一眼，也沒找到手機。

在這一刻，桑稚也想起來她似乎把手機放在桌上了。心裡的煩躁越發濃郁，她平復了一下心情，轉身走回店裡。

桌旁的人開始玩新的遊戲。

桑稚一眼就看到自己放在桌上的手機，拿了起來。她走到張平旁邊，跟他說了句「生日快樂」，提了自己要先走的事情。

張平也很抱歉，壓低聲音道：「那人我也不認識，我朋友帶過來的。今天真的對不起，改天請妳吃飯。」

桑稚笑了一下：「沒關係，你今天生日，別影響心情。」

注意著這邊的動靜，任光揚聲說：「學姊要走了啊？沒必要吧，我剛剛只是開個玩笑，沒別的意思。」

桑稚當作沒聽見，跟其他人道別。

任光沒完沒了似的：「學姊，妳這樣讓我多難堪啊？」

張平拍了拍桌子：「喂，你差不多一點。」

在這嘈雜聲之中，桑稚走出店裡。

她聽到身後有跟上來的腳步聲，隨後傳來任光的聲音：「學姊，妳別生氣了啊。妳看大家都在怪我了。」

桑稚忍著脾氣：「你回去吧。」

「這麼晚了，我送妳回去吧。」任光說，「算是給妳賠罪。」

「不用了。」

任光突然抓住她的手臂，很貼心似的說著：「學姊，妳是不是喝太多了，怎麼都站不穩？我扶妳吧。」

桑稚猛地甩掉他的手，動作極大，像是碰到什麼骯髒的東西一樣。她往後退了一步，火氣燒到頭頂，她一字一字地說：「你以為你是個什麼東西？」

任光嘴角的弧度未變。

「你知不知道有個詞叫『自知之明』？就你這樣的條件——」桑稚上下掃視著他，眼裡帶了幾分嘲諷，「你怎麼有臉？」

「看不上我啊？那就試試別的啊。」任光的目光也冷了下來，他將她往懷裡拉，用氣音道，「很爽的。」

段嘉許一連熬夜幾天才把手裡的專案趕完。他疲倦至極，走出公司，連家都來不及回，直接趕去機場，在飛機上補眠。

因為先前一直不確定能不能過來，段嘉許沒提前跟桑稚說。此時他也打算給她個驚喜，下了飛機才打電話給她，然後得知她已經在宿舍的事情。

還是一如既往地養生，這個時間就準備要睡覺的小朋友。

想到一會兒能見到她，段嘉許的心情就變得格外好。到了她宿舍樓下，他又打電話給她，正想叫她下來時，出乎他的意料，那頭傳來的卻是男人的聲音。

他語氣猖狂，又帶了點幼稚，說著桑稚是他女朋友這種滑稽又絲毫沒有可信度的話，然後就掛了電話。

段嘉許也沒生氣，只覺得好笑又荒唐。

但段嘉許再打電話給桑稚時，卻發現打不通了，他漸漸開始有了別的想法。這小孩剛剛還在電話裡跟他說自己在宿舍準備睡覺了，不到一小時，就換成一個男人接電話。

所以她一開始說在宿舍裡的話大概也是假的。至於理由，段嘉許其實也能猜得到。她無非就是怕他擔心，也覺得在學校附近不會有什麼事情，乾脆撒謊騙他，讓他遠在南蕪也能安心。

段嘉許是極其信任桑稚的，但他不相信別人。

電話對面的那個男人讓他覺得不安和不痛快。此刻他聯繫不上桑稚，也不知道她現在在哪裡。

段嘉許收斂唇角，從通訊錄裡找到桑稚的室友甯薇，撥了通電話過去。那頭接得很快，似乎是沒想到會接到他的電話，遲疑地道：『您好。』

「抱歉，這麼晚打擾妳了。」段嘉許說，「我現在聯繫不到桑稚，有點著急。妳知道她去哪裡了嗎？」

『啊？她說有個朋友生日。』甯薇說，『但沒說去哪裡。』

『一般都會在學校附近聚會，不會去太遠。你也別急，都是認識的朋友，不會出什麼事的。我幫你問問吧。』

「好的，謝謝。」

段嘉許又道了聲謝。掛了電話，他往校門口的方向跑去。想著甯薇的話，他在校外的店一家一家地找著，盲目又缺失冷靜。

比起那男人的話，段嘉許更擔心桑稚此刻的狀態。畢竟，她不會把手機給別人，也不會聽著別人說這些話來傷害他。

而且現在時間也不早了。

宜荷大學附近的店面說多不多，但說少也不少。段嘉許找了一陣子，就跟大海撈針一樣，沒半點收穫。

他的右眼皮一陣一陣地跳。

段嘉許正想繼續找的時候，手機振動了一下，收到一封訊息。

甯薇傳了個定位給他，是家熱炒店。

與此同時，段嘉許也發現了不遠處的桑稚。她被一個男人抓住手臂，然後猛地甩開，嘴巴一張一闔著，全身的刺都冒了出來，明顯就是被纏上了的樣子。

男人像是惱了，再度扯住她的手臂往懷裡帶，也說了句話。

段嘉許剛鬆了口氣，又因桑稚的狀況，戾氣瞬間湧上。平時的理智在頃刻間全無，他的目光暗暗的，像是在強忍情緒，大步地走過去。

這句話跟性騷擾沒有任何差別，桑稚把他甩開，用盡全力地給他一耳光。

任光的腦袋一偏，他舔舔唇角，嘴唇半張著，很快又看向桑稚，眼裡帶了幾分不可置信，然後也抬起了手。

下一秒，桑稚的旁邊出現一個男人，高大又出眾，臉上沒有半點表情，一過來就往他的肚子處踢了一腳。

任光甚至還沒反應過來。他沒任何防備，悶哼了一聲，順著力道往後退了幾步，摔倒在地上。

接著，段嘉許回頭看向桑稚。他觀察著她的臉，以及裸露在空氣中的每個部位，輕聲道：「他有沒有打妳？」

雖然不知道他為什麼會突然出現在這裡，但桑稚的精神還是瞬間放鬆下來，她尾音顫抖地說：「沒有。」

段嘉許盯著她的手臂：「手是怎麼回事？」

桑稚吸著鼻子：「過敏。」

「去旁邊等。」段嘉許摸摸她的頭，安撫地道，「別怕。」

說完，他走過去，蹲到任光旁邊。

段嘉許剛剛的力道不小，任光到現在都還沒爬起來，捂著肚子倒抽著氣。他盯著任光，唇角的弧度慢慢上揚，漫不經心地道：「同學，你想打誰？」

任光的脾氣也上來了，他抬腿踢段嘉許：「你有病啊？」

猜到他的舉動，段嘉許直接踩住他的腿。他還在笑，眼眸彎成月牙，看上去格外溫柔，但他所做的行為卻和表情完全不符合。

聽著他痛苦的叫聲，段嘉許才慢慢地把腿挪開，改抓住他的頭髮，把他的腦袋往地上撞，又問了一遍：「你想打誰？」

旁邊有圍觀的人，大多是學生。店裡的老闆聽到聲音也連忙出來勸架，怕影響到自家的生意。

張平也出來了。他認得段嘉許，怕等一下鬧到警察局去，忍不住說：「哥，算了吧。」

段嘉許卻像是什麼都聽不進去。他的模樣生得極為漂亮，溫和又平易近人，可他手上卻毫不留情，眉眼裡全是戾氣，不帶一點溫度。

像是剛從地獄爬上來的魔鬼。

桑稚也怕出事，著急地喊他一聲：「段嘉許！」

聽到這句話，段嘉許的動作才停了下來。他垂下眼眸，鬆開抓著任光頭髮的手，輕笑了聲：「算了，怕嚇到我家小孩。」

「……」

「還有，跟你說件事。我家小孩就算真的想劈腿，也不會找你這種的——」段嘉許把手上的血抹到任光的衣服上，壓低聲音，溫文爾雅地道，「來羞辱我。」

任光的傷大多是皮肉傷。他明顯氣極了，胸腔起伏著，話像是從牙縫裡擠出來的一樣：「我要報警。」

桑稚把段嘉許扯到自己身後，完全不怕事：「好啊，我也報警說你性騷擾我。」

張平附和道：「學弟，剛剛我們都看到了，是你先開始的。」

就連任光那個曖昧對象都沒再站在他那邊。畢竟一整個晚上她也能看得出來，是任光一直纏著桑稚不放。

其他人都勸著架。

一個認識任光的女生說了句：「學姊，妳先走吧。我們跟他溝通一下就好。」

段嘉許是真的不怕，反而來了興致。別人都勸著的時候，他反倒主動把手機遞給任光：「你報警吧。」

這點傷根本判不了刑，頂多給點賠償金，任光卻擔心桑稚真的會告他性騷擾。就算立不了案，傳到學校也不好聽。他盯著段嘉許，一聲也沒吭，表情有點不甘心，他只好又罵了句：「你有病吧。」

「你再找她麻煩試試。」段嘉許笑，「我還真的不怕坐牢。」

桑稚還是第一次見到段嘉許這麼生氣的樣子。她用力把他拉走，也明顯因為他的話有點惱火：「什麼叫不怕坐牢。」

段嘉許看向她：「這個人纏著妳多久了？」

桑稚一愣，回想了一下，「一個月左右，但他前些時候就沒怎麼出現了。」

段嘉許垂眸，臉上沒什麼情緒：「怎麼不跟我說？」

桑稚老實地道：「怕你不開心。」

「之前有沒有欺負妳？」

「沒。」桑稚的委屈再度冒上來，她嘀咕道，「我沒那麼好欺負的。」

「喝酒了？」

「喝了一杯，」桑稚說，「但空腹喝的，有點難受。」

「嗯。」

見到他走的方向不太對，桑稚問：「去哪裡？」

段嘉許：「醫院。」

她身上的紅疹越來越明顯了，看上去觸目驚心。

桑稚搖頭：「買點藥吃就行，我不想去醫院。」

段嘉許又嗯了聲，沒攔著。

「你怎麼過來了，不是說沒時間嗎？」

「抽了點時間出來。」

「噢。」桑稚思考了一下，開始解釋，「我不是故意騙你的。我覺得我今天會很晚才回去，怕你在那邊擔心嘛，而且我就在學校外面，沒什麼不安全的。」

段嘉許情緒很淡：「我知道。」

見到他，桑稚確實覺得驚喜，那點小委屈也很快就煙消雲散。她開始跟他說著最近的事情，笑眼彎彎，心情漸漸好了起來。

段嘉許時不時應幾句，但話明顯變少了。

兩人到附近的藥局買了藥，然後回到住所。桑稚坐到沙發上，開始看自己身上的紅疹，有點鬱悶：「我剛剛吃那個串烤，吃完才反應過來是牛肉。我也沒吃多少，就吃了幾串，還以為沒事。」

段嘉許從廚房裡拿了兩瓶水出來，倒進熱水壺裡燒開。他抓住桑稚的手，提醒：「不要抓。」

桑稚乖乖地應：「喔。」

客廳裡只有熱水壺發出聲響。桑稚盯著他的臉，隨口問：「你什麼時候回去啊？」

段嘉許：「還沒想好。」

「那我們明天出去玩？」

「嗯。」

桑稚又跟他說了一陣子的話，才後知後覺地發現他的心情似乎很不好，說話都像是擠牙膏似的擠出來，彷彿不太想搭理她。

恰好水燒開，段嘉許倒了點熱水進杯子裡，又兌了冷水：「吃藥。」

桑稚把藥吞進去，猶疑地道：「你是在生氣嗎？」

段嘉許笑：「我生什麼氣？」

「……」他這語氣讓桑稚瞬間肯定了自己的猜測。

她傻住：「你幹嘛生氣？」

段嘉許站起身，又往廚房走：「去洗澡吧，等一下擦藥。」

桑稚下意識地跟著他，惴惴不安地道：「你這是在生我的氣嗎？」

「沒有。」

「我就是想說，我們離那麼遠，我當然都跟你說好事啊。」桑稚只能猜到是這個原因，她扯扯他的衣角，跟他示軟，「而且真的沒什麼事……」

段嘉許：「剛剛那也算沒什麼事？」

桑稚啊了聲：「我沒想到他會這樣嘛。」

「什麼事情都是能提前想到的？既然這樣，」段嘉許收回視線，從冰箱裡拿出食材，話裡沒有半點笑意，「妳以後有什麼事情，都不用告訴我了。」

他說話的語氣仍舊平和，卻像是帶了刺。

桑稚定定地看著他，聲音低到像是要聽不見：「我以後不會這樣了。」

段嘉許不再提這個事情：「去洗澡。」

剛剛的委屈又因為他的指責而成百上千倍地疊加。桑稚的鼻子一酸，不知不覺間開始哽咽：「對不起嘛。」

聞聲，段嘉許看過來，面無表情地說：「不准哭。」

他一說，桑稚的眼淚反倒像是跟他作對一樣，啪嗒啪嗒地掉下來。她低下頭，伸手擦掉，忍著哭腔說：「那我去洗澡。」

段嘉許捏住她的下巴，把她的頭抬起來：「還哭？」

這下桑稚真的忍不住了，抽抽噎噎地哭了起來，話都說不出來。段嘉許的表情也繃不住了，他輕嘆一聲：「我太凶了？」

她沉默幾秒，搖頭。

段嘉許：「那哭什麼？」

「你不是很忙嗎？」桑稚語速很慢，因為嗚咽著，說話含糊不清，「我不想要你每天工作了那麼久，還老是要想我這邊的事情……」

「工作沒妳重要。」

「……」

「就是離得遠，妳更要跟我實話實說。」段嘉許擦掉她的眼淚，耐心地說，「我在那邊擔心也好過什麼都不知道。」

「……」

「不是想跟妳生氣，我剛剛就是——」段嘉許啞聲道，「有點被嚇到了。」

他聯繫不上人，也不知道她在哪裡，接到那樣一通電話後又被她封鎖了。他找了半天，見到她的時候，還看到她被一個陌生男人糾纏。

段嘉許覺得無力，最後還得通過她的朋友才能找到她。她一哭，他就沒轍了，低聲哄著：「別哭了，我不應該凶妳。」

桑稚的眼淚像停不下來一樣，她跟他抱怨：「我今天那麼倒楣，你還罵我。我不舒服，你都不理我，就知道念我。」

段嘉許親親她的臉：「哪裡不舒服？」

「胃不舒服，想吐。」

「嗯，我煮個醒酒湯給妳。如果還不舒服，就吃點藥。」

「我身上也癢，很難過，嗚嗚嗚……」

「先去洗澡，我等一下幫妳擦藥。」

桑稚把眼淚抹到他的衣服上，還是忍不住說：「你生氣的時候好可怕。」

段嘉許笑出聲：「嚇到妳了？」

「也沒有。」桑稚吸著鼻子，「但你凶我，我就想哭。」

「妳這是在威脅我啊？」

「我才沒有。」

「以後有什麼事都要老老實實地告訴我，不論好壞。」

「……」

「聽到沒？」

「嗯。」

段嘉許的眉眼舒展開來，他吊兒郎當地道：「妳不要給我凶妳的機會，好不好？」

等桑稚回了房間後，段嘉許在廚房裡忙了好一會兒，然後走到客廳，從茶几上拿起她的手機。他打開通訊錄，把自己解開封鎖。

他看著備註，唇角彎了起來。

桑稚沒洗多久的澡，很快就出來了。她坐到餐桌前，把段嘉許剛煮好的醒酒湯喝完，被他叫到沙發上。

剛剛買了內服和外敷的藥，段嘉許拉住她的手腕，開始幫她擦藥，皺眉道：「下次再吃牛羊肉，我真的要揍妳了。」

桑稚的眼眶還紅著。她眨眨眼，一點都沒被嚇到：「那你揍。」

段嘉許挑眉：「妳還有下次嗎？」

「你就是捨不得揍。」

「嗯。」

桑稚笑起來，直勾勾地盯著他的臉：「段嘉許。」

段嘉許：「怎樣？」

「我買了對情侶錶，但我放在宿舍了。」桑稚獻寶似的說，「我明天拿來給你。」

「好。」

「你買禮物給我了嗎？」

「買了條項鍊。」段嘉許說，「一會兒幫妳戴上。」

「嗯。」這隻手擦完，桑稚換了隻手給他，慢吞吞地說，「我本來覺得今天好倒楣。我早上睡過頭，上課遲到被老師罵了。然後我學生證掉了，路過操場時還被籃球砸到頭。去朋友的生日聚會，還遇到討厭的人，而且又過敏了。」

段嘉許認真地幫她擦藥，順著說：「這麼可憐啊？」

「但是我覺得我好像想得太快了。」

「嗯？」

桑稚小聲地說：「見到你，就覺得今天的運氣好好。」

即使見到你，只占了今天那麼小一部分，卻能讓那些大部分的煩悶都變得微不足道。

5.

大四下學期，某次跟甯薇的聊天中，桑稚聽她說她男朋友跟她求婚了。

「妳說他也太有趣了吧。他真的很害羞，然後在那個酒吧，還上臺唱情歌給我聽，把我叫上臺，突然就跪下跟我求婚了。」說起來的時候，甯薇都克制不住地在笑，「重點是，他因為太緊張了，還雙膝下跪了。」

桑稚笑出聲。

聊到最後，甯薇也好奇起她的事：「妳家段哥哥呢？有沒有跟妳提過啊？」

桑稚想了想：「他之前有說過畢業結婚，但我不知道他會不會求婚耶。而且我覺得他那個人好高調，我還有點擔心。」

「啊？」

「就……有點想自己求。」

「……」

其實桑稚也不是不喜歡段嘉許的高調求婚，就是覺得不好意思。

就比如甯薇說的，她上了臺，在眾目睽睽之下，接受了她男朋友的求婚，覺得很驚喜，也覺得很開心。

但桑稚覺得，如果這種事情也發生在她的身上，她當然也會覺得開心，但可能會有點不自在。

可當事情真的到來的時候，卻完全不是她所想的那樣。

段嘉許是在桑稚畢業典禮那天跟她求婚。

這算是她人生當中比較重大的一個環節。那天，桑榮、黎萍和桑延都來了。這場景一轉，就像是回到多年前，她陪父母去參加桑延的畢業典禮。

只不過，這次的主角從桑延變成她。

桑延帶了相機，懶懶地幫她拍著照。

桑稚覺得他沒好好拍，拍一張就過去跟他說幾句，到後面甚至快要吵起來。段嘉許也帶了相機，安撫她幾句，在旁邊替她拍了幾十張照片。

拍完畢業照後，桑稚突然收到一個陌生人給的紅玫瑰，再往前走，又有擁上來的一群人送花給她，每人一枝。

這其中還有一些她認識的同學，就連桑榮和黎萍都參與了。

桑稚突然意識到了什麼。

其實很多事情都是有預感的，從今天醒來開始，桑稚就有種極其強烈的預感。因為按她對段嘉許的了解，他一定會選在今天跟她求婚，還會是很高調、又很老套的方式。

高調的土男人。

在眾人的引導下，桑稚看到道路中央的段嘉許。在這一瞬間，她其實沒有任何精力去分給旁邊的人，也完全不在意其他人的目光。

這個畫面，桑稚想像過千百遍。

或許跟她所想的某個畫面重疊上了，卻仍是讓桑稚覺得，這一定是她一輩子都不會忘掉的一幕。

段嘉許今天穿得很正式，白襯衫、黑西裝褲，還打上了領帶。他抱著很大一束玫瑰花，慢慢地走到她的面前。

桑稚突然有點想笑。

段嘉許低著頭，也笑了起來。他身材清瘦高大，黑髮朗眸，出眾的五官，他站在光亮之處，顯得奪目又張揚。

過了幾秒。

「妳之前告訴我妳的祕密之後，我也沒有特別認真地跟妳談過這件事情。」段嘉許盯著她的眼睛，收起笑容，模樣多了幾分認真，「當時看妳說著說著就哭了，總擔心這會不會是一件讓妳覺得很難過的事情。」

「所以我不太敢提。」

小女生把所有的心事都告訴他。

她用盡所有勇氣，用她的方式告訴他——我承認，我們之間，是我更喜歡你。

「也一直沒跟妳提過，我其實不是那種喜歡上一個人就會立刻去爭取的人。」段嘉許舔了一下唇角，認真地道，「在表現出對妳的喜歡之前，我也曾偷偷地暗戀過妳一段時間。」

我也曾掙扎過，因為自卑，因為覺得配不上妳，會因為妳的反應而退縮，也會因為妳的一個回應感到欣喜若狂。

「可能妳會想，這個段嘉許是不是因為身旁突然多了個人，因為這個人對自己好，然後發現這個人也喜歡自己，就想將就著跟她過一輩子。」

段嘉許輕咳了一聲：「可能妳也沒這麼想，但怕妳會這麼想，所以我還是說一下。」

桑稚小聲說：「有這麼想過。」

但她也只是這麼想過，現在她早就不這麼認為了。

「還真的想過啊？小沒良心的。」段嘉許笑，「我以前有想過一輩子一個人其實也沒什麼關係。但我並不是真的覺得沒關係，只是沒有遇到這個人。」

他沒有遇到一個，讓他想拋開他人的看法，從自卑的深淵裡爬出來的人。沒有一個人能給他一種想要去抗衡的念頭。

所以不可能會將就，因為他根本沒有那樣的勇氣。

直到他遇見了她。

段嘉許扯扯唇角，單膝跪下：「妳讓我突然很想試試看。」

桑稚的心臟狂跳。她緊張得有些喘不過氣，聽著他平平淡淡的話，眼眶卻不知不覺地紅了起來：「試試什麼？」

「去愛一個人。」段嘉許一字一字地說，「不顧所有。」

他仰起頭，嘴裡帶過一句極為輕的「小孩」，然後鄭重地把剩下的話說完：「所以妳願意嫁給我嗎？」

她怎麼會不願意？

這是她已經想了好多年的事情。

桑稚接過他手中的花：「喔。」

段嘉許是真的覺得緊張，此時得到這麼一個回應，表情瞬間有了裂縫。他失笑般地垂下頭，很快又道：「就這個反應啊？妳是想看我哭嗎？」

「沒有。我說『喔』的意思就是，」桑稚吸吸鼻子，認真地道，「我非常願意。」

她看到段嘉許愣了一下，唇角的弧度漸漸上揚，他低著眼把戒指套在她的無名指上，然後溫熱的吻落在戒指上。

——「妳願意嫁給我嗎？」

——「我非常願意。」

七年前，也有這麼一天。

她穿著乾淨的裙子，站在穿著學士服的段嘉許旁邊，因為再次見到他而感到開心，又因為即將的離別而覺得難過至極。

她笨拙地藏著自己的心思，不敢讓任何人發現，無論是她多親密的人。她想像著，未來有一天一定要到他的身邊去。

那個時候的桑稚一定沒有想過，七年後，她所想像的這一天真的到來了。

如她所願，桑稚真的成為了段嘉許身邊的那個人。

番外二　帶一個小孩的日常

1.

為了方便桑稚跟父母來往，當初段嘉許買房子時，考慮的最大因素就是地段。他直接排除其他區域，也在跟桑稚的商量之後，買下桑家附近的房子。

這件事情在桑稚大二時就已經決定了。但後來，本來打算畢業之後直接出來工作的桑稚在考慮了一段時間後，決定考南蕪大學的研究所。

也因此，之前的兩人並沒有考慮學校位置這個因素。

桑稚所在的校區不是主校區，而是在南蕪市的另一區，每天往返有點麻煩。想到這一點，結婚之後，她小心翼翼地跟段嘉許提了這件事，打算開學之後還是住在宿舍，有時間就回家住幾天。

對此，段嘉許似乎沒有太大的意見。但答應下來沒多久，他又狀似隨意地提了句：「要不然在妳學校那邊租個房子？」

桑稚想了想，覺得沒什麼必要。因為其實只有太晚的時候她才不回去，一週也有一半以上的時間是回家住的，而且她現在也沒什麼經濟能力……

她搖頭：「不用，浪費錢。」

像是聽進去了，段嘉許沒再說什麼。

開學後，桑稚準備在宿舍住的第一個晚上，那天她剛回到宿舍，正準備洗澡時，突然接到段嘉許的電話。

桑稚歪著頭，用肩膀固定住手機，問道：「你到家了嗎？」

『還沒。』段嘉許語氣懶洋洋的，忽地冒出一句，『只只，我迷路了。』

桑稚眨眨眼：「啊？你不是從公司回家嗎？」

『嗯。』

「那怎麼會迷路？」桑稚愣住，「你現在在哪裡？」

『啊，我看看——』那頭拖著尾音，慢吞吞地說，『我也不知道，我傳個定位給妳吧。』

桑稚抓抓頭，嗯了聲，掛斷電話。她覺得莫名其妙，想著他就算迷路了，開個導航不就行了。

沒多久，她收到段嘉許傳來的訊息，桑稚收回心思點開，看到他傳來的定位顯示的是她宿舍樓下。

「……」

接著，段嘉許傳來一封語音訊息：『太晚了，我剛在附近訂了飯店。』

他又傳來一封。

『怎麼辦，哥哥一個人在陌生的環境睡覺會害怕，』他似是在笑，帶出了幾分氣息聲，柔聲道，『要不然只只過來保護我？』

桑稚：「……」

過了幾天，桑稚準備在宿舍住下的第二個晚上，像是歷史重演般，又接到段嘉許的電話。她猶豫了一下，還是照例問了句：「你到家了嗎？」

這次段嘉許沒有像之前那樣否認，嗯了聲，然後喊她：『只只。』

「怎麼了？」

『我剛剛做了個夢，』段嘉許頓了一下，聲音慢條斯理的，『夢到我們結婚了。』

「……」

『結果醒來發現還一個人住呢。』

這句話想表達的意思格外明顯，桑稚沉默幾秒，直接拆穿他：「你不是剛開車回家？哪裡來的時間作夢？」

『嗯？』段嘉許低笑了聲，『不睡覺也能想妳。』

桑稚舔了舔唇，有些不好意思。她放下手裡的衣服後，小聲說：「今天太晚了嘛，我明天會回家的。」

段嘉許語氣懶散，一字一頓地道：『不行。』

桑稚有些鬱悶：「那——」

沒等她說完，段嘉許又道：『我現在很不安，得去見妳一面，確認一下我們是不是結婚了。』

「……」

『太晚了，就順便訂個飯店。』說著，他吊兒郎當地開始重複前幾天的話，『噢，對了，哥哥一個人在陌生環境呢，有些害——』

桑稚氣到直接打斷他的話：「我知道了，我去保護你。」

又過了幾天。

桑稚去參加同學聚會，結束之後已經很晚了。她在微信上跟段嘉許說了一聲，準備回宿舍時，再度接到他的電話。

他依然是同一個目的，也依然能厚顏無恥地編著不同的理由。

聞言，桑稚沉默片刻，這次沒再說出什麼拆穿他的話，也同樣像之前的兩次那般，妥協地轉身去找他。

第二天，桑稚主動在學校附近租了房子。

2.

這天，趁著週末，兩人一起到附近的大超市買東西。

儘管已經嫁了人，但桑稚跟從前沒有任何區別。對她來說，生活用品都是次要的，一進超市，第一時間就是往零食區跑。

按照往常，段嘉許會先去生鮮區，把今天所需的食材以及家裡缺的生活用品買好。但今天時間尚早，他也不太著急。

段嘉許推著購物車，漫不經心地跟在桑稚後面。她扔一包零食進來，他便瞥一眼，偶爾拿起來看一眼營養成分表，再不動聲色地放幾包回去。

就這麼過了很長的時間，桑稚也一直沒發現。

桑稚站在其中一個貨架前，猶豫著要買哪一包餅乾，半天都決定不了。她轉過頭，想問問段嘉許意見時才注意到他的舉動。

「……」桑稚的動作一頓，她默不作聲地盯著他，神色幽幽的。

段嘉許沒覺得不自在，繼續著原來的動作，順帶指指她手裡的餅乾：「買草莓口味，牛奶口味的家裡還有。」

桑稚沒被他轉移注意力，指責道：「你怎麼把我買的糖果放回去了？」

「嗯？」段嘉許說，「不是，這是剛掉下來的。」

顯然沒被他糊弄過去，桑稚湊了過去，又拿起那幾包糖，開始趕他：「你不要跟我一起逛，你去買你的東西。我自己看。」

聞言，段嘉許淡淡地喊她：「桑稚。」

桑稚沒理他，就連一個眼神都沒給他。她還盯著貨架，非常膽大包天地又拿了兩包糖，正想丟進購物車時，段嘉許又道：「妳又長了顆蛀牙，忘了？」

桑稚轉頭，氣勢瞬間少了大半，訕訕地道，「不是在右邊嗎？那我用左邊吃不就好了。」

「好。」段嘉許答非所問，「明天去拔了。」

桑稚沉默下來，忍氣吞聲地把糖一包一包放了回去，意有所指地說著：「我比較想一個人逛。」

看著滿滿的購物車，段嘉許沒有半點要離開的意思：「還沒買完妳的小零食？」

「果然我室友說得沒錯。」桑稚抿抿唇，陰陽怪氣地說，「男人只有在追妳的時候才對妳好。」

「嗯？」他挑眉。

「我現在多買一點零食，你就不開心了。再過幾天，我說不定連坐公車的錢都沒有了。」

「坐公車啊？」段嘉許笑，「這點錢哥哥還是捨得給妳的。」

「……」

「至於這個糖，老實跟妳說吧，我確實是買不起。」段嘉許往前走，配合著她先前的話，悠悠地道，「我也不是什麼富貴人家。若真想吃糖，還不如親我一下——」

「……」

「也很甜。」

桑稚跟在他後面，心情一言難盡地道：「你怎麼總是能面不改色地說這樣的話？」

段嘉許低笑道：「就想著萬一啊。」

「啊？」

「萬一妳真的因為這樣親我了，」段嘉許笑得溫柔，「我不就賺到了。」

3.

某天，桑稚在客廳找剪刀時在茶几下翻出了好幾條菸。她抽出來，隨意地掃了幾眼，很快又放了回去。

恰好段嘉許從房間裡走出來，她便重新拿起一條開封的菸，朝他晃晃，問：「我看這條少了五包菸，你最近是不是抽很多？」

段嘉許看了過來，懶懶地道：「買很久了。」

「喔。」桑稚沒再說什麼。

對於段嘉許抽菸這件事情，桑稚並不會太強烈地反對。因為桑榮和桑延也會抽，而且段嘉許抽得也不凶，多是壓力大，或者是有心事的時候才會抽幾根，並沒有菸癮。

段嘉許坐到她旁邊：「怎麼？」

「就問一下，」桑稚拿了一盒菸出來，嘀咕道，「這東西抽了對身體也沒什麼好處，你怎麼還買那麼多？」

他捏捏她的臉蛋：「嗯，我以後少抽點。」

桑稚撕開包裝，隨口問：「你什麼時候開始抽菸的？」

「大學的時候吧。」段嘉許的聲音很輕，沒帶什麼情緒，「媽剛去世那陣子染上了菸癮，但也沒什麼錢買菸，就自己克制了一點。」

客廳中瞬間安靜下來。

桑稚手上的動作一頓，她緩緩抬起頭。她沉默了幾秒，似是有些後悔問了這個問題，過了幾秒才乾巴巴地道：「那我們現在有條件了——」

想了想，桑稚還是沒把話說完，改口：「不過這個對身體不好，還是少買一點比較好。我可以幫你多買點營養保健食品。」

段嘉許一愣，把臉埋在她的肩膀處，笑出聲來：「營養保健食品啊？」

他整個人靠在她身上，胸膛起伏著，溫熱的觸感包裹住她，像是化為氣息，纏繞在她身上。

桑稚早已習慣了這種距離，也不覺得不自在，只是覺得有些癢。她繼續拆著手上的菸，說著：「本來就是。」

段嘉許的眼裡多了幾分玩味，他問：「補哪裡的？」

桑稚轉頭與他對視，目光定格幾秒，平靜地道，「喔，這麼一想，你好像哪裡都該補。」

「比如？」他依然溫和，像是要追根究底。

桑稚沒他那麼厚臉皮。她忍了忍，沒再搭理他，從菸盒裡抽了根菸出來，翻看幾眼：「這個要怎麼抽？」

段嘉許把菸拿了過來：「妳問這個做什麼？」

桑稚老實地道：「學。」

「學來做什麼？」

「幫你一起抽。」桑稚很誠懇地說，「這樣你只要抽一半的量，然後也不會浪費。」

段嘉許被她這歪理氣到：「小孩子抽什麼菸？去吃妳的巧克力。」

桑稚當作沒聽見，又從菸盒裡拿了根菸，從桌上拿起打火機，點燃。她是真的沒抽過菸，此時有點無從下手，手足無措地捏著菸嘴。

段嘉許收起唇角的弧度，面無表情地看著她：「桑稚。」

話裡的危險意味格外明顯。

他每次要訓她時就會擺出這樣的架勢，還格外陌生地喊她全名，往日的「只只」、「老婆」、「小孩」、「寶貝」等稱呼會在此刻直接拋開，像是完全不念舊情。

桑稚每次聽到他這樣的語氣，都格外弱勢，此時當然也一樣。她低下頭，把菸捻熄，又很不服氣地說：「我抽根菸也不行……」

段嘉許沒說話。

桑稚再接再厲：「你抽了多少盒我都沒說你。」

盯了她好一會兒，段嘉許忽地笑了：「想抽菸？」

這次，桑稚很識時務地沒有出聲。

段嘉許坐直，往前探，把桑稚手裡的打火機拿過來，點燃自己手裡的菸。他的眉目清晰明朗，在猩紅的火光中，多了幾分妖冶。然後，他咬著菸嘴，抬眼看她。

微揚的桃花眼，紅豔平直的唇。

桑稚看著他緩慢地垂下眼。

一切都像是電影裡的慢鏡頭，段嘉許姿態慵懶，細碎的髮散落在額前，微微遮蓋了眼。他把手裡的菸放下，再度抬眼。

她眨眨眼，想說點什麼時，他的唇隨之落了下來。舌尖探入，伴隨著極為刺激的菸草氣息。桑稚覺得有點嗆，下意識地往後退時，他已經糾纏了上來，把他口中的煙渡進她的嘴裡。

良久，段嘉許放開她，啞聲道：「學會了嗎？」

桑稚的嘴唇有點麻。她舔舔唇角，沒來得及反應，只是傻乎乎地想著本來只是跟他鬧著玩，也沒打算真的抽，怎麼突然就發展成這樣了。

下一刻，段嘉許用指腹抹抹她的下唇，慢條斯理地道：「以後想抽菸了——」

「……」

「就來找我。」

番外三　帶兩個小孩的日常

結合了段嘉許和桑稚的優良基因，段慕桑小朋友長得很漂亮。圓圓的臉蛋上一雙桃花眼明而亮，她笑起來時，唇邊會露出兩個小梨窩。

像個從天而降的小天使。

除了嘴巴旁的梨窩，段慕桑小朋友的五官大部分都像段嘉許，只是更加柔和稚嫩，沒那般棱角分明。倒也真如段嘉許之前說的那樣──「如果我是個女人，應該也很漂亮吧？」

也許是為了彰顯公平，在性格上，段慕桑小朋友跟桑稚小時候沒有任何的區別，完完全全就是個翻版的小桑稚。她聰明、活潑、古靈精怪，總欺負同班的小男生，每隔幾週被老師叫一次家長，打架從來不哭……

除非她打輸。

這天，桑稚接到老師的電話，得知段慕桑又跟同班的小朋友打架之後，她嘆了一聲，也打了電話給段嘉許，然後開車去了幼稚園。

已經到了放學時間，大多小朋友都已經被家長接走，只剩下剛打完架，正併排站著的段慕桑以及她那持續了一年的小仇家傅左。

由於這種事發生的次數實在太多，桑稚並沒有太擔心，只是覺得格外頭痛。但出乎她的意料，這次段慕桑居然還掉眼淚了。

此時，段慕桑正低垂著腦袋，眼眶紅紅的，一聲也不吭，看上去格外可憐。一旁的傅左繃著臉，忍不住說了一句：「段慕桑，妳有什麼好哭的？」

聽到這句話，段慕桑的眼裡立刻掉出斗大的淚珠，她號啕大哭起來：「嗚嗚嗚……太、太丟臉了……我，嗚嗚……」

老師適時地哄著她。

桑稚也走了過去，摸摸兩個小朋友的腦袋，問道：「怎麼回事？」

老師無奈地道：「今天上美術課，小左畫了條小狗，桑桑看到了，就說這個不是小狗，是傅左的自畫像。兩人鬧了一陣子，就打起來了。」

「……」又是這丫頭先去找別人的麻煩。

傅左認真地補充了句：「我沒打，我只是躲開了，她自己跌倒的。」

「那你怎麼能躲！」段慕桑像個小霸王似的，理直氣壯地哭著，「你就得站在那裡給、給我揍！」

桑稚：「……」

沒過多久，傅左的家長也到了。雙方家長半訓半哄著，讓兩個小朋友跟對方道歉，握手言和，並擁抱以示友誼重歸於好。

然後，桑稚牽著還紅著眼眶的段慕桑走出幼稚園。她沒急著上車，調整了一下情緒，繃起一張臉開始訓她：「段慕桑，媽媽不是告訴過妳，不要欺負其他小朋友嗎？」

段慕桑慢吞吞地抬起頭，小肉臉上帶著嚴肅的表情，看上去也不覺得心虛。她揉揉眼睛，奶聲奶氣地道：「舅舅之前跟、跟桑桑說了，媽媽小時候也天天欺負其他小朋友。」

「……」桑稚忍著打電話去把桑延罵一頓的衝動，耐著性子說，「那媽媽現在知道錯了，沒有再犯了，現在也沒有欺負人了啊。」

段慕桑搖頭，奶聲奶氣地道：「媽媽現在也老是欺負舅舅。」想了想，她又乖乖地補充了句：「等桑桑到了媽媽這個年齡，桑桑也不會欺負人。」

桑稚沉默了幾秒，沒再跟她扯這個，問道：「為什麼老是欺負別的小朋友？」

跟兩個小朋友溝通完，桑稚也大致弄清楚了事情的來龍去脈。不說從前的事情，他們兩個這次確實沒有打架。這次是段慕桑自己跌倒，就自認為打輸了，她哭也是因為這個。

桑稚聽完也是真覺得哭笑不得。

「桑桑沒有，」段慕桑無辜地道，「桑桑就只欺負傅左的。」

「那怎麼老是欺負傅左？」

段慕桑的大眼睛眨了眨，她一本正經地說：「因為桑桑以後要嫁給傅左。」

桑稚愣了一下，笑了出來：「桑桑以後要嫁給傅左？」

段慕桑用力地點頭：「嗯！」

「那桑桑這麼凶，老是欺負傅左，不怕人家傅左不願意啊？」

「那、那——」段慕桑晃著腦袋想了想，聲音軟軟糯糯的，「桑桑就揍到他願意！」

「……」這小孩怎麼像個女魔頭一樣？

桑稚稍稍彎腰，捏了捏她肉乎乎的手掌，想再說點什麼，還是沒狠下心繼續訓她，打算將這個難題交給段嘉許。桑稚把段慕桑抱到車上，將她固定在兒童座椅上後，回到駕駛座，說了句：「桑桑，我們回家了。」

段慕桑玩著手指頭，小雞啄米般地點頭：「嗯！回家！」

桑稚繼續道：「等一下爸爸回家，妳要自己去跟他承認錯誤，知道嗎？」

聞言，段慕桑立刻抬起頭，小臉蛋一下子鼓了起來，像個小包子。她的小短腿在椅子上晃著，看上去不太情願：「還要告訴爸爸嗎？」

桑稚：「嗯，讓爸爸來教訓妳。」

段慕桑瞪大眼：「那媽媽要幫我！」

桑稚回頭看了她一眼，輕咳一聲，置身事外般地說：「媽媽也怕爸爸。」

我比妳大十幾歲的時候，還被妳爸爸當孩子一樣管著呢。

兩人到家沒多久，段嘉許也從公司回來了。

段慕桑喜歡黏著爸爸，但做錯事情了，也格外怕被他知道。雖然段嘉許訓她的時候跟平時也沒什麼兩樣，但看上去就是有些嚇人。她怕被段嘉許教訓，立刻從玩具堆裡爬起來，乖巧地走過去喊「爸爸」。

段嘉許低頭揉揉她的腦袋，然後蹲下身，笑道：「桑桑今天在幼稚園做了什麼？」

「……」段慕桑不知道怎麼回答，立刻把手揹到身後，下意識地看向桑稚。

桑稚拿過段嘉許手中的包包，對段慕桑說：「桑桑，好好跟妳爸爸說。」

段嘉許跟桑稚對視幾秒，輕笑了一聲，然後親親她的臉頰。他回房間換了一身衣服，很快就出來了。他把段慕桑抱了起來，往沙發的方向走，溫和地道：「不能跟爸爸說嗎？」

段慕桑抱著他的脖子：「可以……」

段嘉許耐心地道：「桑桑今天做什麼了？」

段慕桑喪氣地垂下腦袋，又看了桑稚一眼，眼神裡帶了幾分不安，像是在要求她也得待在旁邊。

然後，一家三口都坐到沙發上，小人兒開始老實地坦白今天發生的事情。

這種「小會議」在這個家庭已經出現很多次了。多是段慕桑開口，段嘉許溫柔地唱著白臉，再由桑稚出面緩和氣氛。

說到最後，段慕桑用肉肉的小手拍拍胸脯，認真地承諾：「好，桑桑答應爸爸媽媽，以後都不會再欺負傅左了。」

桑稚暗暗地鬆了口氣。

但很快，段慕桑又補充一句：「我明天就跟他說，只要他不喜歡別的女孩子，不喜歡那個曉麗和花花，我就不會欺負他。」

「……」

段嘉許忍不住笑出聲來，側頭看向桑稚，然後湊近一點說道：「我們女兒還是有些地方跟妳不太一樣。」

桑稚一愣：「啊？」

「妳看人家喜歡小男生，多大膽啊——」段嘉許拉長語尾說，「妳怎麼就這麼彆扭？」

「……」桑稚瞪他，沉默了幾秒，當作沒聽見。她盯著段慕桑，繼續擺出一副家長的架子，柔聲說：「桑桑，按妳這樣說的話，妳這樣也是在欺負傅左。這樣是不對的。」

段慕桑無辜地道：「那桑桑得防止傅左喜歡別的女孩子。」

段嘉許：「傅左喜歡跟桑桑在一起玩嗎？」

聽到這個問題，段慕桑認真地思考了一下，很快就道：「桑桑不知道。」

「那桑桑明天去問問傅左好不好？」段嘉許彎起唇角，「明天帶個小零食給傅左，然後跟他好好地道個歉，問他喜不喜歡跟妳一起玩，認真地跟他說以後想跟他一起玩，這樣好不好？」

段慕桑很聽話：「好！」

段嘉許捏捏她的臉蛋，問：「桑桑今天跌倒了痛不痛？」

「有一點痛。」段慕桑抬起腳，把肉肉的腿給他看，「但是幼稚園裡有墊墊子，沒有傷口，現在也不痛了。」

「沒有受傷就好。」段嘉許說，「桑桑跌倒會覺得痛，如果桑桑欺負傅左，去推他打他的話，他也會痛的。」

段慕桑頓了一下，呆呆地啊了聲。

段嘉許：「所以桑桑以後還要欺負傅左嗎？」

段慕桑連忙搖頭。

桑稚在一旁看著父女倆的互動，莫名想起國中時，因為怕被段嘉許發現她的小祕密而捏造出的那個「網戀」謊言。因為這件事，她也被段嘉許教訓了一番。

他都是溫和地，不帶情緒去講一些道理，讓她可以聽進去。

「小會議」開完，段慕桑又鑽進自己的玩具堆裡，開始把玩著剛買的小娃娃。段嘉許和桑稚坐在原地，一時也沒有出聲。

桑稚灌了口水，小聲說：「你以前好像也是這樣跟我講道理。」

段嘉許挑眉：「嗯？」

「我當時就覺得這個人怎麼說話像我爸一樣。」桑稚咕噥道，「明明跟我哥一樣大的年紀，卻跟我爸一樣的性子，比我爸還要我爸。」

段嘉許愣了兩秒，笑出聲來：「妳這什麼話？」

「我沒胡說，我之前有個朋友也跟我說，妳老公帶妳怎麼像在帶孩子似的。」桑稚托著腮，看向段慕桑，「所以我剛剛看妳跟桑桑講道理的時候，就覺得這種感覺還滿神奇的。」

段嘉許：「哪裡神奇？」

桑稚歪著頭，半開玩笑地道：「就像這小不點從我女兒變成我的妹妹。」

「也差不多，」段嘉許笑，「我這不就是帶著兩個小孩嗎？」

桑稚眨了一下眼，沒有說話。

客廳瞬間安靜了下來，只剩下段慕桑玩積木發出的小聲響。像是在思考著什麼，段嘉許低著眼，忽地笑了起來：「其實好像也滿像的。」

聽到這句話，桑稚看了過去：「什麼？」

「我們女兒威脅那小男孩的話，」段嘉許想起從前的事情，桃花眼明亮璀璨，「跟妳以前叫我不要交女朋友，不然妳也會受不了誘惑去交男朋友的話，好像差不了多少。」

「……」

他湊近桑稚，溫熱的氣息噴在她耳際，啞聲道：「妳教的？」

桑稚瞬間想起自己年少時做的那些蠢事，耳根燒了起來。她推開段嘉許，不肯承認：「我哪有說過這些話？」

段嘉許悠悠地道：「沒有？」

「沒有。」

「妳之前好像說過，」段嘉許忽地扯開話題，「妳的那個網戀對象長得很醜？」

「……」

「哭也是因為他長得醜？」

桑稚猛地站了起來，打算去陪段慕桑玩，裝作完全沒聽到這句話，也當作自己毫不知情。但下一刻，段嘉許就扯住她的手腕，將她扯進懷裡：「仔細看看。」

呼吸一頓，她抬眼看著他的臉。

「真的長得醜？」

「……」

「想不想學學妳的女兒，」段嘉許的喉間含著笑，語氣聽起來繾綣又曖昧，「像她一樣對妳這個長得醜的『網戀對象』威脅幾句，說幾句狠話，叫他不要喜歡別人，不然就揍他一頓？」

桑稚盯著他，半天才擠出一句：「他敢嗎？」

段嘉許親親她的眼睛：「確實不敢。」

「我也不敢威脅他，」桑稚嘀咕道，「我還怕他教訓我——」想了想，她很自然地加了句：「不然，你幫我威脅他。」

段嘉許沉吟片刻，若有所思地道：「也可以。」

桑稚揪揪他的臉，笑咪咪地道：「那你要威脅他什麼？」

「威脅他，要是不好好對我們只只，」段嘉許任由她揪，慢條斯理地道，「我就把他的妻女都搶過來占為己有。」

「……」

—番外完—

後記

這個故事的靈感來源，我到現在也還記得。

是在寫《敗給喜歡》的時候。名字一開始就決定了，當時只想好了這麼兩個人設，但具體要寫什麼內容，其實我一點也不清楚。直到去年九月，我突然想起了一個人，然後就定下了這個故事的雛形。

我在高中之前，午餐都是回家吃的，因為學校離家很近。

我哥大考時，考場在我家附近的一所高中。然後那天，他帶了兩個同學回來。我到家的時間比他們晚，進門時看到那兩個陌生的哥哥還愣了一下，立刻就注意到其中一個長得很好看。

他個子很高，五官俐落分明，笑起來很乾淨。

當時我心裡怦通跳了一下，莫名覺得很不好意思，打了聲招呼之後就沒再說話，在飯桌上總是忍不住偷偷往他的方向看。

後來的幾天，我也會像桑稚一樣不動聲色地向我哥哥問起這個人，卻又怕露出馬腳，問幾句就不敢繼續說下去，惦記了一段時間，之後因為再沒見過，又三分鐘熱度般地將他忘掉了。

只是這麼一段輕描淡寫的小插曲。

現在我哥很久沒跟這個哥哥聯繫了，我也早已經不記得這個人的模樣。但那天我跟朋友聊著天，突然想起這麼一個人的時候，就莫名很想寫出這樣的故事。

——小女孩暗戀成真的故事。

大概每個女孩子都會有這樣的一段經歷，在感情最為純真、乾淨、熾熱的年齡，不考慮任何事情，極為純粹地喜歡上一個人。

這個人可能是住在隔壁的大哥哥，可能是首班公車上，一個總是站在門邊安靜聽歌的男生，可能是班裡坐在後面愛起鬨的明朗少年，可能是，在妳覺得孤立無援的時候，突然朝妳笑了一下的一個人。

妳悄悄地關注著他。

會因為他的一句話而感到欣喜若狂，也會因為他的某個小舉動開始胡思亂想，莫名其妙地掉眼淚。

可能會是一段，如果自己不說，這輩子都不會有第二個人知道的暗戀。

故事裡的小桑稚也像每個平凡普通的女孩子一樣，擁有一段只有自己一個人知道的暗戀。

在喜歡段嘉許這件事上，她極為怯懦，又極為勇敢。她怕被其他人發現自己的心事，做任何事情都小心翼翼，卻在得知段嘉許有了女朋友之後，義無反顧地跑到那麼遠的地方。

只為了得到一個答案，只為了在徹底放棄之前，再度見他一面。

我還記得，我在寫這一段情節的時候，聽著周深的《大魚》，聽到那句「怕你飛遠去，怕你離我遠去」，突然就哭得稀哩嘩啦的。

這是個勇敢的小女孩。

她獨自喜歡上一個人，獨自關注著他，獨自為他笑為他哭，獨自為自己定下了目標，獨自擔心會失去他，獨自踏上他所在的城市，最後獨自一人離開。

從頭到尾，都是她一個人的事情。

她的一腔熱忱也在這一瞬間被磨滅。

這個故事，也許我寫得太過於童話。

可我不太捨得，讓這樣一顆熾熱勇敢的心被現實生活打敗。我希望她是幸運的，她所付出的所有都一定能夠得到回應。

我希望那個在機場掉著眼淚，哽咽地說「我會長大的」小女生，能在真正長大後的某天，忽地發現當初喜歡著的那個人還是當初的模樣。

他在等著她。

我希望你們也一樣。

那個曾經覺得遙不可及的人，會在某天明目張膽地朝妳走來。他會握住妳的手，把妳拉進懷中，然後笑著對妳說——

「我發現了一個寶藏。」

319 ///' 318

高寶書版集團
gobooks.com.tw

YH 046
偷偷藏不住（下）
作　　者　竹　已
特約編輯　米　宇
責任編輯　陳凱筠
封面設計　鄭婷之
內頁排版　賴姵均
企　　劃　何嘉雯

發 行 人　朱凱蕾
出　　版　英屬維京群島商高寶國際有限公司台灣分公司
Global Group Holdings, Ltd.
地　　址　台北市內湖區洲子街88號3樓
網　　址　gobooks.com.tw
電　　話　(02) 27992788
電　　郵　readers@gobooks.com.tw（讀者服務部）
傳　　真　出版部(02) 27990909　行銷部 (02) 27993088
郵政劃撥　19394552
戶　　名　英屬維京群島商高寶國際有限公司台灣分公司
發　　行　英屬維京群島商高寶國際有限公司台灣分公司
初　　版　2021年8月

本著作物由北京晉江原創網絡科技有限公司授權出版。

國家圖書館出版品預行編目(CIP)資料

偷偷藏不住／竹已著; -- 初版. -- 臺北市：英屬維京群島商高寶國際有限公司臺灣分公司, 2021.08
面；　公分. --

ISBN 978-986-506-212-5(上冊：平裝). --
ISBN 978-986-506-213-2(中冊：平裝). --
ISBN 978-986-506-214-9(下冊：平裝). --
ISBN 978-986-506-215-6(全套：平裝)

857.7　　110013288